AF192272

Inhaltsverzeichnis

Wer zähmt wen?

Sieh mal an, ich wohne hier,
mit ´nem kleinen Katzentier,
möchte es auch nicht mehr missen,
morgens „Mauchen" zu begrüßen,
und ihr Schnurren zu vernehmen;
ja, damit kann sie mich zähmen.

Umgekehrt sollt es doch sein,
doch hab´ ich kein Herz aus Stein.
Sieht sie so süß an mir hoch,
kriegt sie ihren Willen doch.
Die Gezähmte ich nun bin –
ach, was soll´s; ich nehm´s so hin.

Dieses bezaubernde Katzengedicht hat
mir eine Zuhörerin geschenkt und mir
auch erlaubt, dass ich es meinen
Katzengeschichten voranstellen darf –
allerdings möchte die Verfasserin leider
nicht namentlich genannt werden.

Spezi

So heiße ich, und außerdem ist das ein beliebtes Getränk, das hier in der Kneipe ausgeschenkt wird. Ich war eine Zeit lang „auf der Walz", weil ich zuhause nicht mehr erwünscht war. Denke ich jedenfalls, weil meine Familie fortgezogen ist und mich dabei zurückgelassen hat. Einfach so. Ich habe wirklich nichts angestellt, im Gegenteil. Ich habe mich nie beschwert, wenn ich nicht regelmäßig gefüttert werden konnte, weil kein Geld da war, um Dosenfutter zu kaufen. Dann habe ich mich eben in der Nachbarschaft durchgeschnorrt oder mir zwischendurch eine Maus gefangen. Eines Tages waren sie fort, und ich habe nicht mal bemerkt, dass sie vorher ihre Siebensachen zusammengesucht haben. Gut, viel war da ohnehin nicht einzupacken, aber ich war schon sehr traurig, dass sie mich nicht mitgenommen haben. Manchmal können Menschen wirklich treulos sein – leider. Jedenfalls musste ich mich von einem Tag auf den anderen völlig allein durchs Leben schlagen und das klappte auch - mehr oder weniger. Aber als der Sommer vorbei war, fand ich es doch an der Zeit mir ein neues Zuhause zu suchen. So bin ich eben mit einem Gast zusammen in den „Grünen Heinrich" marschiert, habe meinen treuesten Katerblick aufgesetzt und siehe da, ich durfte bleiben. Weil ich bis dahin weder eine Tätowierung noch einen Chip bekommen habe, konnte Ulli, das ist der Wirt und jetzt mein Katzenpapa, meine Ursprungsfamilie zum Glück nicht ausfindig machen. War auch gut so – mit denen bin ich ohnehin fertig. Mit der Zeit haben sich die Gäste an mich gewöhnt, und ich bin sowas wie ein Maskottchen für die Kneipe geworden. Unsere Stammgäste kennen mich ja sowieso, und auch die Anderen haben sich noch nie beschwert, wenn ich neben ihnen auf einem leeren Barhocker Platz genommen habe. Inzwischen habe ich sogar einen eigenen, der für mich reserviert ist. Ulli hat ein kleines Messingschild mit meinem Namen an der Lehne angebracht, damit alle Bescheid wissen. Einige Stammgäste bringen mir inzwischen ab und zu Leckerlis mit, und einer hat tolle Fotos von mir gemacht. Die hat Ulli im Gastraum aufgehängt. Bei ihm geht's mir gut.

Eine Weile war die Kneipe zu. Es gibt nämlich momentan so einen ollen Virus, der den Leuten das Leben schwermacht. Im ganzen Land sind viele daran erkrankt, und einige sind sogar daran gestorben. Wegen der Ansteckungsgefahr, überall wo sich mehrere Leute treffen, musste auch unser Lokal lange geschlossen bleiben, so wie alle Gaststätten, Cafés und Restaurants. Ulli war deshalb ganz schön in Sorge, denn wenn er seinen Betrieb nicht öffnen darf, kommt ja kein Geld in die Kasse. Wovon sollen wir dann leben? Alle Gastwirte haben es im Moment wirklich schwer. Am Anfang waren so gut wie alle Läden in der Stadt dicht, nur die Supermärkte und Apotheken durften geöffnet bleiben. Das waren schlimme Wochen.
Dann wurde es langsam besser und alle schöpften Hoffnung, dass das Leben wieder seinen gewohnten Gang gehen konnte. Allerdings dürfen immer noch nicht so viele Leute zu uns kommen wie sonst, und die Gäste, die kommen, müssen in der Kneipe

auf einem Zettel ihren Namen und ihre Adresse und Telefonnummer hinterlassen. Zudem sollen sie notieren, von wann bis wann sie hier waren. Falls der Virus jemanden erwischen sollte, müssen alle, die zur gleichen Zeit da waren, benachrichtigt werden, damit sie sich testen lassen können, ob sie auch betroffen sind. Viele finden das blöd und wollen ihre Daten nicht rausrücken, aber wenn sie das nicht tun, darf Ulli sie nicht bedienen. Jedenfalls ist es vor Kurzem tatsächlich passiert, dass einer unserer Stammgäste sich den Virus eingefangen hat. Daraufhin musste Ulli alle Zettel des Tages an dem er hier gegessen hat, durchforsten, um den Leuten Bescheid geben zu können. So weit so gut, aaaber dann kam der Hammer! Er hat nämlich festgestellt, dass es zwei Namen unter der angegebenen Anschrift gar nicht gab. Da hatte glatt jemand einen falschen Namen angegeben und die Handy-Nummer stimmte auch nicht. Ulli war mächtig sauer und hat laut geschimpft: „Unverantwortlich ist das! Genau diese Idioten sind es, die uns Anderen das Leben derzeit noch schwerer machen!"

Das war auch nicht in Ordnung, finde ich. Aber was nun? Da war guter Rat teuer. Ulli ist natürlich gleich zu seinem Hausarzt gegangen und hat sich auf Corona testen lassen. Unsere Kellnerin Uschi hat er ebenfalls prompt zum Doktor geschickt. Zum Glück hat sich aber keiner von beiden angesteckt.

Dem Gesundheitsamt hat er es auch gemeldet, damit er keinen Ärger kriegt. Sollen die doch sehen, ob sie die Leute ausfindig machen können. Nur gut, dass ich mich nicht mit solchen Sachen rumschlagen muss!

Hilde

Ich habe schon viele Sommer gesehen, aber nun muss ich leider sagen, dass ich in der letzten Zeit immer mehr vergesse. So ist es wohl, wenn man alt wird. Die müden Knochen wollen nicht mehr so, schmerzen auch öfter, der Appetit lässt nach, die Sehkraft auch und sogar das Putzen und Striegeln des Pelzes fällt mir gelegentlich etwas schwer. Aber ich war immer eine gepflegte Katze, und das möchte ich auch bleiben. Am besten kann ich mich noch an die Zeit erinnern, als ich ein kleines Kätzchen war. Drei Geschwister hatte ich, eines war schwarz und grau gestromt, so wie ich, ein anderes war pechschwarz mit weißen Ohren und weißen Pfötchen und das dritte war mausgrau. Unsere Mama war sehr stolz auf uns. Sie hat uns geliebt und uns alles beigebracht, was eine selbstständige Katze lernen muss. Nach und nach sind wir zu unseren Familien gekommen, und ich weiß nicht, wie es meinen Geschwistern ergangen ist – leider. Aber ich habe es gut getroffen, das muss ich sagen. Außer Mama und Papa waren schon zwei Kinder da, als ich zu ihnen kam. Anna und Niels haben mich sehr verwöhnt, und wenn sie aus der Schule kamen und gegessen hatten, immer viel mit mir gespielt. Ab und zu haben sie sogar Schimpfe bekommen, wenn ihnen das wichtiger war als ihre Hausaufgaben. Menschenkinder haben es viel schwerer als Katzen, sie brauchen so viel länger, um aufs Leben vorbereitet zu werden. Inzwischen sind die beiden erwachsen und kommen nur noch selten zurück in ihr Elternhaus, und ich glaube, ihre Eltern vermissen sie. Vor allem ihre Mutter musste sich erst daran gewöhnen, dass sie jetzt nur noch für ihren Mann und mich sorgen muss. Aber sie kümmert sich wirklich gut um uns, und ich glaube, ich bin für sie fast so etwas wie ein drittes Kind. Aber inzwischen bin ich eher eine Katzenoma, denn auch ich habe mehrfach Kinder bekommen und sie in die Welt hinausziehen lassen müssen. Nun bin ich eine alte Katze. Ich liege hier unter einem blühenden, süß duftenden Fliederbusch und denke an die guten alten Zeiten zurück. Es könnte mir gut gehen, wenn ich zuhause wäre. Bin ich aber leider nicht, ich weiß gar nicht wo ich bin. Hab´ mich irgendwie verlaufen und finde den Weg zurück nicht mehr. Ich kann mich einfach nicht mehr daran erinnern. Könnt Ihr Euch das vorstellen? Ich hatte Lust, mal wieder ein wenig weiter zu laufen als gewöhnlich, aber das hätte ich nicht tun sollen. Hunger habe ich auch, aber meine Fressnäpfe sind leider nicht in Sicht. Ich fühle mich schwach und elend. Ich will nach Hause, kommt denn niemand und holt mich hier weg?

Gestern habe ich mächtig Glück gehabt, mir ist eine fette Maus über den Weg gelaufen, und es ist mir tatsächlich gelungen sie zu fangen. Aber mein Magen knurrt schon wieder und Durst habe ich auch. Seitdem ich von zuhause fortgelaufen bin, ist die Sonne schon einige Male auf und wieder untergegangen. Was mache ich bloß?

Ein mitleidiger Mensch hat mich heute mit zu sich nach Hause genommen und mir netterweise dort etwas Futter gegeben. Das hat er sich von seiner Nachbarin, die eine

Katze hat, für mich erbeten. Aber behalten kann er mich nicht, sagt er. Er wird mich in ein Tierheim bringen, da kommen alle verloren gegangenen Tiere hin, und wenn sie Glück haben, dann finden ihre Menschen sie da wieder. Wie das gehen soll? Fragt mich bloß nicht, dass weiß ich nicht, aber jetzt sitze ich in einer Transportbox, die er sich auch von der netten Nachbarin geliehen hat, und wir sind auf dem Weg zum Tierheim. Er sagt, ich muss keine Angst haben, da wird gut für mich gesorgt. Schöner Trost – ich möchte viel lieber nach Hause! Jetzt hält der Wagen an, und meine Box wird vom Rücksitz genommen. Und dann sehe ich ein fremdes Gesicht vor mir. Es ist eine Frau, die mich aus der Box hebt, mich gründlich betastet, mir ins Mäulchen schaut und mich schließlich wieder in die Box steckt. Dann bringt sie mich in ein Gehege mit vielen anderen Katzen. Dort öffnet sie die Tür wieder und lässt mich raus. Vorsichtig verlasse ich die Box, und dann sehe ich noch einmal den Mann, der mich hierhergebracht hat. Er beugt sich zu mir hinunter, streichelt mich zum Abschied und geht dann schnell weg. Soll ich ab jetzt den Rest meines Lebens hier verbringen? Erst mal drücke ich mich in die hinterste Ecke und warte ab was geschieht. Die anderen Katzen scheinen sich hier wohl zu fühlen. Einige schlafen oder fressen, andere springen umher und eine kommt auf mich zu und fragt woher ich komme.

„Weiß ich nicht, aber ich will nach Hause", gebe ich unfreundlich zur Antwort.

„Ein Zuhause, das wollen wir alle", maunzt sie zurück, aber dann verzieht sie sich wieder und lässt mich in Ruhe. Ist besser so. Ich rolle mich erst mal zusammen und schlafe eine Runde. Danach kann ich vielleicht über meine Lage nachdenken.

Nachdem ich aufgewacht bin, fühle ich mich etwas besser. Wenig später kommt ein junges Mädchen in unser Gehege und bringt uns etwas zu fressen. Auch mir stellt sie ein paar Körnchen hin, die ich lustlos knabbere. Aber Durst habe ich, und das frische Wasser schmeckt gut. Ich weiß nicht wie lange ich schon im Tierheim bin, aber eines Tages, ich traue meinen Augen kaum, taucht tatsächlich meine Katzenmama auf.

„Hilde, da bist Du ja!", ruft sie.

Ich kann es kaum glauben, aber diese Stimme kenne ich nur zu gut, das ist sie - ganz bestimmt. Einen Moment später steht sie tatsächlich vor mir, nimmt mich hoch und sagt: „Du hast Dich verlaufen, stimmt´s? Aber jetzt hole ich Dich wieder nach Hause. Und in Zukunft passen wir besser auf Dich auf – versprochen."

Ich bin sehr froh, als sie mich auf den Arm nimmt, und um ihr das zu zeigen, schmiege mich ganz eng an ihre Brust.

„Wie alt ist Hilde?", höre ich die Frau vom Tierheim fragen. „Wir haben sie auf etwa fünfzehn Jahre geschätzt."

„Ich denke eher, sie müsste jetzt schon fast achtzehn Jahre alt sein", antwortet meine Katzenmama. „Sie ist unser Ömchen und ab und zu schon etwas orientierungslos, aber sie würde nie absichtlich fortlaufen."

Stimmt, freiwillig wäre ich nicht abgehauen, so wie früher mal, wenn ein fescher Kater nach mir rief. Vor Glück schnurre ich ganz laut und gelobe feierlich, dass ich von jetzt an im Garten bleiben werde. In meinem eigenen Garten, denn den kenne ich gut, und der Rest der Welt interessiert mich eigentlich gar nicht mehr.

Toulouse

Hi Fans! Ich bin Toulouse. Von meiner Katzenmama Sabine habe ich diesen schönen Namen erhalten. Ich war von Anfang an ihr Seelenkater, wie sie sagt, denn wir beide verstehen uns auch ohne viele Worte. Mein Pelz ist übrigens pechschwarz. Außerdem habe ich ein weißes Lätzchen auf der Brust, sowie weiße Pfötchen und auch helle Schnurrhaare. Wir leben schon ziemlich lange zusammen, und zu unserer Familie gehören Katzenpapa Hans und meine Brüder Simenon Raschkralle, meistens kurz Simi gerufen, Lucky, the Braveheart, einfach Lucky genannt und der vorwitzige Benny, der eigentlich Benjamin Franklin heißt, aber das ist zum Rufen auch zu lang. Ich vertrage mich mit allen gut, aber mein liebster Schmusekumpel ist eindeutig Benny. Wir kuscheln ganz oft zusammen, und ich glaube, er kann ohne mich schon gar nicht mehr einschlafen. Ich habe durchaus eine kleine Sonderstellung in unserem Haushalt. Warum? Das will ich Euch sagen. Ich bin der Einzige, der unsere Katzenmama ab und zu in die große, weite Welt begleiten darf. Das macht mir immer viel Freude! Sobald sie nach meiner Leine greift, weiß ich, es ist mal wieder soweit. So waren wir schon bei der Feuerwehr und in einem Kindergarten zu Besuch. Außerdem hat mich Sabine auch in ein Altenheim mitgenommen, um den Senioren dort eine Freude zu machen. Die Kleinen im Kindergarten wollten mich alle streicheln und haben meiner Katzenmama ganz viele Fragen gestellt. Einige hatten zuhause selbst eine Katze, aber ich glaube, alle Anderen hätten mich am liebsten mit nach Hause genommen. „Nix da", hat meine Katzenmama gesagt. Ich weiß, sie würde mich für kein Geld der Welt hergeben! Keinen von uns, und das ist auch richtig so, denn wir gehören schließlich zur Familie.

Aber sie hat mich schon mal „ausgeliehen". Ihre Freundin Brigitta schreibt nämlich Bücher. Am liebsten Tiergeschichten, wie sie selbst sagt, deshalb gibt es natürlich auch ganz viele Katzengeschichten von ihr. Die stellt sie in Lesungen vor, und so kam es, dass Sabine und ich sie schon einige Male dabei begleitet haben. Das erste Mal war das in einer Buchhandlung in unserer Stadt. Ich habe mich gewundert, wie viele Leute gekommen waren, um meiner Katzenmama und Brigitta zuzuhören, und ich glaube, die beiden Frauen hatten mächtig Lampenfieber. Ich weniger, mir hat es richtig Spaß gemacht meine Umgebung zu erkunden. Allerdings bin ich nicht mehr der Jüngste und meine Augen lassen auch ein wenig nach, deshalb mussten sie mich ein paar Mal retten, wenn ich mich mit meiner langen Leine zwischen den Stühlen verheddert hatte. Aber das hat gar nicht gestört, im Gegenteil, alle Zuhörer fanden es prima, dass ein echter Kater bei der Lesung anwesend war. Brigitta´s eigener Kater würde das nämlich nie machen, der Schisser! Irgendwann wurde es mir aber zu langweilig nur zwischen den Beinen der Besucher herumzustrolchen, deshalb bin ich lieber in das große Schaufenster gesprungen und habe mir die vielen Bücher angeschaut, die darin ausgestellt waren. Zum Erstaunen aller bin ich auf meinen Samtpfötchen so vorsichtig dazwischen auf und ab marschiert, dass nichts umgefallen ist. Ha, das war doch eine meiner leichtesten Übungen - was denken die Leute denn von uns Katzen? Witzig war es auch, den Passanten, die draußen auf der Straße und dem Bürgersteig unterwegs waren, nachzuschauen. Einige blieben sogar stehen und klopften an die Scheibe und lachten oder winkten mir zu, als sie sahen, dass ich kein Dekostück war.

„Schau mal, da sitzt ein echter Kater im Schaufenster", hörte ich gleich mehrere Leute staunend sagen. Schließlich habe ich mich in eine Ecke gequetscht und ein bisschen gedöst. Als ich drinnen den Applaus aufbrausen hörte, wurde ich wach und bin zurück in den Laden gesprungen. Während die Zuhörer sich die Bücher anschauten, meiner Katzenmama und Brigitta Fragen stellten oder ein Buch kaufen wollten, habe ich für meinen selbstlosen Einsatz eine Belohnung bekommen. Eine ganze Tüte mit Leckerlis hat Brigitta für mich rausgerückt, und die durfte ich sofort auffuttern. Natürlich brauchte ich dazu keine Aufforderung, ruck zuck waren die in meinem Bäuchlein verschwunden. Ich glaube, ich habe den beiden Damen ein kleines bisschen die Schau gestohlen, aber das fanden sie total in

Ordnung. Brigitta hat anschließend sogar gefragt, ob meine Katzenmama und ich sie nicht immer zu ihren Lesungen begleiten wollten. Nee Leute, den Stress tue ich mir wirklich nicht an, dazu sind es viel zu viele Abende, an denen wir dann unterwegs sein müssten. Ab und zu mal, das ist was anderes, dann ist es auch für mich eine schöne Abwechslung in meinem Katzenalltag.

So waren wir auch bei einer Lesung in einem Katzencafé dabei. Wo, das darf ich nicht verraten, denn was da passiert ist, das sollte ich eigentlich nicht erzählen, aber für Euch mache ich eine Ausnahme. Also, das war so: Die Samtpfötchen gehören da zum lebenden Inventar, wenn man so will. Die Besucher freuen sich, wenn sie die streicheln können oder ihnen zuschauen dürfen, wenn die Katzen bei den Serviererinnen auf der Schulter sitzen. Natürlich kommt es vor, dass besonders neugierige Katzen auf die Tische springen, und manchmal sind sie sogar so dreist, zu versuchen den Gästen ein Stück Kuchen vom Teller zu klauen. An dem Tag als wir da waren, gab es ein bisschen

Aufregung deshalb. In der Pause, als die Leckereien serviert wurden, war nämlich eine Katze auf einen der Tische gesprungen und hatte zunächst mit einem kleinen Mädchen und ihrer Mutter ein bisschen geschmust. Dann verließ die Mama kurz den Raum, und die Kleine blieb mit der Katze zurück. Kurz darauf erschien die Servererin und stellte für Mutter und Tochter jeweils einen Teller mit einem Stück Sahnetorte hin. Dieser duftenden Köstlichkeit, direkt vor ihrer Nase, konnte die Katze wohl nicht widerstehen. Augenblicklich begann sie damit, bei dem einem Stück einen Teil der Sahnegarnitur mit ihrer winzigen, rosigen Zunge abzuschlecken. Das kleine Mädchen quietschte vor Vergnügen, und alle schauten sich nach ihr um. In dem Moment kam auch ihre Mama zurück, aber die fand das Ganze gar nicht lustig. Sie riss der Katze schnell den Teller fort und schimpfte mit ihrer Tochter, weil sie nicht aufgepasst hatte. Natürlich erschrak die Katze und sprang sofort vom Tisch, um sich in dem Tumult unter einer Bank zu verkriechen. Die meisten Gäste lachten aus vollem Halse, und meine

Katzenmama und Brigitta lachten ebenfalls mit. War doch auch nicht so schlimm oder?

„Wer ein Katzencafé besucht, der muss einfach mit sowas rechnen", das haben sie beide gesagt und sich anschließend die Lachtränen aus den Augen gewischt. Zum Trost bekam das Mädchen ein neues Stück Torte. Und ich durfte von Sabine´s Finger heimlich ein bisschen Sahne schlecken. Hm, die war wirklich lecker!

Jeany

Meine Katzenmama ist nicht mehr die Jüngste, deshalb benutzt sie außerhalb der Wohnung eine Gehhilfe mit Rädern. Und oft begleite ich sie, wenn sie damit spazieren geht oder eine Kleinigkeit einkaufen möchte. Zwei Mal in der Woche laufen wir beide zur Tagespflege, das ist nicht weit, und sie trifft dort nette Leute. Außerdem freuen sich die anderen Gäste auch, wenn sie mich sehen. Aber als wir uns gestern auf den Weg gemacht haben, ist meine Katzenmama plötzlich gestolpert und hingefallen. Sie stöhnte und hat mehrfach versucht sich wieder aufzurichten, aber das klappte einfach nicht. Ich konnte ihr natürlich nicht helfen, und leider war auch niemand in der Nähe. Aber dann hatte ich eine Idee. Ich bin einfach allein bis zum Haus der Tagespflege gelaufen und habe dort vor der Terrassentür so lange gemaunzt, bis dort eine der Mitarbeiterinnen, das war Ute, auf mich aufmerksam geworden ist. Sie hat die Glastür geöffnet und erstaunt gefragt: „Jeany, was ist los? Willst Du heute allein kommen?"

Was sollte ich anderes tun, als weiterhin laut zu miauen, damit sie merken sollte, dass etwas nicht in Ordnung war. Ich habe mich nicht abwimmeln lassen, auch nicht durch das Leckerli, das sie mir netterweise zustecken wollte. Ich habe es gar nicht beachtet, sondern immer weiter laut um Hilfe miaut. Und endlich fiel bei ihr der Groschen. Daraufhin hat sie eine Kollegin gebeten, nach den alten Herrschaften zu sehen, weil sie ahnte, es gab einen guten Grund, warum ich so aufgeregt war. Sonst benehme ich mich nämlich immer sehr gesittet. Ich bin vorausgelaufen, und nach einigen Schritten sah sie schon meine Katzenmama, die auf dem Bürgersteig lag. Daraufhin ist Ute so schnell sie konnte zu ihr gerannt, aber ich war trotzdem schneller.

„Oh Frau Horstmann, wie gut, dass Jeany uns Bescheid gesagt hat. Haben Sie Schmerzen? Soll ich einen Krankenwagen rufen?", fragte sie.

„Ach, ich, weiß nicht…", antwortete meine Katzenmama unschlüssig.

„Kommen Sie, ich helfe Ihnen erst mal

aufzustehen", schlug Ute vor.

Dann fasste sie meine Katzenmama unter die Achseln und wollte sie stützen, aber das half nicht, im Gegenteil. Meine Katzenmama stöhnte nur noch lauter.

„Ich fürchte, ich habe mir doch etwas gebrochen,", sagte sie unter Tränen. „Das hat mir gerade noch gefehlt!"

„Ich rufe jetzt erst mal einen Krankenwagen, dann sehen wir weiter. Wie ist das denn passiert?", fragte Ute.

„Ich weiß es nicht, das ging alles so schnell", stammelte meine Katzenmama.

Dann zog Ute ihr Smartphone aus der Tasche und rief die Feuerwehr an. In einem zweiten Gespräch informierte sie ihre Kollegin Martina, dass sie vorerst bei uns bleiben würde. Es hat zum Glück nicht lange gedauert, da hörten wir schon das Tatü Tata des Krankenwagens, der mit Blaulicht angebraust kam. Inzwischen waren mehrere Leute dazu gekommen, aber falls meine Katzenmama sich etwas gebrochen haben sollte, war es sicher besser, sie nicht zu bewegen, hat Ute denen erklärt. Das haben uns auch die Männer von der Feuerwehr bestätigt, als sie meine Katzenmama dann ganz vorsichtig auf eine Trage gehoben und anschließend in den großen Krankenwagen geschoben haben. Ich wollte auch mit reinspringen, aber das durfte ich nicht. Ungerecht war das, ich wäre so gern mitgefahren, schließlich war ich es doch, die Hilfe geholt hatte.

„Können Sie sich bitte um meine Jeany kümmern?", fragte meine Katzenmama, und Ute nickte.

Sie ließ sich den Hausschlüssel geben, und versprach später im Krankenhaus anzurufen, schließlich war das ja ein Notfall. Und dann fuhr der Krankenwagen ab, während Ute mich auf dem Arm hielt.

„Du kommst jetzt erst mal mit", bestimmte sie, und dann sind wir beide die paar Schritte bis zur Diakoniestation zurückgelaufen. Ihre Kollegin Martina staunte nicht schlecht, als Ute ihr berichtete, was passiert war.

„Du bleibst am besten erst mal hier, Jeany. Wenn wir Feierabend haben, bringe ich Dich nach Hause und erkundige mich nach Deiner Katzenmama", versprach mir Ute.

Das war eigentlich nicht das, was ich wollte,

aber was sollte ich machen? Zuhause kam ich nicht rein, außerdem war ja keiner da. Für die anderen Gäste in der Tagespflege war das Ganze auch aufregend, aber alle haben mich gelobt, denn wer weiß wie lange meine Katzenmama auf den Bürgersteig gelegen hätte, wenn ich nicht Hilfe geholt hätte. Und kurz nach dem Mittagessen klingelte das Telefon. Meine Katzenmama war dran und berichtete Martina, dass sie wieder zuhause war. Im Krankenhaus hatte man sie gründlich untersucht, aber zum Glück hatte sie sich nichts gebrochen, sondern nur eine starke Prellung davongetragen, daher durfte sie zurück nach Hause.

„Ach, das freut mich aber!", hörte ich Martina sagen. „Ute oder ich bringen Ihnen Jeany nach Feierabend zurück. Sie sollten sich jetzt erst mal ausruhen. Ist das in Ordnung?", fragte sie.

Puh, ich war sooo erleichtert das zu hören, als Martina es Ute erzählte. Bis ich wieder nach Hause konnte würde es noch einige Stunden dauern, also habe ich mich erst mal in einer Ecke zusammengerollt und ein Nickerchen gemacht. Das hatte ich nach all der Aufregung doch verdient oder? Und die angebotenen Leckerlis, die habe ich mir dann auch schmecken lassen. Wie versprochen, hat Ute mich später nach Hause gebracht.

„Jeany ist eine echte kleine Heldin", hat sie gesagt.

Meine Katzenmama lachte. „Stimmt, ich werde Ihr jetzt schnell eine Dose mit ihrem Lieblingsfutter aufmachen, das hat sie sich redlich verdient!"

Na, das kann ich mir doch nicht entgehen lassen! Also macht es gut, liebe Leute und passt gut auf Euch auf, ich kann schließlich nicht überall sein!

Popeye

Ob Ihr es glaubt oder nicht, die Menschen missbrauchen uns Katzen zu allen möglichen Schandtaten. Ich muss das wissen, denn ich wohne seit einiger Zeit im Knast. Freiwillig, weil es mir immer noch besser erschien als auf der Straße zu leben - jedenfalls für den Übergang. Als ich herkam, hatte ich zuvor einen heftigen Kampf mit einem anderen Kater. Da war ich wirklich froh, dass mich die nette Gefängnisseelsorgerin gefunden und mitgenommen hat. Sie hat meine Wunden versorgt, mich gesund gepflegt und aufgepäppelt. Sie hat mir den Namen Popeye gegeben. Um ihr eine Freude zu machen, habe ich irgendwann darauf gehört. Das Leben eines jungen Katers, noch dazu als ungeliebter Streuner, kann verflixt mühsam und manchmal sogar gefährlich sein – leider. Alle Männer, die hier wohnen, sind irgendwie mit dem Gesetz in Konflikt geraten, und weil sie erwischt worden sind, hat man sie zur Strafe eingesperrt. Einige bleiben nur einige Monate, andere müssen viele Jahre brummen. Die meisten arbeiten tagsüber in einer der Werkstätten der Justizvollzugsanstalt, so heißt unser Zuhause offiziell. Abends muss jeder Gefangene in seine Zelle, die dann bis zum nächsten Morgen hinter ihm verschlossen wird. Ich fürchte, viele die hier einsitzen haben etwas richtig Schlimmes verbrochen. Zum Beispiel mit Drogen gedealt; das ist ein ganz übles Zeug, von dem schon viele Leute süchtig geworden sind. Manche sind sogar daran gestorben, deshalb ist es streng verboten damit zu handeln. Wer damit erwischt wird, der kommt ins Gefängnis. Einmal im Monat dürfen die Häftlinge unter Aufsicht Besuch empfangen, und auch dabei werden sie bewacht. Aber im Gegensatz zu den Gefangenen, darf ich mich auf dem Gelände frei bewegen. Es ist bestimmt kein leichtes Leben für die Männer, und die meisten sind froh, wenn sie hier überhaupt ein paar Freunde finden. Mich lieben fast alle. Ich bringe Fröhlichkeit und Abwechslung in ihr ansonsten recht eintöniges Leben. Bei meinem Anblick werden auch die härtesten Kerle weich, streicheln mich oder heben mir von ihrem Essen die leckersten Bissen auf.

Nein, in dieser Hinsicht kann ich mich wirklich nicht beklagen. Trotzdem ist dieser Ort auf die Dauer nichts für mich, aber das wusste ich eigentlich schon vor dieser üblen Geschichte.

„Eine harmlose Katze kann sich überall einschleichen", hat einer der Häftlinge grinsend gesagt. Er wollte, dass ich für seinen Kameraden einige verbotene Dinge in dessen Zelle schmuggle. Dabei wusste ich nicht mal wo ich seinen Kumpel finden konnte, aber weil ich überall herumstromern kann, dachte er wohl, sein Freund würde mich schon finden. Deshalb hat er mir eine kleine Plastiktüte um den Hals gebunden, in die er die Sachen gesteckt hat. Woher er die bekommen hat? Keine Ahnung - vielleicht hat einer der Besucher oder seine Anwältin die für ihn mitgebracht. Aber das ist natürlich nur eine Vermutung. Hier wird mit allem möglichen gehandelt und auch getauscht. Natürlich ist auch das streng verboten, aber die Wärter bekommen nicht immer alles mit, und manche drücken möglicherweise auch hier und da ein Auge zu. Natürlich nur, wenn es sich um harmlose Dinge handelt. Schwer war der Beutel nicht, trotzdem fühlte ich mich nicht wohl damit. Aber ich konnte das Ding auch nicht abstreifen. Also bin ich damit losgelaufen. Immer, wenn ein Wärter kam, habe ich mich versteckt so gut ich konnte, aber dann hat mich doch einer entdeckt, gepackt und in eine freie Zelle gesteckt. Natürlich habe ich mich nach Kräften gewehrt und die Krallen ausgefahren und gekratzt, half aber nix, er war stärker. Ich war stinksauer, schließlich konnte ich doch nichts dafür, dass so ein Idiot meinte, ich sollte für ihn den Boten spielen. Die Tüte hat mir der Aufseher gleich abgenommen; wenigstens etwas, angeblich war eine Sim-Karte und sogar Rauschgift drin. Beides hätte ich keinesfalls abliefern dürfen, aber konnte ich das wissen oder mich dagegen wehren? Nee, natürlich nicht. Meine liebe Freundin hatte ein paar Tage frei und war leider nicht da, um mich zu befreien. Das eingesperrt sein hat mir ganz und gar nicht gefallen, das könnt Ihr mir glauben! Und als sich am nächsten Morgen dann die Zellentür öffnete, bin ich sofort entwischt, obwohl ich gewaltigen Hunger hatte. Zwar habe ich gesehen, dass der Beamte, der nach mir schauen wollte, für mich ein Schälchen und eine Dose Futter dabeihatte, aber das war mir in dem Augenblick völlig schnurz. Ich ahnte, dass ich etwas Verbotenes getan hatte, deshalb hatte ich große Angst, dass sie mich womöglich auch auf unbestimmte Zeit hier einkasteln würden. Nein danke, nicht mit mir! Wie ein Irrwisch bin ich durch die Gänge geflitzt; zum Glück bin ich schlank und passe durch die Gitterstäbe, die die einzelnen Bereiche voneinander trennen. Das Personal braucht dafür Schlüssel, ich nicht. Durch pures Glück habe ich irgendwann den Ausgang gefunden, nachdem ich eine ganze Weile umhergeirrt war. Und dann stand ich im Innenhof. Dort habe ich mich hinter Büschen versteckt, bis sich das große Tor kurz öffnete und ein Auto auf den Hof rollte, dass einen weiteren Gefangenen brachte. Diesen Moment habe ich ausgenutzt, um auf die Straße zu laufen. Schade, meine Freundin werde ich wohl nie wiedersehen, aber ein Kater wie ich, der braucht seine Freiheit. Vielleicht habe ich ja Glück und finde doch noch ein schönes, weniger gefährliches

Zuhause, drückt bitte mal ganz fest die Daumen, dass mir das gelingt!

Mila und Sternschnuppe

Mein Name ist Mila, und ich bin eine schwarzweißgrau getigerte Katze. Vor der Brust habe ich ein weißes Lätzchen und unter dem Bauch auch einen hellen Fleck. Das Erste, was ich in meinem Leben geschnuppert habe, war außer dem süßen Milchgeruch unserer Katzenmutter der Duft von Pferden. Unsere Katzenmutter hatte sich nämlich in unserem Gestüt in eine Box zurückgezogen, um ihre Kleinen zur Welt zu bringen. Das war eine gute Wahl, denn im Pferdestall ist es immer warm und gemütlich. Es war die Box von Sternschnuppe. Das ist eine wunderschöne, braune Stute mit schwarzer Mähne. Sie ist wirklich sehr temperamentvoll und unglaublich schnell. Zusammen mit unserer Katzenmutter hat sie sich um uns gekümmert, aber von Anfang an besonders um mich. Unsere Katzenmutter und meine Geschwister sind irgendwann ihrer Wege gegangen, aber ich bin immer in Sternschnuppes Nähe geblieben, und bald waren wir unzertrennlich. Ich halte mich so gut wie immer in ihrer Nähe auf, und wenn

Sternschnuppe auf der Weide grasen darf, dann komme ich natürlich auch mit. Oft lässt sie mich dann auf ihrem Rücken reiten. Ich finde es toll, die Welt aus dieser Perspektive anzuschauen. Unsere Menschen wissen das wir zusammengehören, und so darf ich immer dabei sein, wenn Sternschnuppe läuft. Sie ist nämlich ein Rennpferd und hat schon ganz viele Turniere gewonnen, eigentlich fast alle, an denen sie teilgenommen hat. Sie wird in Fachkreisen als Wunderstute gehandelt. Ich glaube, so viele Pokale wie sie hat noch kein anderes Pferd mit nach Hause gebracht. Natürlich bringt dieser Ruhm es auch mit sich, dass wir viel unterwegs sein müssen, was für eine Katze wie mich eigentlich ganz und gar nicht typisch ist. Aber ich möchte Sternschnuppe nicht allein lassen, weil ich weiß, sie braucht mich genauso wie ich sie. Ich gebe ihr Kraft und Zuversicht vor jedem neuen Rennen. Deshalb schlafen wir auch nach wie vor in einer Box, fressen zusammen und sind die allerbesten Freunde, da spielt die Größe gar keine Rolle. Wie ich schon sagte, nimmt Sternschnuppe an Pferderennen in der ganzen Welt teil. Deshalb müssen wir manchmal sogar mit dem Zug zu den Orten befördert werden, wo diese Wettkämpfe stattfinden. Und dabei gab es einmal einen kleinen Zwischenfall, denn unser neuer Pferdepfleger wusste nicht, dass er außer Sternschnuppe unbedingt auch mich in den Transporter hätte bringen müssen. Vielleicht war das für alle so selbstverständlich, dass keiner daran gedacht hat, ihm das zu sagen. Erst dachte Sternschnuppe wohl, ich würde nach ihr in den Transporter gesetzt, aber ehe sie sich versah schloss sich hinter ihr die Tür, und ich war nicht mit drin. Ich hatte gar nicht mitbekommen, dass man sie geholt hatte. Ab und zu hat man ja selbst ein dringendes Bedürfnis zu erledigen, daher war ich irgendwo draußen, als das Unglück geschah. Dann kam ich zurück in den Stall und fand ihn leer. Ihr könnt Euch sicher denken, wie erschrocken ich war. Überall habe ich nach Sternschnuppe gesucht, auf dem ganzen Hof. Aber sie war fort – ohne mich. Ich war sehr traurig und konnte es gar nicht fassen, denn das war noch nie geschehen. Bis, nach unendlich langer Zeit, der Wagen des Gestüts wieder auf den Hof gerumpelt kam und der neue Mann nach mir rief, während ich Sternschnuppe laut nach mir wiehern hörte. Natürlich bin ich sofort gekommen, weil ich mir Sorgen um meine Freundin gemacht habe. Und dann wurde ich wieder zu ihr in den Transporter gesetzt, und Sternschnuppe berichtete mir empört, dass der Mann sie in den Zug verfrachten wollte, weil mal wieder ein großes Rennen stattfinden sollte. Leider hatte ihm vorher niemand gesagt, dass ich immer mitreise. Aber Sternschnuppe hatte sich standhaft geweigert den Anhänger zu verlassen, und als sie dann von mehreren Helfern in den Zug bugsiert werden sollte, da hat sie richtig protestiert. Hat um sich getreten, laut nach mir gewiehert und war nicht zu bewegen den Transporter zu verlassen. Der Zug ist schließlich ohne sie abgefahren. Dann kam endlich jemand auf die Idee hier anzurufen und unseren alten Pferdepfleger um Hilfe zu bitten. Der ahnte vielleicht sogar was los war und ist sofort zum Bahnhof gefahren, um nach dem Rechten zu sehen. Ihm ist es schließlich gelungen Sternschnuppe zu beruhigen. Dann sind sie mit ihr zurückgefahren, um mich zu holen. Mit mir zusammen war Sternschnuppe lammfromm und hat sich ohne Probleme in den Zug bringen lassen. Sie war immer noch entrüstet, weil man sie abgeholt hatte, ohne daran zu denken mich auch mitzunehmen.

Aber natürlich hat sie ein paar Tage später auch in dieser Stadt das große Rennen gewonnen, und ich habe währenddessen im Stall auf sie gewartet und ihr dafür ganz tüchtig die Pfötchen gedrückt. Wieder sind wir mit einem Pokal nach Hause gekommen, und die Familie, der das Gestüt gehört, ist sehr stolz - auf uns beide! Sie wissen genau, dass ich auch zu Sternschnuppes Triumpf beigetragen habe. Nun können wir uns für eine kleine Weile auf der Koppel ausruhen, solange bis das Training für das nächste Rennen beginnt. Und der neue Pferdepfleger, im Grunde ist er ein guter Kerl, wird bestimmt dafür sorgen, dass ihm so ein Missgeschick nicht wieder passiert.

Einige meiner Geschichten beruhen auf einer wahren Begebenheit, so wie auch diese. Es gab tatsächlich ein ungarisches Rennpferd, dass niemals ohne seine Katzenfreundin auf Reisen ging.

Tiger

Hi Leute, ich binTiger. Ich wurde seinerzeit auf einem Bauernhof geboren, zusammen mit vier weiteren Geschwistern. Unsere Katzenmama hatte schon einige Male Babys gehabt und wusste was sie uns beibringen musste, damit wir überleben konnten. Denn viel Getue hat man um sie und ihre Kleinen auf dem Hof nicht gemacht. Nachdem wir entwöhnt waren, kamen eines Tages ein Mann und eine Frau mit zwei kleinen Jungs und nahmen meine Schwester und mich mit. Wir freuten uns auf unser neues Zuhause, allerdings war das leider verfrüht. Ich denke, sie wollten uns als Spielkameraden für ihre Kinder haben. Die beiden haben uns Mimi und Tiger genannt. Viel gekümmert haben die Großen sich um uns nicht. Und die Jungen waren viel zu klein, um wirklich Verantwortung zu übernehmen. Außerdem wollte die Familie schon einige Tage später für ein Wochenende wegfahren. Dabei hatten wir uns noch nicht mal richtig eingewöhnt. Zwar hatten sie uns etwas Futter und Wasser in ihrem Carport hingestellt, aber ansonsten wurden wir uns selbst überlassen. Aber das Allerschlimmste war, dass der Vater der beiden Jungs meine arme Schwester, kurz nachdem sie wieder da waren, mit seinem Auto überfahren hat. Beim Zurücksetzen hatte er sie nicht gesehen, so ist sie unter die Räder gekommen und war so schwer verletzt, dass sie kurz danach über die Regenbogenbrücke gegangen ist. Ich war schrecklich traurig und habe sie sehr vermisst. Natürlich haben die beiden Jungs auch geweint, deshalb sind ihre Eltern noch mal zu dem Bauernhof gefahren und haben meinen Bruder Wickie geholt, damit jeder Junge wieder eine eigene Katze hatte. Wickie's Pelz ist übrigens braunschwarz getigert und meiner grauschwarz. Es hat gar nicht lange gedauert, da hatten die beiden Jungs keine Lust mehr sich mit uns zu beschäftigen, deshalb kam ein Hund ins Haus, so ein großer, der oft gebellt hat. Vor dem hatten Wickie und ich Angst, deshalb sind wir ihm aus dem Weg gegangen so gut wir konnten. Eigentlich waren wir beide von dem Tag an Streuner, und sind schon als kleine Kater jammernd durch die Siedlung geirrt. Die anderen Bewohner dachten natürlich, wir würden in das Haus auf der Ecke gehören und haben uns zwar geduldet, aber mehr auch nicht. Oft hatten wir Hunger und sind maunzend durch die Straßen gelaufen, bis sich einer erbarmt hat und uns etwas zum Fressen gegeben hat. Zu der Zeit gab es schon mehrere Katzen in der Siedlung und bald wussten Wickie und ich auch, wo deren Fressnäpfe standen. Einige waren nett und ließen uns ihre Reste fressen, andere haben uns verjagt. Auch ihre Leute waren nicht immer freundlich, trotzdem hat Wickie sich als Erster ein neues Zuhause gesucht und auch gefunden. Ab und zu ist er hier mal wieder aufgetaucht, aber irgendwann ist er ganz fortgeblieben, und ich hoffe, es geht ihm immer noch gut. Von da an war ich auf mich allein gestellt. Wie gut, dass unsere Mutter uns frühzeitig beigebracht hat, wie man Mäuse und andere Beute fängt. Natürlich war ich nicht immer erfolgreich, schließlich war ich ja noch klein.

Nachdem Wickie nicht mehr da war, habe ich versucht in dem Haus gegenüber eine neue Bleibe zu finden, denn da gab es zwei kleine Mädchen. Die mochten mich und haben mir ab und zu ein Leckerli zugesteckt. Ich glaube, ihre Mama hat das weniger gern gesehen, denn immer wenn ich ins Haus kam, wurde ich wieder nach draußen geschickt. Irgendwann tat ich ihr wohl doch leid, und sie wollte es mit mir probieren. Aber nachdem ich einige Dummheiten gemacht habe, bin ich dort endgültig rausgeflogen. Dabei war es doch gar nicht so schlimm, dass ich mal auf den Küchentisch gesprungen bin und mir ein Stück Schinken vom Frühstück gemopst habe, oder? Aber nachdem ich versucht habe im Wohnzimmer meine Krallen an einer Stelle des Parketts zu schärfen, hat sie endgültig die Geduld mit mir verloren. Oje, das hat mächtig Ärger gegeben! Einen Kratzbaum hatten sie mir ja nicht gekauft, und irgendwo musste ich mich doch austoben. Jedenfalls hat die Mama der Mädchen furchtbar laut gezetert und verlangt, dass ich sofort und für immer gehen sollte. Keiner hat ihr widersprochen und mich verteidigt, im Gegenteil, die haben alle gekuscht. Wenn ich später doch mal wieder aufgetaucht bin um zu betteln, dann haben sie mich weggejagt.

Dann habe ich es wiederum in einem anderen Haus probiert. Da wohnte ein Junge mit seinen Eltern. Die haben mich eine ganze Weile regelmäßig gefüttert, und fast habe ich sie schon als meine Familie angesehen. Aber ins Haus durfte ich bei denen auch nicht, deshalb habe ich mir zum Schlafen immer irgendwo draußen ein ruhiges, möglichst trockenes Plätzchen gesucht. So habe ich oft in dem Holzhaus auf dem Spielplatz geschlafen. Über die Rutsche kam man da ganz gut rein, jedenfall, wenn es nicht vorher nicht geregnet hatte. Die Nacht ist ja die beste Zeit zum Jagen für uns Katzen. Ich liebe diese lauen Sommernächte sehr, und gerade dann könnte ich niemals im Haus bleiben. Es gibt immer etwas zu entdecken und zu erleben. Geheimnisvolle Geräusche und Begegnungen mit anderen Tieren, das alles macht die Nacht für uns so spannend.
Aber dann haben sie sich in den Kopf gesetzt, sich lieber eine teure Rassekatze anzuschaffen. So ist Julius zu ihnen

gekommen, das ist ein Norwegischer Waldkater mit langem, karamellfarbenem Pelz. Der war noch ganz winzig, als sie ihn geholt haben. Und als er später nach draußen durfte, habe ich ihn unter meine Fittiche genommen. Wir beide haben uns schnell miteinander angefreundet und sind richtig dicke Kumpel geworden. Wir haben oft miteinander gerauft und spielerisch unsere Kräfte gemessen, aber seine Katzenmama hat das wohl missverstanden und gedacht, ich will ihm weh tun. Deshalb hat er einen Chip eingepflanzt bekommen, und wenn er dann durch seine Katzenklappe ins Haus wollte, ging die automatisch auf. Aber mich haben sie nicht chippen lassen und ich musste draußen bleiben. Gefüttert haben sie mich auch nicht mehr. Nur der Papa hatte Mitleid mit mir. Er hat seiner Frau vorgeworfen, dass sie mich einfach abserviert hat. Ich zählte plötzlich gar nicht mehr, ich war ja nur ein gewöhnlicher Kater vom Bauernhof, und sich um so ein Tier zu kümmern, das war offenbar unter ihrer Würde. Das hat mich sehr verletzt. Bin ich deshalb weniger wert, als eine Katze für die man viel Geld bezahlen muss? Aber Julius und mich hat unsere unterschiedliche Herkunft nie gestört, wir sind Freunde geblieben, bis heute.

In dem großen Mietshaus in unserer Straße wohnt eine Familie mit einem Mädchen. Die war damals noch recht klein. Da bin ich zwischendurch auch immer mal wieder hingegangen. Sophie und ihre Eltern waren wirklich nett zu mir. Sophie hat viel mit mir gespielt, mich auf den Schoß genommen und mich gern gestreichelt. Sie hat mir das Gefühl gegeben, dass ich auch liebenswert bin, obwohl ich keine Rassekatze, sondern ein Streuner bin. Sie hat ihre Eltern ständig um Leckerlis für mich angebettelt, und ich glaube, die hätten mich sogar damals schon bei sich einziehen lassen, aber natürlich dachten sie, so wie alle Anderen auch, sie dürften mich nicht ganz und gar von meiner Ursprungsfamilie fortlocken. Zu der Zeit ahnte noch keiner, dass die mich eigentlich gar nicht mehr haben wollte, aber ich habe das ganz genau gespürt und Wickie auch.

Deshalb hat er sich ja so schnell er konnte aus dem Staub gemacht, woanders sein Glück gesucht und wohl auch gefunden. Irgendwann hat die Mama von Sophie gemerkt, dass ich schon längst kein Zuhause mehr hatte, und dann haben sie wirklich alles versucht mich bei sich heimisch werden zu lassen. Da gab es nur ein Problem. Inzwischen war ich es gewohnt jederzeit kommen und gehen zu können wie es mir passte. Das war mir sehr wichtig, aber das konnte ich bei ihnen leider nicht. Sie wollten, dass ich im Haus bleibe, wenn es dunkel wurde, denn eine Katzenklappe durften sie in ihrer Wohnung nicht einbauen. Und wenn ich sie nachts einige Male geweckt habe, damit ich raus konnte, das fanden sie auf die Dauer nicht sehr lustig. Aber gefüttert haben sie mich trotzdem weiterhin, wenn ich zu ihnen kam, und das rechne ich ihnen hoch an. Sophie's Mama hat schnell bemerkt, dass ich lieber die Dosen mit dem pürierten Inhalt mag, und sie weiß auch, welche Leckerlis mir besonders gut schmecken. Von ihr habe ich regelmäßig die Wurmkur und das Zeug gegen die ollen Zecken und Flöhe verpasst bekommen, das fand ich allerdings nicht so toll. Aber sie hat es ganz bestimmt gut mir mit gemeint und sich irgendwie für mich verantwortlich gefühlt, da bin ich sicher. Deshalb wird sie immer meine Freundin bleiben und Sophie auch. Sie sind oft ins Tierheim gefahren, und eines Tages kamen sie tatsächlich mit einer Katze zurück. Die heißt Motti und ist ebenfalls eine Tigerin. Als ich sie zum ersten Mal sah, da war ich richtig erschrocken. Mit den Frauen habe ich es nicht so. Das habe ich gemerkt, als die schwarze Luna in unserer Nachbarschaft eingezogen ist. Sie ist auch aus dem Tierheim gekommen; und ich denke, dort hat sie gelernt wie man sich zur Wehr setzt, wenn es nötig ist. Sie hält sich ohnehin meistens von uns Katern fern, aber wenn sich doch mal einer in ihr Revier verirrt, dann weist sie den ganz schnell in seine Schranken. Luna hat ein sehr kräftiges Organ und wenn sie laut schimpft, dann reicht das schon aus, um jeden Eindringling zu vertreiben. Mit ihr will sich keiner anlegen. Tja, und dann kam noch Motti hinzu - als hätten wir nicht schon genug Katzen hier in der Siedlung; das war mein erster Gedanke. Außer mir gab es zu der Zeit ja noch Julius, den grauen Willi mit dem weißen Lätzchen und den weißen Stiefeln und Jonny. Er und Luna hätten Zwillinge sein können, beide waren kohlrabenschwarz und hatten ein kleines Medaillon auf der Brust.

Aber zurück zu Motti. Die war also bei der Familie Niemeier eingezogen, wurde von allen verwöhnt und sehr geliebt. Aber eigentlich hatte ich da doch Hausrecht, jedenfalls, wenn ich gewollt hätte. Motti sah das allerdings ganz anders. Sie fühlte sich als Herrscherin und hätte bestimmt lieber gesehen, dass ich mich ihr untergeordnet hätte. Wollte ich aber nicht. Kurz und gut, wir beide haben uns trotzdem miteinander arrangiert und ab und zu begrüßen wir uns sogar ganz liebevoll. Aber es kann genauso gut sein, dass wir aufeinander losgehen, wenn wir Lust dazu haben. Kommt ganz auf unsere Laune an, zugegeben mehr auf meine, denn Motti ist meistens ganz verträglich.

Aber ich hatte längst beschlossen, dass ich am allerliebsten bei Jonny und seinen

Katzeneltern einziehen wollte. Ihr Haus und der große Garten haben mir schon immer gefallen. Der Haken war bloß der, dass ich mit Jonny nicht wirklich gut auskam. Unter uns, in meinen Augen war der einfach viel zu lieb. Er hat sich nie geprügelt und sogar alle aus seinem Napf fressen lassen. Dabei saß er auf der Fensterbank und schaute zu. So viel Toleranz ging mir auf die Nerven. Als er zu seinen Katzeneltern kam, hatte man ihn ausgesetzt. Er war halb verhungert und ganz dringend auf der Suche nach einem neuen Zuhause, deshalb hat er sich ihnen von Anfang an unglaublich angepasst und alles getan, nur damit er bleiben durfte. Er hat gefressen, was immer sie ihm vorgesetzt haben, er ist nachts im Haus geblieben, meistens jedenfalls, und ist ganz schnell zu einem richtigen Hauskater geworden. Alle Kinder in der Nachbarschaft mochten ihn und haben ihn sogar zum „König der Straße" ernannt und ihm einen richtigen Thron gebastelt. Der Jonny wurde von seinen Katzeneltern ganz unglaublich geliebt und verwöhnt! Wenn er sich wirklich mal getraut hat nicht pünktlich nach Hause zu kommen, ist seine Katzenmama mit der Leckerlidose klappernd durch die Siedlung gelaufen und hat nach ihm gerufen. Wer von uns das gehört hat und gekommen ist, der bekam dann auch ein Leckerli und ein paar liebevolle Streicheleinheiten von ihr. Aber, wenn ich in der Nähe war, dann hat Jonny sich nicht an mir vorbei getraut, sondern hat sich versteckt. Der hatte mit einem Schlag alles, was ich mir so sehr gewünscht hatte; das konnte ich einfach nicht ertragen. Deshalb habe ich ihn oft geärgert, und er hatte Angst vor mir. Er mochte nicht raufen und ist jeder Keilerei lieber aus dem Wege gegangen – im Gegensatz zu mir. Deshalb habe ich auch den Schlitz im Ohr, das ist vor Jahren bei einem Kampf mit einem anderen Kater passiert. Der hat aber auch sein Fett abbekommen und ist seitdem hier nie wieder aufgetaucht. Wie gesagt, Jonny's liebe Katzenmama mochte alle Katzen und hat mich auch oft heimlich im Keller gefüttert, wenn ich ihr was vorgejammert habe. Jonny hatte oben in der Küche seinen Futterplatz. Tagsüber konnte er immer durch seine Katzenklappe in der Waschküche rein und raus. Und wenn die Tür nach oben nachts verschlossen wurde, dann bin ich manches Mal durch die Klappe ins Haus gehuscht, habe dort geschlafen und mir vorgestellt wie schön es wäre, wenn ich hier der Hausherr sein könnte.

Als die bösen Hunde vom Reiterhof hinter mir her waren, bin ich auch durch Jonny´s Katzenklappe geschlüpft und habe mich dann schnell versteckt. Unglücklicherweise passte der kleinere der beiden Hunde auch hindurch und hat versucht mich aufzuspüren, während der größere draußen stand. Beide bellten wie verrückt, und dadurch ist Jonny´s Katzenpapa aufgewacht. Der kam schnell runter, und hat mit einem Besen bewaffnet die bösen Hunde verjagt. Ich fand es sehr nett von ihm mich zu beschützen, aber ich glaube, wenn die Hunde Jonny angegriffen hätten, dann hätte er sich noch viel mehr aufgeregt. In dem Fall war es wohl wirklich gut, dass die Tür nach oben zu war, sonst hätte der Hund mich sicher durch das ganze Haus gejagt und womöglich Jonny noch dazu.

Leider ist Jonny eines Tages sehr krank geworden und über die Regenbogenbrücke gegangen. Als ich ihn so leblos in seiner Box liegen sah, war ich ehrlich erschrocken, denn das hatte ich ihm nicht gewünscht! Seine Katzenmama war unglaublich traurig und hat sehr geweint, aber ich habe sie getröstet so gut ich konnte. Wochenlang bin ich nicht von ihrer Seite gewichen, egal wohin sie gegangen ist. Ich glaube, das hat ihr gutgetan. Irgendwann hat sie begriffen, wie sehr ich mir gewünscht habe bei ihr bleiben zu können. Und dann bin ich ganz hier eingezogen.

Anfangs haben sie mich ja noch im Keller gefüttert, aber das wollte ich auf die Dauer nicht mitmachen. Ich war doch jetzt kein Kater zweiter Klasse mehr! Das habe ich Sophie und ihrer Mama sehr deutlich gemacht, als die zwei Tage auf mich aufgepasst haben, weil meine Katzeneltern nicht da waren. Habe mich glatt geweigert im Keller zu fressen. Stattdessen bin ich zurück in die Küche marschiert und habe ihnen deutlich gezeigt, wo ich meine Näpfe hingestellt haben wollte. Nämlich genau da, wo die von Jonny früher gestanden haben, schließlich habe ich ja nun mehr oder weniger seinen Platz eingenommen. Meine Katzenmama spricht noch ganz oft von ihm, und wird ihn sicher nie vergessen. Das ist ja auch in Ordnung, solange sie mich genauso liebhat wie ihn und Teddy, das war sein Vorgänger. Beiden hat sie ein Buch gewidmet und über mich gibt es auch schon einige Geschichten. Vielleicht kriege ich ja auch mal ein ganzes Buch, das würde mich wirklich freuen! Aber das Wichtigste ist für mich, dass ich jetzt ein schönes Zuhause bekommen habe. Hier werde ich verstanden - genauso wie ich bin, und keiner schimpft mit mir, wenn ich die Nächte lieber draußen verbringen möchte. Zum Frühstück komme ich ja wieder. Sie wissen, dass ich mich nicht mehr ändern kann. Nur meine Geschenke, die soll ich nicht mit reinbringen, das habe ich inzwischen begriffen. Dabei wollte ich ihnen damit doch zeigen wie gern ich sie habe, aber ich glaube, das wissen sie sowieso. Meine Katzenmama und ich genießen es besonders, wenn ich mich ab und zu auf ihrem Schoß niederlasse, um da ein Nickerchen zu machen. Dann krault und streichelt sie mich und erzählt mir, wie lieb ich bin. Ach, das tut so gut, selbst einem alten Haudegen wie mir – das könnt Ihr glauben!

Hilfe! - eine Maus im Haus

Unser Kater Tiger ist leider ein großer Jäger, was man ihm gar nicht zutraut, wenn man das kompakte Kerlchen sieht. Bevor er bei uns einzog, war er der Siedlungsstreuner, den wir nach dem Tod unseres geliebten Katers Jonny bei uns aufgenommen haben. Jetzt genießt er sein schönes Zuhause und möchte sich gelegentlich dafür erkenntlich zeigen. So brachte er uns neulich ein ganz spezielles Geschenk mit. Aus seiner Sicht war es ganz sicher eine noble Geste, uns mit einer lebenden kleinen Maus zu beglücken, aber verständlicherweise sahen mein Mann und ich das völlig anders. Wir saßen vor dem Fernseher und freuten uns auf einen gemütlichen Abend, als wir durch Tigers lautes Triumpfgeschrei alarmiert wurden. Damit kündigt er in der Regel an, dass er uns etwas mitgebracht hat. Sofort sprangen wir auf, um nachzusehen um was es sich diesmal handelte. Aber Tiger war schneller als wir. Ehe wir es verhindern konnten, war er mit seiner Beute ins Wohnzimmer geflitzt, öffnete dort sein Mäulchen und ließ die winzige braune Maus laufen. Sicher in Erwartung eines Lobes, sowie eines kleinen Leckerlis schaute er mich fragend an.

Stattdessen schrie ich entsetzt: „Tiger, nein!" Geistesgegenwärtig hatte mein Mann währenddessen die Türen zum Flur und Esszimmer geschlossen, damit die Maus nicht durch das ganze Haus flitzen konnte. Dafür schickte ich Tiger ins Esszimmer – ohne Belohnung. Die kleine Maus rannte währenddessen hektisch kreuz und quer durch unser Wohnzimmer. Sie tat mir furchtbar leid, aber ich wollte sie unbedingt retten und lebend aus dem Haus bringen. Natürlich konnte das Mäuschen das nicht wissen, daher war es kein Wunder, dass es sich äußerst unkooperativ zeigte und uns immer wieder entwischte. Um unseren ungebetenen Gast fangen zu können, holte ich einen Eimer und einen Karton, aber die ängstliche Maus widersetzte sich all unseren Bemühungen standhaft. Draußen stören Mäuse mich nicht, im Gegenteil, ich finde sie sogar niedlich; wenn sich allerdings eine ins Haus verirrt, dann sieht die Sache anders aus. Zu meiner Schande muss ich gestehen, dass ich einige Male erschreckt aufgeschrien habe, wenn die Maus zu nah an mir vorbeirannte. Etwa anderthalb Stunden hielt das Tierchen uns in Atem. Wir hatten alles Mögliche zur Seite geräumt und sogar die Sofas verrückt, um die Maus zu erwischen. Das ganze Zimmer sah inzwischen aus wie ein Schlachtfeld. Am Schluss rettete sich die Maus hinter den Wohnzimmerschrank. Dort war sie ja für uns endgültig unerreichbar geworden. Anschließend waren wir beide völlig erschöpft, und ich hatte das Gefühl kurz vor einem „Herzkasper" zu stehen. Weil ich mich weigerte allein mit der Maus im Wohnzimmer zu bleiben, blieb mein Mann, der eigentlich in seinem Zimmer ein Fußballspiel anschauen wollte, netterweise bei mir. Von dem Krimi, den ich gern sehen wollte, habe ich allerdings nicht mehr viel mitbekommen, weil meine Blicke immer wieder zum Schrank hingingen, in der Erwartung, dass die Maus womöglich doch wieder hervorkommen könnte. Schließlich gingen wir zu Bett und beschlossen am nächsten Tag die Terrassentür weit offen stehen zu lassen, damit die Maus nach draußen laufen konnte. Während mein Mann in seinem Büro saß, fuhr ich einkaufen und brachte eine Lebendfalle mit, für den unwahrscheinlichen Fall, dass die Maus doch noch im Haus sein sollte. Diese Falle, mit einem Stück Käse gefüllt, stellten wir zusätzlich im Wohnzimmer auf. Den ganzen Tag mied ich diesen Raum, und am Abend dachten wir beide, die Maus sei längst verschwunden. Die Falle war ebenfalls immer noch unberührt, also wurde sie wieder fortgeräumt.

Am nächsten Morgen saß ich nichtsahnend am Frühstückstisch, als ich sah, dass unser Tiger, der unter einen Stuhl im Esszimmer zu dösen schien, plötzlich wie von der Tarantel gestochen lospreschte und ins Wohnzimmer lief. Einen Augenblick später tauchte die Maus in der Küche auf, und unser behäbiger Tiger raste wie ein geölter Blitz hinter ihr her. Erschrocken rief ich meinen Mann, der zum Glück in der Nähe war, zu Hilfe. Tiger hatte bei der Hetzjagd das Glasschälchen mit verdünnter Milch, die ich ihm vor Kurzem serviert hatte, umgeworfen. Durch das laute Scheppern irritiert, hielt er einen Moment inne. Dieser kurze Augenblick reichte dem Mäuslein, um in den Flur zu entkommen und sich in unseren kleinen Abstellraum, der zum Glück offenstand, zu retten.

„Das ist gut", meinte mein Mann. „Da kann sie uns nicht entkommen."

Wieder wurde die Lebendfalle hervorgeholt und mit einem frischen Stück Käse gefüllt. Äußerst vorsichtig öffnete mein Mann die Tür einen Spalt und schob die Falle hinein.

„Wenn wir Glück haben, ist sie inzwischen so hungrig, dass sie reingeht", sagte er. Nun konnten wir nichts mehr tun als abwarten, während unser Kater, der wohl verstanden hatte, dass seine Beute ihm erneut entwischt war, sich wieder zur Ruhe begab. Nach zwei Stunden, die wir draußen mit Gartenarbeit verbrachten, wurde es für mich Zeit das Mittagessen vorzubereiten. Bevor wir uns niedersetzten, schaute mein Mann noch einmal nach der Maus. Wir hofften ja beide, dass wir sie retten konnten. Sie hatte so viel Geschick und Tapferkeit bewiesen, das hatte sie wirklich verdient! In Gedanken hatte ich sogar den heiligen Franz von Assisi, der ja bekanntlich ein großer Tierfreund gewesen ist, um Hilfe gebeten. Möglicherweise hat er meine Bitte erhört, denn die Maus ist, zu unserer Erleichterung, tatsächlich in die Falle getappt. Sie war gewiss sehr verängstigt und schaute uns beide aus weit aufgerissenen Knopfaugen an, als mein Mann sie nach draußen brachte. Nachdem er sich gebückt und die Klappe geöffnet hatte, sprang die kluge Maus sofort heraus und verschwand blitzschnell im Gebüsch.

„Pass gut auf Dich auf!", rief ich ihr nach.

In unserer Straße leben mehrere Katzen, und so hoffen wir, dass es der Maus gelingen möge ihnen in Zukunft erfolgreicher aus dem Weg zu gehen.

Zwei Tage später brachte Tiger uns sogar einen niedlichen Feldhamster mit. Zum Glück konnten wir aber auch den lebend einfangen und später wieder in die Freiheit entlassen. Allerdings müssen wir uns jetzt schnellstens um eine größere Lebendfalle kümmern, denn wer weiß, was der kleine Strolch sich als nächstes „Geschenk" für uns einfallen lässt.

Habibi

Das ist in unserer Sprache die Bezeichnung für Liebling. Mein Katzenpapa nennt mich oft so; und mein richtiger Name ist für Euch nicht leicht auszusprechen, deshalb bleibe ich bei Habibi. Außerdem höre ich dieses Kosewort sehr gern. Mein Katzenpapa heißt Mohammed, genau wie der berühmte Religionsstifter. Der soll sich damals sogar mal den Ärmel eines seiner Kleidungsstücke abgeschnitten haben, als er vom Muezzin zum Gebet gerufen wurde, weil seine Katze schlief und er sie nicht wecken wollte. Lieber hat er sein Hemd ruiniert – das nenne ich Einsatz! Ob die Geschichte wirklich wahr ist? Keine Ahnung, um diesen Mohammed ranken sich noch viele andere Legenden und im Islam wird immer noch er sehr verehrt. Mein Katzenpapa ist auch Islamist und betet mehrfach am Tage zu seinem Gott. Er findet es sehr schlimm, dass sich einige seiner Glaubensbrüder radikalisiert haben und den Leuten die anders denken, deshalb ans Leder wollen. Das ist nicht richtig, sagt er; kein Gott kann wollen, dass sich die Menschen gegenseitig umbringen. Mohammed ist ein ganz lieber, friedlicher Mensch. Und er liebt Katzen sehr, vor allem mich. Aber er füttert auch viele andere wildlebende Katzen, die es nicht so gut haben wie ich. Allerdings kann er ja nicht alle bei sich aufnehmen, aber er sorgt dafür, dass sie versorgt werden. Seine Frau, meine Katzenmama, heißt Hava, und hilft ihm dabei. Sie kocht jeden Tag für diese armen Katzen, die kein Zuhause haben. Jeden Abend machen sich die beiden auf den Weg, um sie zu füttern. Leider gibt es bei uns in Istanbul viele Katzen, die sich auf diese Art und Weise durchschlagen müssen. Mohammed hat auch schon einige von ihnen eingefangen und zum Tierarzt gebracht, damit sie sich nicht noch weiter vermehren können, denn es gibt wirklich viel zu viele Streunerkatzen, aber er kann sich nicht um alle kümmern. Aber neulich haben die beiden ein verletztes, kleines Kätzchen mitgebracht. Das war mehr tot als lebendig, denn es hatte eine große, klaffende Wunde an der Seite. Um mit dem kleinen Katerchen zum Tierarzt zu fahren, war es an dem Tag zu spät, daher haben sie ihn zuerst hier zuhause versorgt so gut sie konnten. Der Kleine hat mir wirklich leidgetan. Vielleicht hatte er seine Mutter verloren, das meinte Hava jedenfalls. Aber die anderen Katzen haben sich nicht um ihn gekümmert, wie sollten sie auch? Sie hätten ihm bestimmt nicht helfen können. Aber Mohammed und Hava, die konnten es und haben ihn mitgenommen. Am nächsten Morgen sind sie ganz früh aufgebrochen, um mit ihm zum Tierarzt zu fahren. Als sie zurückkamen, hatte er einen breiten Verband und so eine komische Manschette um den Hals. Armes Kerlchen! Sicher hatte er noch Schmerzen.

„Das ist Mustafa, er wird in der nächsten Zeit hierbleiben müssen", hat Hava gesagt.

In den folgenden Tagen war der Kleine noch ziemlich angeschlagen und hat fast nur geschlafen, aber nach einiger Zeit hatte er sich zum Glück erholt und seine Wunde begann zu heilen. Der Name Mustafa war für diesen Winzling viel zu pompös, deshalb wurde er bald Mufti gerufen, und das schien ihm zu gefallen, denn immer, wenn er das hörte, kam er sofort angesaust. Hava und Mohammed sind noch einige Male mit ihm zum Tierarzt gefahren, und Mufti war sehr froh, als der ihm endlich diesen ollen Kragen abnehmen konnte.

Dann kam der Tag, an dem er eigentlich zu den anderen Katzen zurückgebracht gebracht werden sollte, und ich war traurig. Ich hatte mich inzwischen sehr an diesen kleinen Bruder gewöhnt. Aber es kam anders, denn als Mohammed und Hava ihn am Abend mitnehmen wollten, da hat er sich versteckt und war einfach nicht mehr zu finden. Am nächsten Tag wollten sie es noch mal probieren, aber Mufti hat sich wieder verkrochen, weil er unbedingt bleiben wollte. Am dritten Tag haben wir uns beide versteckt, und nachdem sie zurück waren, sind wir gemeinsam aufgetaucht, damit sie verstehen sollten, was wir wollten.

„Ich glaube, wir müssen ihn behalten", meinte Hava lächelnd, und Mohammed nickte. Ich sage ja, er hat ein gutes Herz. Ich glaube, ihnen wäre die Trennung von Mufti auch schwergefallen. Nun sind wir zu viert, und bald zu fünft, denn Hava erwartet ein Baby. Das kriegen die beiden auch noch durchgefüttert, da bin ich mir ganz sicher!

Mio

Mein Name ist Mio, und meine Katzenmama heißt Adele. Seitdem sie vor zwei Wintern diese schlimme Grippe gehabt hat, ist sie sehr gebrechlich geworden. Deshalb haben wir seit einigen Monaten eine junge Haushaltshilfe. Erst kam Adina nur zwei Mal in der Woche, aber nun kommt sie öfter, weil Adele sie braucht. Ich mag Adina sehr, und mit der Zeit ist sie fast meine zweite Katzenmama geworden. Eines Tages nahm Adele mich auf den Schoß und sagte: „Mio, ich muss mit Dir reden. Ich schaffe es nicht mehr lange unser Haus in Ordnung zu halten, ich muss mir eine kleine Wohnung suchen. Aber ich werde Dich nicht mitnehmen können, denn ein Straßenkater, der von einem Tag auf den anderen ein Stubentiger werden soll, nein, das geht nicht. Du würdest sehr unglücklich werden. Aber ich habe einen Plan und ich hoffe, es klappt."
Was sollte das nur heißen? So recht verstanden habe ich sie nicht. Aber ich sollte bald merken, was sie gemeint hat. Denn einige Tage später saß sie mit Adina im

Wohnzimmer und die beiden tranken Tee. Dann begann Adele das Gespräch: „Adina, Dir ist sicher nicht entgangen, dass ich mich in der letzten Zeit nicht wohl gefühlt habe. Deshalb habe ich beschlossen mein Haus aufzugeben und in ein Appartement für Betreutes Wohnen in der Stadt zu ziehen. Dort sind Haustiere zwar zugelassen, aber ich möchte es Mio nicht zumuten seine Freiheit, die er über alles liebt, aufzugeben. Dieser Entschluss ist mir nicht leichtgefallen, das kannst Du mir glauben, aber es muss sein, ehe hier alles verkommt."

Adina schaute sie ganz erschrocken an. Ich wollte eigentlich gerade mal durch meine Katzenklappe nach draußen verschwinden, aber dieses Gespräch war zu wichtig, da musste mein Freigang verschoben werden, schließlich ging es auch um meine Zukunft. Was sollte aus mir werden, wenn Adele hier wegging und mich nicht mitnehmen konnte oder wollte? Deshalb hörte ich weiterhin gespannt zu.

„Adina, wir kennen uns nun doch schon eine ganze Weile, und ich vertraue Dir. Was hältst Du davon, wenn Du mit Deinem Mann hier

einziehst und mein Haus übernimmst. Ich stelle nur eine Bedingung: Ihr müsst Euch um Mio kümmern, das ist mir sehr wichtig!"
Adina war einen Augenblick sprachlos. Dann sagte sie langsam: „Ich würde gern in meinem eigenen Haus leben, aber ich fürchte, wir haben nicht genug gespart, um Dir das Haus abkaufen zu können."
„Nein, da hast Du hast mich missverstanden. Ich würde Euch das Haus kostenfrei überschreiben, wenn Ihr Mio behaltet, denn sonst müsste ich ihn wohl ins Tierheim bringen. Dieses Haus ist ja nicht neu, die Heizung muss dringend auf den neuesten Stand gebracht werden, und auch das Dach wird früher oder später erneuert werden müssen. Vielleicht möchtet Ihr ja auch das Bad modernisieren. Das alles wird reichlich Geld kosten. Ich habe ja leider keine Kinder und meine Rente reicht für ein bescheidenes Leben, ich brauche nicht mehr viel. Überleg es Dir in aller Ruhe, aber ich würde mich freuen, wenn Du zustimmst. Eine Bitte hätte ich allerdings noch. Vielleicht könntet Ihr mich mit Mio ab und zu besuchen, denn allein schon der Gedanke an die Trennung

von ihm macht mich sehr traurig."

Dabei glitzerte es verdächtig in ihren Augen, das habe ich genau gesehen. Arme Adele und armer Mio! Was sollte nur aus mir werden, wenn Adina nein sagen würde? Ich musste Adele unbedingt trösten, deshalb bin ich zu ihr gelaufen und habe mein Köpfchen an ihrem Bein gerieben, damit sie merken sollte, wie lieb ich sie habe.

„Das ist wirklich ein sehr großzügiges Angebot", meinte Adina. „Aber ich muss das erst mit meinem Mann besprechen, allein kann ich das nicht entscheiden."

„Ja natürlich Kindchen, das verstehe ich doch", antwortete Adele. „Lasst Euch Zeit mit der Entscheidung."

Ich hatte genug gehört und bin dann nach draußen gegangen, aber die Lust zum Jagen war mir gründlich vergangen. Wie würde Adina sich entscheiden? Und wollte ich bei ihr und ihrem Mann leben? Ich hatte über so vieles nachzudenken. -

Am Tag darauf kam Adina wieder, und über dieses heikle Thema wurde nicht mehr gesprochen. Ich dachte schon, Adele hätte es sich anders überlegt. Bis sie eines Tages damit begann, große Kartons ins Haus zu bringen und ihre Sachen mit Adina´s Hilfe zu sortieren.

„Ich freue mich wirklich sehr, dass Ihr das Haus übernehmen werdet", sagte sie dabei.

„Wir werden hier bestimmt sehr glücklich werden, und um Mio kümmern wir uns auch – versprochen!"

Dann war die Sache also entschieden, und Adina würde bald meine neue Katzenmama werden. Ihren Mann hatte ich auch schon einige Male gesehen, er schien ein netter Kerl zu sein. Trotzdem machte ich mir ein wenig Sorgen um meine Zukunft. Und was würde Adele nur ohne mich tun?

Dann kam der Abend, an dem Adele mich nicht wie gewohnt nach draußen ließ. Sie hob mich hoch, setzte sich in ihren Lieblingssessel und nahm mich auf den Schoß.

„Ach Mio, mein lieber Mio", begann sie weinend. „Du musst mir glauben, es ist besser so. Du gehörst hierher, und bei Adina und Peter wirst Du es gut haben, da bin ich sicher."

Sie drückte mich ganz fest an sich, während

ihre Tränen meinen Pelz benetzten. Es hätte nicht viel gefehlt und ich hätte mitgeheult. Stattdessen habe ich geschnurrt so laut ich konnte, um sie zu trösten. Lange haben wir so zusammengesessen, und an dem Abend habe ich zum allerersten Mal mit in ihrem Bett geschlafen. Das durfte ich sonst nie, höchstens auf dem Bettvorleger auf dem Fußboden.

Am nächsten Morgen kamen ganz früh die Möbelpacker. Adina und ihr Mann waren auch dabei und haben Adele beim Umzug geholfen. So viel Trubel war mir zu viel, deshalb habe ich mich draußen irgendwo verkrochen. Aber Adina und ihr Mann sind jeden Tag mehrfach gekommen, haben nach mir gerufen und mich regelmäßig gefüttert.

„Adele geht es gut. Wir haben sie besucht und sollen Dich grüßen", hat Adina gesagt.

Nach und nach haben sie dann das Haus leergeräumt, die Türen und Wände neu gestrichen und schließlich ihre eigenen Möbel mitgebracht. Jetzt sieht alles ganz anders aus, wie zu der Zeit als Adele und ich hier gewohnt haben. Daran musste ich mich erst gewöhnen, aber mein Körbchen steht wieder im Wohnzimmer und mein Fressplatz ist in der Küche, genauso wie früher.

„Morgen holt Peter Adele zum Kaffee hierher. Sie freut sich schon sehr darauf Dich wiederzusehen, Mio. Und sie ist sehr gespannt, was wir aus ihrem alten Heim gemacht haben. Ich hoffe, sie ist zufrieden!", hat Adina gesagt. Und sie hat mir fest versprochen, dass Adele und ich uns auch in Zukunft noch oft sehen werden. Doch, sie ist schon in Ordnung, meine neue Katzenmama.

Ildikó

Weil die ungarische Großmutter meiner Katzenmama so heißt, hat sie mich nach ihr benannt. Außerdem meint Silvana, ich habe die gleichen grünen Augen und auch das überschäumende Temperament ihrer Oma. Ich habe ihre Großmutter leider bisher noch nicht kennengelernt, deshalb kann ich nicht beurteilen ob das stimmt. Aber ich finde es toll, dass sie mir so einen ungewöhnlichen Namen gegeben hat. Meine Katzenmama hat mich seinerzeit aus dem Tierheim geholt. Zu der Zeit hatte sie sich gerade von ihrem Mann getrennt und fühlte sich sehr einsam. Ihr Mann ist kein netter Mensch, denn seitdem verfolgt er sie und lässt uns beide einfach nicht in Ruhe. Ständig bombadiert er sie mit Anrufen und lauert ihr gelegentlich sogar vor der Wohnungstür auf.

„Ich will Dich unbedingt zurück, Silvana. Ich verspreche Dir, ich werde mich bessern. Das Trinken habe ich auch aufgegeben", hat er geschworen, als er das letzte Mal hier war.

Ich glaube, Silvana liebt ihn immer noch und wollte ihm noch eine Chance geben. Deshalb hat sie ihn neulich wieder in die Wohnung gelassen. Aber kaum war er drin, wurde er rückfällig und wollte gleich etwas trinken.

„Alkohol habe ich nicht im Haus", meinte Silvana.

Weil sie nicht auf Besuch eingerichtet war, schlug er ihr vor, dass sie sich eine Pizza kommen lassen sollten. Damit war Silvana einverstanden, und als der Pizzabote kam, hatte er auch eine Flasche Rotwein dabei. Damit begann der Ärger. Erst wollte meine Katzenmama den Wein nicht trinken, aber ihr Exmann bestand darauf mit ihr anzustoßen. Er wurde richtig böse, als sie sich weigerte.

„Nur einen ganz kleinen Schluck, zur Versöhnung", bettelte er.

Solange, bis sie nachgab. Ich hatte ihn noch nie gesehen, aber ich spürte, er ist kein guter Mensch. Warum hatte sie ihn bloß in die Wohnung gelassen? Jedenfalls grinste er zufrieden und goss zwei Gläser ein. Dann gab er ihr eines, nahm das andere in die Hand und prostete ihr zu.

„Auf uns!", sagte er dabei.

„Du träumst wohl", gab sie zurück.

„Aber ich sage Dir doch, ich habe mich

geändert", beteuerte er.

„Ich glaube Dir kein Wort. Und es ist besser, wenn Du jetzt gehst", meinte Silvana.

Aber er wollte nicht.

„Wir haben doch unsere Pizza noch gar nicht gegessen", maulte er.

„Na gut, aber dann verschwindest Du."

Sie holte Teller und Besteck auf dem Schrank, und eine Weile blieb er friedlich. Aber, nachdem er sich das zweite Glas eingegossen hatte, wurde er zudringlich. Wie gern wäre ich dazwischen gegangen, aber gegen einen so großen, starken Kerl konnte ich nicht viel machen. Trotzdem habe ich laut jaulend protestierend.

„Bring das Biest zur Ruhe!", schimpfte er, „sonst tue ich es!"

Dann versuchte er Silvana an sich zu ziehen, und als sie sich wehrte, schlug er zu. Wieder und wieder holte er aus, und das konnte ich nicht mit anschauen. Deshalb bin ich auf seinen Rücken gesprungen, habe ihm einen Pfotenhieb verpasst und ihm, so fest ich konnte, das Gesicht zerkratzt. Daraufhin wurde er erst recht wütend, riss das Fenster auf und ehe ich mich versah, flog ich in hohem Bogen hinaus. Zum Glück hat einer der Nachbarn das mitbekommen und die Polizei gerufen. Silvana´s laute Hilfeschreie hat er auch gehört, wie er sagte. Wir wohnen im zweiten Stock, und als ich unten aufschlug, spürte ich einen pochenden Schmerz in meiner rechten Pfote. Nachdem der nette Nachbar mich draußen im Hof gefunden hatte, hob er mich behutsam auf und nahm mich mit in seine Wohnung. Wenig später hörten wir die Sirenen des Polizeiwagens schrillen. Dann ist er mit mir auf dem Arm in den Hausflur gegangen, um den Beamten den Weg zu zeigen.

Um es kurz zu machen. Die Polizisten haben für Silvana einen Krankenwagen gerufen und den blöden Schläger mitgenommen. Meine Katzenmama sah furchtbar aus. Das eine Auge schwoll gleich zu und sie blutete tüchtig. Trotzdem hat sie sich Sorgen um mich gemacht und war sehr erleichtert, als ihr Nachbar Till ihr versicherte, dass er sich um mich kümmern würde. Das hat er auch gemacht. Er hat übrigens einen Kater namens Jimi. Der schaute ganz verdutzt, als ich auf dem Arm seines Katzenpapas in die Wohnung getragen wurde. Meine Pfote tat mir noch einige Tage lang sehr weh, und ich konnte nur humpeln, aber es war nichts gebrochen, wie der Tierarzt festgestellt hat. Und nachdem Silvana eine Nacht im Krankenhaus verbracht hatte, kam sie auch wieder nach Hause. Aber mit ihrem Exmann wollen wir beide jetzt nie mehr was zu tun haben! Till ist viel netter, und Jimi und ich vertragen uns auch.

Jimi

Mein Katzenpapa ist Musiker. Mit einigen Freunden hat er eine Band gegründet. Bis vor Kurzem haben sie bei Veranstaltungen und Festen gespielt; auch einige eigene Konzerte haben sie schon gegeben. Aber seitdem dieser olle Corona-Virus die ganze Welt in Atem hält, dürfen sie das leider nicht mehr. Das macht Till, so heißt mein Katzenpapa, große Sorgen und den Anderen auch. Wenn sie nicht spielen dürfen, kriegen sie ja kein Geld, aber von irgendetwas müssen wir ja leben.

„Wir müssen halt den Gürtel etwas enger schnallen, Jimi", das hat er schon vor einiger Zeit angekündigt. Allerdings hatten alle zu der Zeit noch immer die Hoffnung, bald ihr gewohntes Leben wieder aufnehmen zu können. Pustekuchen! Also musste Till sich was einfallen lassen. Er hat ja nichts anderes gelernt als Musik zu machen. Er beherrscht gleich mehrere Instrumente. In unserem Wohnzimmer steht ein Klavier, aber am liebsten spielt Till auf der Gitarre. Manchmal klimpert er ganz leise und gedankenverloren ein bisschen darauf herum, dann wieder drischt er wie ein Wilder regelrecht darauf ein und macht alle möglichen Verrenkungen dabei. Wenn es mir zu bunt wird, ziehe ich mich in meinen Schmollwinkel unter seinem Bett zurück. An solchen Tagen wundert es mich immer, dass sich bisher noch keiner der Nachbarn über diesen Krach beschwert hat. Sein großes Vorbild ist übrigens ein farbiger Sänger, der leider nicht mehr lebt. Jimi Hendrix war sein Name, und weil ich einen schwarzen Pelz habe, hat er mich nach ihm benannt. Ist mir wirklich eine Ehre, Jimi!

Leider waren in den kommenden Wochen die wenigen Ersparnisse von Till aufgebraucht, obwohl er wirklich bescheiden ist. Deshalb hat er sich eine Genehmigung beschafft, damit er in der Stadt in der Fußgängerzone spielen darf. Dann stellt er sich an einen Platz, an dem viele Leute vorbeikommen und spielt auf der Gitarre seine Lieblingslieder. Manche laufen achtlos an ihm vorbei, andere bleiben stehen und hören ihm eine Weile zu. Und einige werfen ihm ein paar Münzen in den leeren Gitarrenkasten. Um ehrlich zu sein, davon leben wir mehr schlecht als recht, aber es hilft ja nichts. Seitdem bin ich noch viel öfter und länger allein als sonst, und das gefällt mir ganz und gar nicht. Wenn Till abends kaputt nach Hause kommt, dann hat er meistens auch keine Lust mehr sich lange mit mir zu beschäftigen. Aber dann hatte er eine grandiose Idee. Er hat mir nämlich ein Geschirr gekauft, damit können wir, wenn er abends noch Zeit hat oder am Wochenende, draußen in den Park gehen. Zugegeben, es war zu Anfang ein komisches Gefühl an der Leine laufen zu müssen, aber ich habe mich schnell daran gewöhnt. Außerdem finde ich es inzwischen spannend, auch die Welt da draußen kennen zu lernen, denn bisher war ich ein reiner Stubentiger. „Den Kater lüften", so nennt Till diese Spaziergänge. Als ob er selbst die Bewegung nicht mindestens ebenso nötig hätte!

„Soll ich Dich mal mitnehmen?" hat er mich eines Tages gefragt.

Und dann haben wir das einfach ausprobiert. Na ja, toll fand ich es nicht, stundenlang neben ihm zu hocken, vor allem, wenn es schlechtes Wetter war, aber ab und zu gehe ich trotzdem mit. Wenn ich keine Lust habe, verstecke ich mich, wenn er losgehen will. Dann weiß er, dass ich es an dem Tag vorziehe zuhause zu bleiben.

Gestern hatten wir beide allerdings ein ganz besonderes Erlebnis. Junge, Junge, ich glaube, die derzeitige Situation geht vielen Leuten auf die Nerven. Gerade war Till nach Hause gekommen, als es in der Wohnung über uns sehr laut wurde. Ein Mann und eine Frau schienen sich heftig zu streiten, und dazwischen jaulte zudem eine Katze ganz fürchterlich. Ich wusste bis zu dem Tag gar nicht, dass es außer mir hier im Haus noch eine weitere Katze gibt. Dann hörten wir plötzlich ein polterndes Geräusch und die Frau rief: „Nein, lass Ildikó in Ruhe!"

„Was geht denn da ab?", fragte Till entsetzt. Und dann klang das Miauen nur noch ganz leise, aber umso kläglicher. So, als käme es plötzlich von draußen.

„Ich muss sofort nachschauen", sagte Till und stürmte aus der Wohnung. Ich war so erschrocken, dass ich mich nicht rühren konnte. So eine Aufregung sind wir hier im Haus nicht gewohnt. Wenig später kam Till zurück und trug die fremde Katze auf dem Arm. Die schaute uns aus riesengroßen, total verängstigten Augen an. Till ging schnell zum Telefon und rief die Polizei an. Anschließend hat er sich die Verletzung der Katze angeschaut.

„Der blöde Kerl hat doch glatt die Katze unserer neuen Nachbarin aus dem Fenster geworfen, man kann es kaum glauben", schimpfte er.

Ich war natürlich ebenfalls empört darüber; sich ein hilfloses Tier einfach zu schnappen und aus dem Fenster zu werfen - das geht gar nicht! Ernsthaft verletzt schien die zarte Katzendame zum Glück nicht zu sein. Till ist mit ihr in den Hausflur gegangen, um auf die Polizisten zu warten. Zum Glück dauerte es nicht lange, bis die Einsatzkräfte da waren. Till hat der Katzenmama von Ildikó auch versprochen, dass er sich um sie kümmert, bis sie zurückkommt, denn für sie haben die Polizisten erst einen Krankenwagen gerufen, bevor sie dann ihren gewalttätigen Exmann mitgenommen haben. Das alles hat er mir erzählt, als er mit Ildikó wiederkam.

„Sie bleibt erst mal hier, bis Silvana wieder

zuhause ist. Ihr werdet Euch hoffentlich miteinander vertragen", sagte er zu mir.

Ich fand die Einquartierung einer fremden Katze natürlich nicht gerade toll, aber in so einem Fall musste ich wohl eine Ausnahme machen. Außerdem tat die Kleine mir leid, wie ich zugeben muss; deshalb habe ich auch keinen Einspruch erhoben, als Till für sie eine von meinen Dosen geöffnet hat. Das muss ich ihm lassen, lieber isst er eine Scheibe Brot weniger, aber mich hat er noch nie hungern lassen, auch jetzt nicht. Und das war ja ein Notfall. Schon am nächsten Tag kam die Katzenmama von Ildikó, um sie abzuholen. Sie sah erbärmlich aus, hatte ein blaues Auge und den Arm in einer Schlinge. Sie hat sich überschwänglich bei Till bedankt, weil er ihr geholfen hat. Ich glaube, wir werden die beiden Damen von nun an häufiger zu Gesicht bekommen. Vielleicht besorgt sie ja demnächst für Ildikó auch ein Katzengeschirr, dann können wir zu viert spazieren gehen. Wenn ich mir das so recht überlegen, fände ich das eigentlich gar nicht so schlecht...

Viveka und Skippy

Viveka ist für eine Katze sicher kein alltäglicher Name, aber meine Katzenmama hat mich nun mal so genannt. Gelegentlich ruft sie mich auch Vivi; ich höre auf beide Namen. Geboren wurde ich seinerzeit auf einem Bauernhof, da bekamen die Tiere ohnehin keine Namen. Meine Geschwister und ich sind im Frühling geboren, und unsere Katzenmutter hat gesagt, dass wir demnächst sicher ein anderes Zuhause finden würden, und das war auch so. Eine meiner Schwestern ist zuerst abgeholt worden, und dann kam meine Katzenmama und hat mich ausgesucht. Sie stand echt lange vor dem Körbchen und konnte sich offenbar ganz und gar nicht entscheiden, welches Katzenbaby sie mitnehmen sollte.

„Sie sind alle sooo süß!", sagte sie zu der Bäuerin.

Die lachte und antwortete: „Sie können gern alle mitnehmen."

„Das würde ich ja auch, wenn ich eine größere Wohnung hätte", antwortete meine Katzenmama. Sie sah ganz ratlos aus. Da habe ich eben die Initiative ergriffen, bin kurzerhand aus dem Körbchen rausgeklettert und habe sie laut angeschnurrt. Daraufhin hat sie mich auf den Arm genommen.

„Ich glaube, die Kleine möchte gern von Ihnen mitgenommen werden!", meinte die Bäuerin.

Damit war die Sache entschieden. Ich wurde in eine große Transportkiste gesetzt, und dann ging es ab in mein neues Zuhause. Ich muss wirklich zugeben, die Wohnung meiner Katzenmama ist nicht allzu groß, aber ich fühlte mich dort gleich wohl. Ich hatte meinen Futterplatz, Spielzeug, und sie nahm sich auch viel Zeit für mich, was konnte ich mehr verlangen? Und dann lernte sie eines schönen Tages Marc kennen. Der ist nett, aber er hat einen entscheidenden Fehler; er ist nämlich ein Hundemensch. Wenn er meine Katzenmama besuchte, dann musste sein Hund immer unten im Auto warten. Irgendwann beschlossen die beiden dann aber zusammenzuziehen, und das bedeutete natürlich, dass sein Hund und ich uns auch kennenlernen mussten.

„Mein Hund ist ein Golden Retriver und er

heißt Skippy", wurde mir erzählt. „Er mag Katzen, ich hoffe sehr, Ihr werdet Euch verstehen."

Denkste Marc, mit Hunden hab´ ich es nicht so, dachte ich. Aber was sollte ich machen? Egal ob ich protestieren würde oder nicht, meine Menschen würden es ohnehin nicht verstehen. Also beschloss ich, die Dinge auf mich zukommen zu lassen.

„Morgen kommt Marc und er wird Skippy mitbringen", kündigte meine Katzenmama ein paar Tage später an. Bravo, dachte ich. Bis dahin hatte ich das Ganze gar nicht so richtig ernst genommen und vielleicht auch ein bisschen gehofft, dass meine liebe Katzenmama sich das noch mal überlegen würde. Aber das war offenbar nicht der Fall, und nun sollte ich Skippy kennenlernen. Aber ich war bockig und wollte nicht. Als Marc am Nachmittag mit ihm ankam, habe ich mich versteckt, um mir meinen Rivalen erst mal aus der Ferne anzusehen. Was wäre, wenn meine Katzenmama diesen Skippy lieber hätte als mich, würde ich dann weniger Aufmerksamkeit von ihr kriegen? Ich war wirklich aufgewühlt, das kann ich Euch sagen! Marc kam also mit Skippy zum Kaffee, und obwohl meine Katzenmama mehrfach nach mir rief, habe ich mich erst mal nicht blicken lassen.

„Tut mir leid, aber da kann man wohl nichts machen", sagte sie bedauernd.

„Vielleicht taucht sie ja später noch auf", hoffte Marc.

„Könnte sein, aber Viveka ist leider manchmal etwas kapriziös."

Kapriziös, ich? Was ist das überhaupt? Natürlich bin ich ein bisschen eigenwillig, schließlich bin ich eine Katze, da ist es mein gutes Recht so zu sein. Nee, so nicht, nicht mit mir, dachte ich.

Der Hund, den Marc Skippy nannte, schien ein ganz ruhiger Vertreter zu sein. Er legte sich brav neben sein Herrchen auf den Boden, bettete gleich den Kopf auf seine Vorderpfoten und schlief. Soweit so gut. Irgendwann wurde es mir zu dumm, und als meine Katzenmama dann auch noch die Leckerlidose hervorholte, da hielt mich nichts mehr in meinem Versteck. Wollte die etwa meine Lieblingsleckerlis an diesen Hund namens Skippy verfüttern? Das konnte ich keinesfalls zulassen, deshalb musste ich schnellstens aus der Versenkung auftauchen. Natürlich bekam er einige Leckerlis, aber nachdem ich wieder da war, erhielt ich auch den mir zustehenden Anteil. Skippy sah mich nur kurz an, schnaufte und legte sich dann wieder hin. Ich fand trotzdem, dass es an der Zeit war, die Fronten zu klären. Je eher, desto besser. Deshalb habe ich mich vor ihm aufgebaut und ihm meinen Standpunkt klargemacht: „Du bist sicher älter und viel größer als ich, aber ich bin eine Katze und genau diese Tatsache macht mich zum Chef. Ist das klar?"

Damit er sah, dass ich das ernst meinte, habe ich ihm einen kurzen Tatzenhieb auf die Nase gegeben, aber mit eingezogenen Krallen. Anschließend habe ich noch mal nachgehakt: „Hast Du mich verstanden, Skippy?"

Er wurde ganz zahm, hat nur sein Maul aufgerissen und gegähnt. Dann brummte er sowas wie: „Schon gut, reg Dich nicht auf, altes Mädchen."

Mich als „altes Mädchen" zu bezeichnen, das fand ich ziemlich dreist, aber vielleicht hat es ihm ja geholfen, seine Niederlage zu akzeptieren. Kurz und gut, einige Wochen später sind wir tatsächlich zu Marc und Skippy gezogen, denn deren Wohnung ist größer und liegt sehr günstig in Stadtnähe, sagt meine Katzenmama. Skippy und ich haben uns mit der Situation arrangiert. Wenn ich es recht bedenke, dann finde ich ihn, immerhin ist er ein Hund, inzwischen sogar ganz in Ordnung.

Viola

Diesen Namen habe ich im Tierheim bekommen. Mein Freund Flori, er kümmert sich wirklich hingebungsvoll um die vielen heimatlosen Samtpfötchen, hat sich den für mich ausgedacht. Und wie ich dorthin gelangt bin, das ist im Grunde eine traurige Geschichte. Meine Menschen sind nämlich aus ihrer Wohnung ausgezogen und haben mich nicht mitgenommen. Aber was noch schlimmer war, sie haben mich einfach in der leeren, nein fast leeren, völlig zugemüllten Wohnung zurückgelassen. Die Tüten mit dem Katzentrockenfutter hatten sie nicht eingepackt, weil sie dachten, sie brauchten es nicht mehr. Eine Packung war offen, und als ich die verputzt hatte, habe ich versucht die anderen aufzureißen. Das war wirklich mühsam, aber ich habe scharfe Krallen. Es hat lange gedauert, aber am Ende habe ich es geschafft, und die Körnchen flogen auf den Boden. Wasser hatten sie mir auch nicht hingestellt. Zu meinem Glück wusste ich, dass in der weißen Keramikschüssel im Bad immer Wasser steht, auf diese Weise konnte ich meinen Durst stillen. Da die Leute buchstäblich in einer Nacht- und Nebelaktion weggegangen sind, vielleicht, weil sie ihre Miete nicht mehr zahlen konnten, haben sie mich einfach zurückgelassen. Zuerst habe ich gedacht, dass sie bald wiederkommen und mich holen würden, aber nachdem Tag für Tag verging, ohne dass sich etwas rührte, musste ich mich damit abfinden, dass sie mich vergessen hatten. Tagsüber habe ich mich immer gern ans Fenster gesetzt und rausgeschaut, auch in der Hoffnung, dass jemand mein Miauen hören und nachsehen kommen würde. Aber niemand beachtete mich, kein Wunder, wenn man im dritten Stock wohnt. Von der Straße aus schaut zu den Fenstern dort oben kaum jemand hoch, und selbst wenn ich mit meiner Pfote gegen die Scheibe geklopft habe, um auf mich aufmerksam zu machen, hat das keiner gehört. Meine Lage wurde immer schlimmer und ich von Tag zu Tag verzweifelter, weil ich nichts dagegen tun konnte. Wir oft habe ich mich nach netten Menschen gesehnt, die mir helfen würden!

Und dann, ich konnte es kaum glauben,

geschah eines Tages doch noch ein kleines Wunder, der Katzengöttin sei Dank! Ich hörte Geräusche an der Wohnungstür und bin gleich in den Flur gelaufen. Da standen drei fremde Männer, und im ersten Moment hatte ich Angst vor ihnen, aber trotzdem war ich froh, dass nun jemand wusste, dass ich noch hier war. Die waren im Auftrag der Vermieterin gekommen, um die Wohnung auszuräumen.

„Das gibt's doch nicht!", staunte einer. „Eine Katze! Haben diese Unmenschen das arme Tier etwa absichtlich hier zurückgelassen? Ich fasse es nicht!"

Dann nahm er mich auf den Arm, zog ein flaches viereckiges Teil aus der Tasche und hat den Tierschutz alarmiert. Wenig später kamen zwei Frauen, die mich in ihre Obhut genommen und ins Tierheim gebracht haben. Ich habe alles mit mir machen lassen ohne mich zu wehren, ich war nur froh, dass mich jemand gefunden hatte. Im Tierheim haben sie mich erst mal gründlich untersucht und anschließend wieder aufgepäppelt. Ich bin eine richtige Überlebenskünstlerin hat Flori bewundernd gesagt. Ich mag ihn sehr, weil er sich immer ein paar Minuten Zeit nimmt, um mit allen Katzen zu sprechen und uns liebevoll zu streicheln. Außerdem hat er versprochen, dass ich zu ihm ziehen darf, sobald sein neues Haus fertig wird. Das wird sicher noch ein Weilchen dauern, und bis es soweit ist, bin ich hier ganz gut aufgehoben.

„Weihnachten feiern wir bestimmt schon zusammen", hat er gesagt.

So wird am Ende doch noch alles gut – aber ich möchte trotzdem gern wissen was Weihnachten ist, und vor allem wann?

Der Beginn dieser Geschichte ist leider wahr. Eine Katze wurde von ihren Menschen in einer völlig verwahrlosten und vermüllten Wohnung zurückgelassen. Erst nach einigen Wochen, als die Vermieterin die Wohnung entrümpeln ließ, wurde sie entdeckt. Das Ende habe ich mir natürlich ausgedacht und ich hoffe sehr, dass sich für diese arme Katze inzwischen Menschen gefunden haben, die sie lieben nie und wieder schnöde im Stich lassen werden.

Aladdin

Mein Katzenpapa ist Tierarzt. Er hat nicht nur mir das Leben gerettet, sondern im Lauf der Jahre vielen anderen Tieren ebenfalls. Ein Ehepaar hat mich seinerzeit schwer verletzt im Straßengraben gefunden und hierhergebracht. Jemand hatte mich angefahren und sich anschließend nicht weiter darum gekümmert. Der böse Kerl hat nur kurz nach einem möglichen Schaden an seinem Auto geschaut, laut geflucht und ist einfach weitergefahren. Ich hatte höllische Schmerzen, und die Wunde hat auch tüchtig geblutet. So gut ich konnte, habe ich mich ganz instinktiv von der Fahrbahn runter und zur Seite geschleppt, aber danach weiß ich nicht mehr viel. Wenn ich über die Regenbogenbrücke gegangen wäre, hätte mich wohl keiner vermisst, denn ich war ja nur ein Streuner, noch dazu keine Schönheit mit meinen schlecht verheilten Narben und den von etlichen Kämpfen zerfransten Ohren. Wenn man gezwungen ist auf der Straße zu leben, dann bleiben solche Blessuren auf die Dauer nicht aus. So gab es immer mal wieder Revierkämpfe zwischen mir und anderen Katern. Aber ist das ein Grund mich so einfach am Straßenrand verrecken zu lassen?

Ich muss wohl eine Weile ohnmächtig gewesen sein. Aufgewacht bin ich erst, als ich spürte, dass ich von großen Händen behutsam hochgehoben wurde.

„Was ist denn mit Dir geschehen?" hörte ich den Mann fragen.

Und eine Frauenstimme sagte: „Der arme Kerl! Hoffentlich ist er noch zu retten. Wir müssen ihn sofort zu einem Tierarzt bringen."

Die beiden haben mich vorsichtig in eine weiche Decke gewickelt und mitgenommen. Unterwegs bin ich erneut weggedämmert und erst wieder aufgewacht, als ich schon in der Tierarztpraxis war. Ich war nicht immer ein Streuner, sondern habe einige Jahre bei einer alten Dame gewohnt, die ich sehr gern hatte. Nachdem sie nicht mehr lebte, haben ihre Erben sich nicht mehr um mich gekümmert. Seitdem musste ich mich allein durchschlagen. Was blieb mir denn anderes übrig? Weil ich früher schon mal beim Tierarzt war, wusste ich, wenn mir einer helfen kann, dann so ein Mann im weißen Kittel. Um es kurz zu machen, er hat mich wieder zusammengeflickt. Hat auch eine Weile gedauert bis ich wieder auf die Beine gekommen bin. Seitdem bin ich nicht mehr so flink, weil mein rechtes Hinterbein nicht mehr so will wie ich, aber damit kann ich leben. Zuerst hat der Tierarzt sich bemüht ein neues Zuhause für mich zu finden, aber niemand wollte mich haben. Ich bin ja nicht mehr der Jüngste und muss zudem seit dem Unfall regelmäßig Medikamente nehmen. Außerdem vertrage ich nur noch teures Spezialfutter. Das hat viele abgeschreckt. Und ich wollte hier auch nicht mehr weg, wenn ich ehrlich bin. Deshalb habe ich eine Frau, die sich für mich interessiert hat, tüchtig gekratzt, als sie mich greifen und auf den Arm nehmen wollte. Damit war der Fall erledigt.

„Was ist das denn? Das hat er doch noch nie gemacht!", wunderte sich Marisa. Das ist die Assistentin meines Katzenpapas.

Aber ich hatte allen Grund die Frau nicht zu

mögen, denn sie roch so komisch, und ihr freundliches Getue kam mir einfach nicht echt vor. Das hätte bestimmt nicht lange angehalten. Nee, nee, mit der wollte ich nicht mitgehen. Ich hatte längst entschieden, dass ich hierbleiben wollte.

„Warum behalten wir ihn nicht einfach in der Praxis?", fragte Marisa. „Mit Jago versteht er sich doch auch gut. Der würde ihn sicher vermissen. Und Sie im Grunde doch auch", schmeichelte sie dem Doc. „Sie wissen doch, mein Mann hat ja leider diese dumme Katzenhaarallergie, sonst hätte ich ihn längst adoptiert."

Jago ist ein großer Hund. Der ist auch hier „hängengeblieben", wie er sagt. Wir haben uns von Anfang an gut verstanden und sind schnell Freunde geworden. Hätte ich mir früher nie vorstellen können, mal mit einem Hund Freundschaft zu schließen, aber Jago ist ein gutmütiger Kerl. Ab und zu kuscheln wir sogar zusammen in seinem großen Körbchen. Marisa hatte übrigens die Idee, mir den klangvollen Namen Aladdin zu geben. Sie ist eine ganz Liebe und verwöhnt Jago und mich öfter mit Leckerlis. Leider darf ich nicht so viele davon fressen, sonst streikt mein Magen gleich wieder. Ich war wirklich froh, dass ich hierbleiben konnte, aber ich habe dem Tierarzt auch schon mal geholfen. Das war nämlich so:

Eines Morgens kam eine junge Dame sehr aufgeregt in die Praxis.

„Meine Katze frisst schon seit ein paar Tagen nicht mehr richtig, und sie will auch gar nicht mehr nach draußen. Jetzt ist sie ganz apathisch und reagiert kaum noch auf Ansprache. Was hat sie nur?", fragte sie weinend.

„Bitte beruhigen Sie sich. Wir nehmen Sie gleich als Notfall dazwischen. Herr Doktor tut ganz sicher was er kann", versuchte Marisa sie zu trösten.

Wenig später waren die beiden im Behandlungszimmer verschwunden. Und dann kam mein Katzenpapa mit ernster Miene wieder raus.

„Die Kleine braucht eine Bluttransfusion, und das schnell. Aladdin, Du bist der Einzige der ihr jetzt helfen kann. Ich nehme Dir Blut ab und gebe es ihr. Du rettest ihr damit das

Leben."

Also, jedes Wort habe ich nicht verstanden, aber ich begriff, dass ich gebraucht wurde, deshalb habe ich mir ohne Widerstand von ihm jede Menge Blut abnehmen lassen. Nach der Prozedur fühlte ich mich etwas schwach, aber das dauerte zum Glück nicht lange, und alle haben mich für meine Tapferkeit gelobt. Ich habe mich riesig gefreut, weil die Besitzerin der Katze gesagt hat, ich sei ihr Held, denn ohne meine Hilfe hätte ihre Mieze es nicht geschafft. Sie kommt seitdem regelmäßig, damit das Blut von Mieze überprüft werden kann. Jedes Mal bringt sie mir was Schönes mit. Spielzeug, gesunde Leckerlis, denn die darf ich schließlich gelegentlich fressen. Und sie hat mir sogar ein weiches Körbchen spendiert. War ja gut gemeint, aber ich schlafe lieber neben Jago. Das neue Körbchen kann mein Katzenpapa getrost dem Tierheim stiften, für die Katzen, die dort sitzen und immer noch auf ein schönes Zuhause warten müssen. Ich, Aladdin, habe hier mein Glück gefunden!

Der Kater vom Spielplatz

Nachdem meine Geschwister und ich alt genug waren uns ein eigenes Revier zu suchen, bin ich erst mal auf dem Spielplatz gelandet. Das war zu Beginn des Sommers. Dahin kommen immer viele Menschen mit ihren Kindern, deshalb dachte ich, da hätte ich die besten Chancen eine Familie für mich zu suchen. Auf unserem Bauernhof konnten wir ja nicht alle bleiben, das war klar. Solange es noch warm war, gefiel es mir frei und unabhängig zu sein. Aber als die Nächte kühler wurden, fand ich es besser mir ein Zuhause zu suchen. So habe ich damit begonnen mir die Menschen genauer anzuschauen, die den Spielplatz besuchten. Dabei ist meine Wahl auf Malou und ihre Mutter Liane gefallen. Die beiden kamen ziemlich regelmäßig hierher, und haben mir sogar ab und zu schon mal ein Leckerchen mitgebracht. Malou fand es immer recht lustig, mit mir Verstecken zu spielen. Auf dem Spielplatz sind neben dem Sandkasten, den Schaukeln und Turngeräten auch einige Röhren zum Durchkrabbeln für die Kinder.

In einer davon hatte ich übrigens mein Nachtquartier aufgeschlagen, aber tagsüber störte es mich nicht, wenn die Kinder auch dort spielten. Als Malou und ihre Mama nach Hause gehen wollten, bin ich ihnen eines Tages nachgelaufen, um zu schauen wo sie wohnen. Ich glaube, sie haben es nicht mal bemerkt, dass ich ihnen gefolgt bin. Sie wohnen in einer Siedlung, gar nicht weit vom Spielplatz entfernt. Dort stehen viele neue Häuser, eines davon gehört ihnen, und einen kleinen Garten haben sie auch. Am Tag darauf kamen sie leider nicht zum Spielen, aber am übernächsten Tag waren sie wieder da. Und als sie aufbrachen, bin ich einfach mitgegangen.

„Willst Du uns nach Hause bringen?", fragte Malou.

„Ja klar, ich möchte bei Euch einziehen", maunzte ich.

Aber ich glaube, das haben sie gar nicht verstanden. Es ist ein Elend, dass kein Mensch die Sprache der Tiere verstehen kann, finde ich. Vieles wäre sonst so viel einfacher – für uns alle.

Malou´s Mama lachte und sagte: „Ach weißt

Du, er gehört doch sicher irgendwo hin. Aber wir können ihm ein Leckerli geben, wenn Du möchtest, mein Schatz."

Das habe ich auch bekommen, aber dann schlug sie mir die Haustür vor der Nase zu. Natürlich wollte ich noch nicht aufgeben, sondern habe mich vor ihrer Terrassentür postiert und gewartet. Es wurde schon dämmrig, da kam der Papa von Malou noch mal raus. Als er mich in einer Ecke kauern sah, fragte er: „Was machst Du denn hier? Bist Du etwa der Kater vom Spielplatz?"

Dann rief er nach seiner Frau. Und als sie kam, sagte sie: „Stimmt, das ist der kleine rotgetigerte Kater, den wir schon öfter auf dem Spielplatz gesehen haben. Ich weiß nicht, wem er gehört. Heute ist er mit uns nach Hause gelaufen."

„Armes Kerlchen!", meinte ihr Mann mitleidig. „Ich glaube fast, er sucht ein Zuhause."

„Stimmt auffallend, Du hast es erfasst!", miaute ich und setzte meinen treuesten Katerblick auf. Aber das reichte wohl noch nicht.

„Meinst Du wirklich?", staunte seine Frau.

„Ich werde mich mal in der Nachbarschaft erkundigen. Vielleicht weiß jemand wohin er gehört."

„Tu das unbedingt. Malou wünscht sich doch schon lange ein Tier. Als Junge hatte ich auch eine Katze, die vermisse ich immer noch. Und wie Du weißt, habe ich weder Lust noch Zeit mit einem Hund täglich mehrmals Gassi gehen zu müssen. Dir geht es ja nicht anders. Insofern wäre eine Katze für uns als Haustier doch ideal."

Natürlich habe ich meine Öhrchen gespitzt. Aber, weil die beiden dann wieder ins Haus gegangen sind, konnte ich nicht hören, wie die Unterhaltung endete. Jedenfalls ging kurz danach das Licht aus und ich wusste, jetzt kann ich weggehen. Heute passiert nichts Wichtiges mehr. Ziemlich lustlos habe ich mich dann auf die Lauer gelegt, um mir eine fette Maus zu fangen, denn inzwischen knurrte mein Magen schon wieder mächtig. Leckerlis sind ja eine feine Sache, aber satt wird man davon leider nicht.

Der nächste Tag begann recht trüb. Es war neblig und die Sonne ließ sich den ganzen

Tag nicht blicken. Natürlich kommen an solchen Tagen auch keine Kinder zum Spielen her. Am nächsten sah es nicht besser aus, aber ich wollte trotzdem mein Glück versuchen und bin zu dem Haus gelaufen, in dem Malou und ihre Eltern wohnen. Dort habe ich mich wieder vor der Terrassentür postiert und gehofft, dass mich jemand bemerkt. Lange habe ich vergebens gewartet, aber dann hörte ich ein Auto kommen, und das hielt auf ihrem Hof. Malou und ihre Mama stiegen aus, und als Malou mich sah, lief sie gleich auf mich zu.

„Schau mal Mama, der kleine Kater hat mich bestimmt vermisst", rief sie.

„Ja klar, und wie", miaute ich und strich ihr laut schnurrend um die Beine.

„Mama", bat Malou, „Du hast doch alle Nachbarn gefragt, und er gehört keinem hier. Lass uns ihn doch behalten. Papa möchte das auch", bat sie und nahm mich auf den Arm.

Ihre Mama lachte und meinte dann: „Na gut, in Gottes Namen, versuchen wir es mal miteinander."

Prima, das wäre geschafft, dachte ich, als Malou mich mit ins Haus nahm. Drinnen musste ich mich natürlich erst mal umsehen, aber was ich sah gefiel mir. Deshalb habe ich mir gleich im Wohnzimmer ein Plätzchen vor dem warmen Kaminofen gesucht und mich zusammengerollt, um erst mal in aller Ruhe ein Nickerchen zu machen.

„Siehst Du, er fühlt sich bei uns schon zuhause, Mama", jubelte Malou.

„Es scheint so", antwortete ihre Mutter. Dann hörte ich sie sagen: „Wenn er bleiben soll, dann müssen wir uns aber einen schönen Namen für ihn überlegen. Was meinst Du, wie soll er denn heißen?"

Was Malou geantwortet hat, das habe ich schon gar nicht mehr mitbekommen, weil ich so müde war. Ist auch egal, die Hauptsache ist, dass ich bleiben darf. Ich eigne mich eindeutig nicht zum Streuner, denn Nässe und Kälte mag ich ganz und gar nicht – ich denke, ich bin zum Hauskater bestimmt und das ist auch gut so!

Rosina

Meine liebe Katzenmama hat mich aus dem Tierheim geholt, dafür werde ich ihr ewig dankbar sein. Mich wollte nämlich lange Zeit keiner mitnehmen, weil ich nicht mehr die Jüngste bin und außerdem habe ich nur ein Auge. Das andere musste mir entfernt werden, weil es von einer schlimmen Krankheit befallen war. So hat man mich operiert, und das kranke Auge zugenäht. Daran musste ich mich erst mal gewöhnen, aber inzwischen ist das für mich kein Problem mehr. Allerdings hat das meine Chancen, ein neues Zuhause zu finden, nicht gerade erhöht. Aber dann ist Kathrin gekommen und die wollte unbedingt „ein Tier das sonst niemand haben will", so hat sie zu Steffi, das ist die Tierpflegerin die sich dort um die Katzen kümmert, gesagt. Steffi hat sie auf mich aufmerksam gemacht. So sind wir zwei zusammengekommen – zum Glück.

In meinem neuen Zuhause habe ich mich gleich wohl gefühlt. Am schönsten fand ich es immer, wenn meine neue Katzenmama und ich in ihrer Freizeit am Wochenende auf dem Balkon in der Hängematte liegen und kuscheln konnten. Kathrin fühlte sich sehr einsam, aber ich habe ihr Leben bereichert.

„Es ist schon so, die besten Therapeuten haben eben vier Beine", das hat sie am Telefon ihrer Freundin Elke gesagt. Wir beide hatten wirklich eine wunderbare Zeit zusammen, jedenfalls solange bis Rüdiger in unser Leben trat. Eines Tages brachte Kathrin ihn mit nach Hause. Wie immer habe ich den ganzen Tag auf sie gewartet. Und als ich hörte, dass die Wohnungstür aufging, bin ich ihr schnell entgegengelaufen, um sie willkommen zu heißen, auch so wie immer. Dann sah ich diesen großen Fremden neben ihr in den Flur poltern. Ich hatte gleich ein komisches Gefühl, obwohl er sehr freundlich tat, als Kathrin mich ihm vorstellte, indem sie sagte: „Rüdiger, das ist Rosina."

„Rosina, was für ein hübscher Name für eine Katze. Komm mal her, mein Röschen", versuchte er mir zu schmeicheln.

Dann bückte er sich und wollte mich streicheln, aber ich war schneller und habe mich einfach unter seiner großen Pranke weggeduckt.

„Sie mag mich wohl nicht", stellte er achselzuckend fest und wandte sich ab.

Stimmt, das hatte er richtig erkannt. Ich hoffte bloß, dass Kathrin auch bald merken würde, dass er nichts als ein Blender war.

„Rosina was hast Du denn?", wunderte sich Kathrin.

„Miau, der meint es bestimmt nicht ehrlich mit Dir, spürst Du das denn nicht? Und ein Tierfreund ist er ganz sicher auch nicht!"

Nein, ich glaube, zu dem Zeitpunkt hat sie das noch nicht mitbekommen. Aber wie hätte ich es ihr begreiflich machen können? Jedenfalls hat er sehr schnell gemerkt, dass ich ihn nicht leiden konnte. Nachdem Kathrin ihn das erste Mal mitgebracht hatte, kam er immer öfter und eines Tages zog er sogar ganz hier ein. Am Anfang nahm er sich noch zusammen, aber je länger er hier wohnte, desto deutlicher wurde es, dass er keine Katzen mochte, und mich schon gar nicht.

„Muss Rosina denn in der Küche gefüttert werden?" meckerte er. „Und warum stellst

Du ihr Katzenklo nicht einfach raus auf den Balkon?"

„Sie muss es doch jederzeit benutzen können, außerdem ist es draußen ohnehin viel zu kalt", versuchte Kathrin ihm zu erklären.

Aber der Störenfried ließ einfach nicht locker. Bei jeder sich nur bietenden Gelegenheit hat er versucht, mich bei Kathrin anzuschwärzen. Angeblich hatte ich in seinen Lieblingsspullover Fäden gerissen, seine Socken verschleppt und noch vieles mehr. Und wenn Kathrin nicht hinsah, dann hat er mich sogar gekniffen oder mir einen Fußtritt gegeben. Natürlich konnte ich mir das auf die Dauer nicht gefallen lassen und habe ihm eines Tages einen tüchtigen Pfotenhieb verpasst, sodass seine Hand blutete.

„Au, Du Mistvieh!", schrie er so laut, dass Kathrin wie ein Blitz aus der Küche geschossen kam, um nachzusehen was los war.

„Hier, Deine allerliebste Rosina hat mich angegriffen", sagte er erbost und zeigte ihr seine verletzte Hand.

„Aber Rosina, was machst Du denn für Sachen?"

„Mau, er hat doch angefangen", versuchte ich mich zu verteidigen.

Natürlich hat sie das nicht verstanden, sondern ist sofort ins Bad gerannt, um den Verbandskasten zu holen.

„Ich begreife das nicht, mich hat sie noch nie gekratzt. Hast Du sie etwa geärgert?", fragte sie stirnrunzelnd.

Aber natürlich hat er das gleich vehement abgestritten. Ich glaube, da hat sie zum ersten Mal leise Zweifel bekommen, ob es wirklich die richtige Entscheidung war, ihn hier einziehen zu lassen.

An seinem Geburtstag hatte Kathrin für ihn eine wunderbare Torte gebacken. Die stand in der Küche auf dem Tisch, als das Telefon klingelte. Kathrin ging ins Wohnzimmer, um das Gespräch entgegenzunehmen. Diesen Moment habe ich genutzt, um mich zu rächen. Ich bin auf den Tisch gesprungen und habe meine Nase tief in die Torte gesteckt, um die Sahne darauf abzulecken. Als meine Katzenmama zurückkam, sah sie natürlich die Bescherung und musste lachen, dabei hatte ich schon befürchtet, dass ich Schimpfe bekommen würde.

„Aber Rosina, das müssen wir ganz schnell in Ordnung bringen, ehe Rüdiger das sieht", gluckste sie.

„Was musst Du in Ordnung bringen?", wollte er wissen.

Im Eifer des Gefechtes hatten wir beide nicht gehört, dass er nach Hause gekommen war.

„Oh, Du bist schon da?", wunderte sich Kathrin.

Und dann entdeckte er die vermanschte Torte. „Hast Du etwa die blöde Katze daran naschen lassen?", fragte er böse.

„Natürlich nicht, aber das Telefon hat geklingelt, und ich bin rangegangen. Ich hätte die Torte besser vorher in den Kühlschrank stellen sollen. So war die Versuchung für Rosina einfach zu groß", versuchte Kathrin zu erklären, wurde aber von Rüdiger unterbrochen: „Was Du nicht sagst. Du verteidigst sie auch noch? Das ist ja nicht zu fassen! Dieses Tier macht nur Probleme. Du musst Dich jetzt endlich entscheiden, Rosina oder ich!", fauchte er böse.

Erschrocken sah Kathrin ihn an. Dann sagte sie leise: „Ich werde Rosina nicht im Stich lassen, niemals! Sie hat es in ihrem Leben schwer genug gehabt. Und sie hat mir geholfen, als es mir schlecht ging, das werde ich nicht vergessen. Wenn Du nicht mit ihr klar kommst, dann bist Du derjenige der gehen muss, so leid es mir tut."

Mir stockte der Atem, als ich das hörte. Das hatte ich nicht gewollt, wirklich nicht.

„Willst Du mir damit sagen, dass Du Deine Katze mehr liebst als mich?", fragte Rüdiger ungläubig.

„Das habe ich nicht gesagt. Rosina wollte Dich bestimmt nicht ärgern, aber Du machst gleich ein Drama daraus."

„Dann haben wir uns wohl nichts mehr zu sagen", grollte Rüdiger.

Anschließend ist er nur noch wortlos ins Schlafzimmer gegangen und hat seine Koffer gepackt.

„Den Rest hole ich in den nächsten Tagen", hat er gesagt, bevor die Wohnungstür hinter ihm ins Schloss fiel.

Kathrin stand zuerst wie versteinert in der

Küche, aber als ich schnurrend auf ihren Schoß gesprungen bin, um sie zu trösten, beruhigte sie sich schnell wieder.

„Du hattest recht Rosina, er war nicht der Richtige für uns beide", schluchzte sie, „das habe ich schon eine ganze Weile gespürt, aber ich wollte es einfach nicht wahrhaben."

Ziemlich lange haben wir beide dort gesessen, aber irgendwann stand Kathrin auf und sagte: „Egal, jetzt lassen wir uns erst mal ein Stück Torte schmecken, dann sehen wir weiter."

Sie hat mir noch mal etwas Sahne auf ein Tellerchen gegeben, während sie Elke anrief, um ihr von ihrem Kummer zu berichten. Elke ist nämlich ihre älteste und beste Freundin.

„Kannst Du vorbeikommen?", fragte sie am Telefon.

Elke ist gleich gekommen, und dann haben die beiden Frauen gemeinsam Torte gegessen und anschließend noch lange miteinander geredet. Elke mochte Rüdiger auch nicht besonders, dass weiß ich genau.

„Das nächste Mal hörst Du auf Rosina", schlug sie vor, und Kathrin nickte.

„Stimmt, sie hat Rüdiger gleich richtig eingeschätzt."

Seitdem leben wir beide wieder allein, aber Elke hat gesagt, dass sie einen sehr netten Arbeitskollegen hat, den will sie Kathrin bei Gelegenheit mal vorstellen. Ob er wohl der Richtige für uns beide ist?

Franjo

Auch für einen Kater läuft nicht immer alles glatt, das kann ich Euch sagen! Jahrelang habe ich mit meiner Familie in schönstem Einvernehmen gelebt, aber dann wurde die Firma meines Katzenpapas in eine andere Stadt verlegt und wir mussten umziehen. Das fand ich ganz und gar nicht in Ordnung. Das Ganze begann damit, dass alle anfingen ihre Siebensachen zusammenzusuchen und in Kisten und Kartons zu packen. Vieles wurde aussortiert oder verschenkt, und während dieser Vorumzugsphase hatte meine liebe Katzenmama ganz oft schlechte Laune. Ich glaube, das wurde ihr einfach alles zu viel. Zusätzlich kamen oft fremde Leute ins Haus, denn das sollte verkauft werden. Alle ihre Freunde zurücklassen zu müssen, und das machte vor allem den Kindern sehr zu schaffen. Marie und Niklas waren ganz traurig.

„Ihr könnt Euch doch in den Ferien immer besuchen!" versuchte meine Katzenmama die arme Marie aufzumuntern. Aber das half nicht viel, auch nicht, dass ich auf ihren

Schoß gesprungen bin, um sie schnurrend zu trösten. Ich konnte sie nur zu gut verstehen. Niklas wäre bestimmt auch viel lieber hiergeblieben, aber er versuchte tapfer, und damit ein Vorbild, für seine kleine Schwester, zu sein.

Als dann auch noch mein Katzenspielzeug, der Kratzbaum und die meisten meiner Fressnäpfe eingepackt wurden, wusste ich, jetzt wird es ernst. Aber was sollte ich machen? Abhauen, mich verstecken und hierbleiben? Nee, das kam nicht infrage. Ich hänge an meiner Familie. Schließlich bin ich als kleiner Kater zu ihnen gekommen, und sie haben mich immer gut behandelt. Nein, ich konnte und wollte sie nicht im Stich lassen, so viel war klar. Außerdem blieb leider schon am Tag vor dem Umzug meine Katzenklappe für mich verschlossen, wie ich feststellen musste. Meine Familie wollte wohl auf Nummer sicher gehen, dass ich mich nicht im letzten Moment noch verdrücken würde. Und am nächsten Morgen bekam ich noch mal Futter und Wasser, dann wurde ich in meine Katzenbox gesteckt und mitsamt der ollen Box in den Kofferraum verfrachtet. Wenig später kam schon der Umzugswagen, und die Männer begannen damit alles einzuladen. Mein Katzenpapa gab ihnen letzte Anweisungen und dann stiegen alle in unser Familienauto und es ging los – in eine ungewisse Zukunft. Lange sind wir gefahren, mir kam es jedenfalls endlos vor. Dann hielt das Auto an, weil alle hungrig waren und eine Rast einlegen wollten. Ich war nicht nur hungrig, mich quälte vor allem ein dringendes Bedürfnis, Ihr versteht sicher, was ich meine. Und in meiner Box wollte ich mich natürlich nicht erleichtern. Also habe ich laut miaut, um meiner Katzenmama meine missliche Lage klar zu machen. Sie versteht mich meistens am besten.

„Franjo hat sicher auch Hunger. Er hat heute früh nicht viel gefressen", sagte sie. Dann öffnete sie meine Box und schob ein kleines Tellerchen mit Körnchen hinein. Ehe sie das Türchen wieder schließen konnte, hatte ich mich schon an ihr vorbeigeschlängelt und bin entwischt, denn das war in dem Moment vorrangig.

„Franjo!" rief sie entsetzt.

Aber ich musste wirklich dringend mein

Geschäft erledigen und bin schnell ins Gebüsch geflitzt. Und plötzlich waren da noch eine andere Frau und ein Mann, die schimpften mit meiner Familie. Die dachten wohl, meine Leute wollten mich aussetzen, aber als meine Katzenmama ihnen die Lage erklärt hatte, beruhigten sie sich, riefen auch nach mir und versuchten mich zu fangen. Da bekam ich erst recht Angst und bin in meiner Panik so schnell ich konnte auf einen hohen Baum geklettert. Da oben fühlte ich mich einigermaßen sicher. Meine Katzenmama stand unten, hatte die offene Transportbox neben sich gestellt und rang die Hände. Marie weinte, und Niklas versuchte auf den Baum zu klettern, um mich zu retten, während sein Papa ihn fast mit Gewalt daran hindern musste. Er hätte es ohnehin nicht geschafft bis zu mir vorzudringen, denn schon unter meinem Gewicht schwankte der Ast, auf dem ich saß, bedenklich. Es war ein unbeschreibliches Durcheinander.

"Franjo, wir müssen jetzt weiter. Die Möbelpacker haben keinen Schlüssel für das neue Haus. Du kriegst auch ein feines Leckerchen", versuchte meine Katzenmama mich vom Baum herunter zu locken.

„Los komm, alter Junge, wir können nicht ewig auf Dich warten", drängte auch mein Katzenpapa.

Marie begann wieder zu weinen, und sogar Niklas schniefte. Aber ich war in dem Moment so aufgeregt und durcheinander, dass ich nur noch meine Ruhe haben wollte. Schließlich sprachen meine Menschen noch kurz mit den beiden Fremden, und dann gaben sie auf. Alle stiegen wieder ein und wollten abfahren. Das durfte doch wohl nicht wahr sein! In dem Moment fühlte ich mich schrecklich elend, hilflos und verraten.

„Wir kommen wieder und holen Dich", versprach mir mein Katzenpapa, durch das offene Seitenfenster, bevor er den Motor anließ und losfuhr.

Und dann waren sie fort. Da hatte ich mir ja was Schönes eingebrockt, das wurde mir in dem Moment klar. Trotzdem habe ich noch lange auf dem Baum gehockt, bevor ich mich getraut habe herunter zu kommen. Später sah ich die fremde Frau wieder. Sie stellte mir ein Schälchen mit Futter hin. Wollte sie etwa meine neue Katzenmama werden? Egal, ich hatte Hunger, also habe ich das angebotene Futter schnell aufgefressen und mich dann wieder verdrückt. Als es zu dämmern begann, schaute sie noch mal nach mir und stellte mir wieder Futter hin. Am nächsten Vormittag gab es kein Futter, aber ich sah die Körnchenspur, die sie für mich ausgelegt hatte. Meinen Lieblingsleckerlis konnte ich noch nie widerstehen. Also habe ich Körnchen für Körnchen aufgespürt und gefressen. Und schwupps, ehe ich mich versah, steckte ich drin in der Falle. Die Klappe ging zu und ich war gefangen. In meinem Eifer hatte ich gar nicht gemerkt, dass die letzten Körnchen nicht mehr auf der Straße lagen. Zu dumm, aber auch. Die fremde Frau wiederum schien sehr zufrieden, denn sie lachte und sagte: „Jetzt kann Deine Familie Dich abholen. Du musst keine Angst haben."

Sie trug mich mitsamt dieser großen Falle in ihr Haus und ging gleich zum Telefon. Einige Stunden musste ich noch in dieser Box ausharren, bis ich die vertraute Stimme meiner Katzenmama hörte.

„Franjo, was machst Du nur für Sachen?

Jetzt wirst Du uns aber nicht wieder ausbüxen!", sagte sie und bedankte sich überschwänglich bei meiner Retterin.

„Natürlich bringen wir Ihnen die Falle bald zurück, aber ich möchte keinesfalls noch einmal riskieren, dass er vor lauter Angst wieder abhaut", erklärte mein Katzenpapa.

Dann schnappte er sich das Ding und trug mich damit ins Auto. Da wusste ich - alles wird wieder gut. Unterwegs sprach meine Katzenmama unentwegt mit mir. Sie erzählte, dass Niklas und Marie ganz traurig gewesen waren, als sie mich zurücklassen mussten. Sie meinte auch, mein neues Revier würde mir sicher gefallen, aber zuerst sollte ich ein paar Tage im Haus bleiben, damit ich mich eingewöhnen konnte. Schnickschnack, das würden wir ja sehen, aber erst mal war ich heilfroh, dass ich meine Familie endlich wiederhatte.

Das war vor einigen Wochen. Inzwischen haben wir uns alle an unsere neue Heimat gewöhnt. Marie und Niklas haben in der Schule neue Freunde gefunden, und ich weiß, in der Nachbarschaft wohnt eine entzückende Katzendame. Sie hat mich ohne Probleme in ihrem Revier akzeptiert. Wie gut, dass ich inzwischen auch hier eine Katzenklappe bekommen habe, vielleicht lade ich sie einfach mal zum Fressen ein.

Mit Findus auf Reisen

Schon als kleines Mädchen war mein größter Wunsch einmal einen großen LKW steuern zu dürfen. Und gleich, nachdem ich meinen einfachen Führerschein in der Tasche hatte, habe ich weitergemacht, um mir diesen Wunsch erfüllen zu können. Seitdem lebe ich, und das seit vielen Jahren schon, so gut wie auf der Landstraße. Wenn ich in meinem Truck sitze, fühle ich mich glücklich und zufrieden. Für meine Firma befördere ich Waren durch ganz Europa. Ich weiß, es gibt nur wenige Frauen, denen dieses Leben gefällt, aber ich bin eine davon. Mein Taufname ist Mechthild, allerdings klingt der für meine männlichen Kollegen der Szene viel zu vornehm. So kam einer von ihnen auf die Idee mich Mecki zu nennen, und dabei ist es geblieben. Mir gefällt es allein unterwegs zu sein, und als mein Chef mir eine männliche Hilfskraft zur Seite stellen wollte, habe ich das abgelehnt. Wohin ich auch komme, ich finde immer jemanden, der mir beim Entladen des LKWs hilft, das ist kein Problem. Aber als mir vor einigen Monaten dieses hilflose kleine Kätzchen über den Weg gelaufen ist, da konnte ich einfach nicht wegschauen, sondern habe es mitgenommen. Seitdem fahren wir gemeinsam durch die Lande. Findus, so habe ich den Kleinen genannt, weil ich ihn auf einem Rastplatz gefunden habe. Wie er dahin gekommen ist, das mag der Himmel wissen. Nach etlichen Stunden auf dem Bock hatte ich mir wahrlich eine Pause verdient und habe den nächsten Rastplatz angesteuert. Außerdem musste ich einem menschlichen Bedürfnis nachgeben. So habe ich mich in die Büsche geschlagen, und da hörte ich dieses leise Miauen. Natürlich habe ich nachgeschaut und den Kleinen gefunden. Er sah furchtbar aus. Der dunkle Pelz war ganz verfilzt und voller Ungeziefer, das war nicht zu übersehen. Dieser erbarmungswürdige Anblick rührte mich sofort. Und von dem Moment an war ich seine Katzenmama. Ich, die nie einen Mann, geschweige denn eine Familie, haben wollte. Aber dieser kleine Kerl schaute mich so flehentlich an, den konnte ich einfach nicht im Stich lassen. Ein Kollege, der kurz nach mir auf den Parkplatz gekommen war, riet mir, ihn im nächstgelegenen Tierheim abzugeben. Aber ich wusste gleich, das kam nicht infrage. Wie gut, dass ich immer meinen Laptop mit an Bord habe, da konnte ich mich nach einem Tierarzt in der Nähe umschauen. Außerdem hatte ich keine verderbliche Ladung, deshalb habe ich meinen Chef angerufen und mich für den Rest des Tages krankgemeldet. Sowas kommt bei mir äußerst selten vor, und wenn, dann habe ich einen guten Grund, das wissen alle in der Firma. Also hat er gesagt, ich solle mich erst mal ausruhen und mich am nächsten Tag melden, ob ich wieder fit war oder nicht. Aber erst mal bin ich mit meinem kleinen Findling in den nächsten Ort gefahren, um ihn dort einem Tierarzt vorzustellen. Der war ebenso entsetzt wie ich über den verwahrlosten Zustand des kleinen Katers. Er hat ihm eine Wurmkur gegeben, etwas gegen das Ungeziefer in den Pelz gesprüht und mir gesagt, das müsste ich drei Tage lang wiederholen.

„Wollen Sie ihn wirklich behalten?", fragte der Tierarzt zweifelnd.

Aber ich hatte längst mein Herz an dieses

hilflose Wesen verloren, da blieb mir gar nichts anderes übrig als zu nicken. Am nächsten Tag habe ich erst mal alles Nötige für den kleinen Findus besorgt. Es war schon recht ungewohnt, einen Beifahrer zu haben, aber komischerweise war das von Anfang an nie ein Problem. Der Kleine hat sich meinem Leben so perfekt angepasst, als wäre es nie anders gewesen. Und sogar meine Kollegen finden ihn sehr liebenswert. Wo immer wir hinkommen, steht mein süßer Findus sofort im Mittelpunkt.

„Sieh an, da hat doch tatsächlich ein männliches Wesen Dein Herz erobert, Mecki. Ich kann es kaum glauben", hat Günter grinsend zu mir gesagt.

Zum Glück hat er es mir aber nicht übelgenommen, dass ich ihn vor Jahren abblitzen lassen habe. Er ist wirklich ein netter Kerl, aber ich habe nun mal meine eigenen Vorstellungen vom Leben, und ein Mann passt da einfach nicht rein. Findus schon. Seitdem ziehen wir beide gemeinsam durch die Lande. Wenn ich für längere Zeit aussteige, wird Findus an die Leine gelegt, das ist für ihn kein Problem, denn daran habe ich ihn gleich gewöhnt. Bei gutem Wetter suche ich für uns draußen einen Platz zum rasten und essen, und wenn es schäbig ist, dann weiß ich in welche Raststätten ich Findus mit hineinnehmen kann und wo das nicht erwünscht ist. Notfalls hole ich mir Proviant raus und bleibe mit ihm im Wagen. Findus ist sehr neugierig, und wenn wir im Stau stehen müssen, darf er vor der Scheibe entlanglaufen, um zu schauen was sich da draußen tut. In meinem Truck haben wir ja eine Klimaanlage, das ist sehr praktisch, vor allem wenn es im Sommer brütend heiß ist. Nachts schlafen wir beide meistens eng aneinander gekuschelt in meiner Koje. Einen Wecker brauche ich auch nicht mehr, seitdem Findus mein Beifahrer ist. Er weckt mich immer äußerst liebevoll, indem er mich mit seiner Pfote vorsichtig anstupst. Falls das nicht hilft, dann kriege ich ein flüchtiges Nasenküsschen. Spätestens dann werde ich wach und der Tag beginnt. Egal ob ich im Süden Italiens rumkurve oder im hohen Norden unterwegs bin, mein treuer Findus ist immer dabei. Ein Leben ohne ihn kann ich mir schon gar nicht mehr vorstellen.

Puscha

Falls Ihr es nicht wissen solltet, wir Katzen sind sehr soziale Wesen! Die meisten Menschen denken, Tiere handeln rein instinktiv, aber das stimmt nicht. Wir sind durchaus in der Lage aus freiem Willen Entscheidungen zu treffen. Alle Lebewesen haben eine Seele, nicht nur ihr Menschen. So habe ich außer meinen eigenen Babys noch vier kleine Eichhörnchen adoptiert, weil die Armen offenbar ihre Mutter verloren hatten. Und das kam so:

Ich heiße Puscha und bin eine junge Kätzin mit dunkelgrauem Pelz und grünen Augen. Ich lebe in einem Miniaturpark auf der Krim. Das ist ein Teil von Russland. In unseren Freizeitpark kommen viele Leute, um sich die Attraktionen anzuschauen, und natürlich gibt es in der Nähe auch etliche wildlebende Tiere, so wie die Eichhörnchen und andere Waldbewohner. Jedenfalls hatte ich erst vor ein paar Tagen meine eigenen Babys bekommen, als einige Besucher die vier verwaisten Eichhörnchen gefunden und in einem Pappkarton hierhergebracht haben. Ohne ihre Mutter würden sie verhungern, also musste dringend etwas geschehen. Da hatte eine Mitarbeiterin die Idee, mir die Kleinen anzuvertrauen. Es war einen Versuch wert, fand sie. Mir taten die hilflosen Kleinen leid und ich habe keinen Einspruch erhoben, als man sie mir anlegte, damit sie meine Milch trinken konnten, nachdem meine Babys satt waren. Sie waren ja schon halb verhungert, die armen Kleinen. Dass ich in der Lage war, ihren Hunger zu stillen, gab sicher den Ausschlag, dass sie sich relativ schnell an mich gewöhnt haben. Ich glaube, die kleinen Eichhörnchen hatten zu Anfang etwas Angst vor mir. Kein Wunder, ich sehe ganz anders aus als ihre Mama und bin viel größer. Außerdem stoße ich ihnen völlig unbekannte Laute aus und bestimmt rieche ich auch anders, als sie es gewohnt waren. Natürlich habe ich sie gleich sauber geleckt, genauso wie meinen eigenen Nachwuchs. Ihre Kinder ordentlich zu putzen, das gehört für jede gute Katzenmutter unbedingt dazu. Mir waren sie sofort genauso lieb wie meine eigenen Milchschnäuzchen, da habe ich keinen Unterschied gemacht, sondern alle gleich behandelt, sie gewärmt und leise schnurrend zu beruhigen versucht. Auch meine eigenen Kitten haben sich ebenfalls schnell an ihre neuen Geschwister gewöhnt. Jetzt kuscheln, spielen und balgen sie mit mir und auch miteinander, als ob es nie anders gewesen wäre. Wenn sie Appetit haben, drängeln sie alle um die Wette, um möglichst als Erste an meine Zitzen zu gelangen. Ich schenke ihnen meine Liebe und lehre sie Vertrauen in das Leben zu haben. Ich werde mich auch weiterhin bemühen ihnen alles beizubringen, was sie brauchen, um zu überleben. Ich Puscha, die Katze von der Krim. Unsere gemeinsame Geschichte ist um die ganze Welt gegangen, und viele Besucher des Freizeitparks fragen seitdem extra nach mir und meinen Babys. Einige bringen mir sogar Leckerlis zur Belohnung mit, das ist ja nett, aber für mich war es von Anfang an selbstverständlich, mich um diese armen Waisenkinder zu kümmern.

Prinz Kringel und der Ersatzosterhase

Hallo, ich bin Kringel, ein pechschwarzer Kater. Nur um meinen Schwanz ringelt sich eine schmale, weiße Stelle, daher hat meine Menschin Susi mich so getauft. Ihre Freundin mag mich auch sehr gern. Sie hat mich sogar in den Adelsstand erhoben, indem sie mich „Prinz Kringel" nennt. Nein, keine Sorge, darauf bilde ich mir nichts ein, aber es freut mich natürlich, wenn die Leute mich gernhaben. Seitdem ich bei Susi lebe, geht es mir bestens. Sie achtet auf meine Gesundheit, gibt mir genug zu Fressen und lässt mir auch meine Freiheit. Was will ein Kater mehr? Susi ist eine große Tierfreundin. Die füttert sogar die Flattermänner im Garten regelmäßig mit durch und regt sich auf, wenn ich ab und zu mal versuche mir einen von ihnen zu schnappen. Das ist nun mal die Natur von uns Katzen. Außerdem möchte ich ihr gern zeigen, wie gut ich immer noch in Form bin, trotz meines fortgeschrittenen Alters, auch wenn ich zugegebenermaßen in der kalten Jahreszeit immer ein wenig zulege. Mich stört's nicht, warum auch? Wie gesagt, meine Menschin liebt Tiere. Ich glaube, es gibt kein Geschöpf, dass sie nicht mag; sogar Mäuse findet sie niedlich. Soll man als Kater dazu was sagen? Besser nicht...

Mein Revier finde ich echt prima. Es gibt genügend Platz und Verstecke, in denen ich mich verbergen kann, wenn mich die Jagdlust packt. Aber stellt Euch vor, vor einigen Tagen ist etwas Ungeheuerliches geschehen! Ein weißes Kaninchen hat sich glatt in unserem Garten breitgemacht. Meine Menschin war ganz entzückt über diesen unerwarteten „Besuch auf vier Pfoten", wie sie es nannte. Als ich den Störenfried entdeckt habe, war ich erst mal sprachlos und habe mich in einiger Entfernung hingekauert, um mir zu überlegen, ob ich das dulden kann oder nicht. Zumal das undankbare Ding das angebotene Salatblatt doch glatt verschmäht hat. Dabei hatte Susi das extra von ihrer eigenen Portion abgezweigt. Kaninchen fressen ja gern so´n Grünzeug. Dieses scheinbar nicht. Undankbar nenne ich so ein Verhalten. Wenn ich ein Leckerli von Susi kriege, dann bedanke ich mich immer, indem ich meine liebe Katzenmama eine Weile umschnurre. Das mag sie gern, dass weiß ich. Und ich bin ein Kater, der weiß was sich gehört – jawoll!

Jedenfalls hat meine Menschin bald herausbekommen, dass dieses Kaninchen wohl in der Nachbarschaft zuhause ist. An dem Tag war es ausgebüxt. So wie es aussieht, hat dem Hoppelmann der Ausflug aber gefallen, denn seitdem taucht er immer mal wieder hier auf und frisst das frische Grün aus Susis gepflegtem Garten. Sie hat gesagt, das stört sie nicht, und ich soll das Kaninchen in Ruhe lassen. Außerdem bekommt es im Frühling, wenn die Osterzeit naht, auf jeden Fall viel Arbeit. Der Osterhase schafft es nämlich nicht allein, den Kindern die bunten Eier zu bringen, da muss er Aushilfskräfte einstellen. Mit etwas gutem Willen und von Weitem können Kaninchen notfalls auch als Osterhasen durchgehen, jedenfalls, wenn sie einen braunen Pelz haben. Aber ob es auch weiße Osterhasen gibt? Solange das Kaninchen nicht zu dreist wird und mich in meiner Ruhe stört, werde ich mich zurückhalten, weil Susi mich schließlich darum gebeten hat. Sie meint sogar, wir könnten uns vielleicht miteinander anfreunden, aber da bin ich skeptisch. Jedenfalls, wenn Ostern vorbei ist, dann garantiere ich für nichts. Ist schließlich mein Königreich, der Garten von Susi. Stimmt´s oder habe ich recht?

Jill

Diese Geschichte klingt fast unglaublich, ist aber wahr. Meine Katzenmama Jenny wollte nämlich mit ihrem neuen Freund in den Urlaub fahren. Sie hat Frederik vor einigen Monaten kennengelernt, und die beiden sind sehr verliebt ineinander. Sie überlegen sogar schon, ob sie zusammenziehen sollen. Aber bevor sie das tun, wollten sie drei Wochen gemeinsam an der See verbringen, sozusagen als Test, ob es auch klappt, wenn sie ständig zusammen sind. Frederick´s Eltern gehört da eine Ferienwohnung. Ich gönne ihnen ja diesen Urlaub, aber wir Katzen verreisen nun mal nicht gern – das wisst Ihr doch auch oder? Wir bleiben viel lieber zuhause in unserem eigenen Revier, da fühlen wir uns am wohlsten. Urlaub ist was für Menschen, wir brauchen das nicht. Und Jenny hat mich erst im letzten Sommer aus dem Tierheim geholt, nachdem meine vorige Familie mich dahin abgeschoben hatte, weil sie in die Ferien fahren wollten. Aber Jenny ist anders, sie hat sich wirklich Gedanken gemacht, wer sich in der Zeit um mich kümmern könnte.

Am Schluss hat sie sich dazu entschieden, ihre Nachbarin von gegenüber, die Frau Niebüll, zu fragen ob sie es übernehmen könnte mich zu füttern, mein Katzenklo regelmäßig zu säubern und mich morgens raus und abends wieder rein zu lassen. Ich bin nämlich Freigängerin, und das ist mir sehr wichtig!

„Ach bitte, liebe Frau Niebüll", hat sie gefleht. „Jill macht Ihnen sicher nicht viel Mühe, aber ich möchte sie nicht für die Zeit meines Urlaubs in eine Katzenpension oder gar zurück ins Tierheim bringen müssen."

Tierheim? Das wäre ja noch schöner. Nee, da hat sie mich doch gerade rausgeholt, da möchte ich nicht wieder hin. Alle Tiere werden dort bestens versorgt, das schon, aber Zeit zum Spielen und Kuscheln ist da so gut wie gar nicht. Außerdem gibt's da auch Hunde – nein danke!

Jedenfalls hatte Jenny richtig Mühe Frau Niebüll zu überreden, nicht nur ihre Topfpflanzen zu gießen, sondern auch mich zu versorgen. Aber am Ende hat Frau Niebüll doch zugestimmt.

„Aber nur unter der Bedingung, dass ich Jill

bei mir unterbringen kann", hat sie gefordert. Das fand Jenny zwar nicht so toll, aber am Ende der Diskussion war sie froh, dass Frau Niebüll überhaupt ja gesagt hatte. Dann hat sie meine Sachen zu ihr gebracht, und bevor sie sich von uns beiden verabschiedete, hat sie mir ganz fest versprochen, dass sie ganz bald zurück sein würde.

„Sei lieb und mach mir keine Schande", hat sie mir noch ins Ohr geflüstert, bevor sie mit Frederick abgefahren ist. Was sollte ich machen? Ich war ja schon froh, dass ich nicht wieder im Tierheim gelandet bin. Die ersten Tage waren ganz in Ordnung. Ich glaube, Frau Niebüll hat es sogar genossen, sich um mich zu kümmern. Als sie vom Einkaufen zurückkam, hatte sie sogar Leckerlis für mich mitgebracht und neues Katzenspielzeug hat sie mir auch gekauft. Klar, dass ich mich darüber gefreut habe. Um ihr das zu zeigen, bin ich auf ihren Schoß gesprungen, habe laut geschnurrt und mich ausgiebig streicheln lassen. Aber natürlich habe ich meine Katzenmama Jenny trotzdem sehr vermisst! Die rief zwischendurch einige Male an und fragte, was ich mache, und Frau

Niebüll hat dann immer gesagt, dass es mir sehr gut ginge. Stimmte ja auch.

Eines schönen Tages durfte ich nicht wie gewohnt nach draußen. Das kam mir schon komisch vor. Ich bin immer wieder zur Terrassentür gelaufen und habe ganz laut gemaunzt, um Frau Niebüll klar zu machen, dass ich raus wollte. Aber da war nix zu machen, sie blieb stur.

„Du bist jetzt mein Kätzchen", meinte sie. „Keiner kann sich so gut um Dich kümmern wie ich. Jenny hat nun einen Freund, da braucht sie Dich nicht mehr. Ich gebe Dich nicht wieder her!"

Von wegen, natürlich braucht Jenny mich. Ich bin schließlich ihre beste Freundin. Frederick ist zwar auch sehr lieb, aber das steht auf einem ganz anderen Blatt. Zugegeben, Frau Niebüll ist wirklich nett, aber meine Katzenmama ist und bleibt Jenny.

Am späten Nachmittag, ich hatte gerade mein Schläfchen gemacht, da klingelte es an der Tür.

„Wer ist da?", fragte Frau Niebüll, machte die Haustür aber nicht auf.

„Wir sind es, Jenny und Frederick. Wir wollten fragen was Jill macht", hörte ich eine vertraute Stimme. „Ist sie draußen?"

„Ja", antwortete Frau Niebüll knapp.

„Können wir ihre Sachen dann schon mit rüber nehmen?"

„Nein, das passt mir momentan ganz und gar nicht", antwortete Frau Niebüll.

Das wurde mir nun aber zu bunt. Schnell bin ich aus meinem Sessel gesprungen, zur Tür gelaufen und habe laut nach Jenny gerufen.

„Mau, hier bin ich!"

„Jill? Bist Du doch im Haus?", rief Jenny erstaunt.

„Bitte Frau Niebüll. Wir sind Ihnen wirklich sehr dankbar, dass Sie sich so prima um Jill gekümmert haben, aber wir möchten sie jetzt gern wieder nach Hause holen. Jenny hat sie tüchtig vermisst und ich auch", schaltete Frederick sich ein.

Währenddessen habe ich immer weiter gemaunzt, so laut ich nur konnte, aber es half nichts. Frau Niebüll war absolut nicht bereit die Tür zu öffnen. Nach einer ganzen Weile sind Jenny und Frederick dann schließlich unverrichteter Dinge wieder abgezogen.

„Wir kommen wieder. Sie können uns doch nicht einfach Jenny´s Katze vorenthalten", sagte Frederick böse.

Nachdem sie gegangen waren, habe ich mich erst mal unter dem Sofa verkrochen. Ich mag es ganz und gar nicht, wenn die Menschen sich streiten und dabei so laut werden. Frau Niebüll weinte und versuchte mich wieder hervor zu locken.

„Na komm, meine Süße, ich habe auch ein feines Leckerli für Dich!", schmeichelte sie.

Aber das wollte ich nicht. Man kann sagen was man will, aber bestechlich bin ich nicht. Außerdem weiß ich ganz genau, wohin ich gehöre. Als sie gar keine Ruhe gab und versucht hat mich unter dem Sofa hervor zu ziehen, habe ich sie tüchtig gekratzt. Sie sollte ruhig merken, dass ich böse auf sie war.

„Au", jaulte sie, aber dann gab sie auf.

Es hat nicht lange gedauert, da klingelte es wieder an der Tür. Dieses Mal war es eine fremde Männerstimme, die mit Frau Niebüll sprach.

„Frau Niebüll, hier spricht die Polizei. Seien

Sie doch vernünftig und rücken sie die Katze raus. Sie gehört Ihnen doch nicht!", sagte der Beamte.

Aber Frau Niebüll hat nicht mal geantwortet. Dann sprach sein Kollege mit ihr. Der wurde schon erheblich deutlicher: „Sie können Ihrer Nachbarin ihre Katze nicht vorenthalten, das wäre Diebstahl und wird entsprechend bestraft. Bitte machen Sie die Tür auf und lassen Sie uns in Ruhe darüber reden."

Nach der Androhung die Haustür notfalls aufzubrechen, wurde es Frau Niebüll wohl doch mulmig. Schließlich öffnete sie ihre Haustür einen ganz kleinen Spalt breit, aber leider immer noch nicht so weit, dass ich mich hindurchzwängen konnte, dabei bin ich klein und zierlich.

„Frau Niebüll, ich verstehe ja, dass Jill Ihnen ans Herz gewachsen ist, aber sie ist nun mal meine Katze und ich hänge sehr an ihr. Im Tierheim gibt es so viele heimatlose Katzen, die sich freuen würden Ihnen Gesellschaft zu leisten. Ich verspreche Ihnen, wir fahren gemeinsam hin und schauen sie uns an, wenn Sie das möchten, aber Jill kann ich Ihnen wirklich nicht überlassen", versuchte Jenny einzulenken.

So ging das noch eine ganze Weile hin und her, bis Frau Niebüll sich endlich dazu überreden ließ, mich gehen zu lassen. Frederick und Jenny waren darüber sehr erleichtert. Meine Katzenmama nahm mich gleich auf den Arm und drückte mich ganz fest an sich.

„Wie gut, dass ich Dich wiederhabe!", sagte sie mit Tränen in den Augen. Frederick und der Polizist haben dann meine Katzentoilette und die restlichen Futterdosen geholt. Das Spielzeug, das Frau Niebüll mir gekauft hatte, haben sie allerdings dagelassen. Von mir aus, wenn Frau Niebüll wirklich eine andere Katze zu sich nimmt, kann die gern damit spielen. Ich glaube, sie fühlt sich einsam, deshalb wäre das sicher eine gute Idee. An dem Abend wollten Jenny und Frederick mich auch nicht mehr raus lassen, aber das war mir nach der ganzen Aufregung nur recht. Und Frau Niebüll, der gehe ich vorerst lieber aus dem Weg. Jetzt wird Frederick bald bei uns einziehen, und wenn die beiden demnächst wieder mal gemeinsam verreisen wollen, dann müssen sie sich für mich eine andere Lösung einfallen lassen. Aber da bin ich zuversichtlich, notfalls gehe ich für eine Weile in eine Katzenpension. Dass es sowas gibt, dass weiß ich, denn meine beiden haben sich inzwischen schlau gemacht. Da besteht wenigstens keine Gefahr, dass ich nicht wieder nach Hause komme.

Micky und Minnie

Mein Bruder und ich haben uns verirrt. Wie alle kleinen Katzen sind wir neugierig und dabei sind wir eines Tages zu weit gelaufen. Unsere Katzenmutter hat sich in unseren ersten Lebenswochen wirklich gut um uns gekümmert, aber dann ist sie mehr und mehr eigene Wege gegangen, und wir sollten uns ein anderes Zuhause suchen. Also haben wir uns auf die Pfötchen gemacht, aber das war gar nicht so einfach, und ich bin sehr froh, dass ich nicht allein bin, sondern meinen Lieblingsbruder bei mir habe. Schließlich sind wir in einem großen Garten gelandet, und dort hat uns eine Frau entdeckt. Wir dachten, endlich sind wir am Ziel, haben ein Heim und jemand gefunden, der uns aufnimmt. Deshalb sind wir ihr um die Beine gestrichen und haben laut miaut, damit sie merkt, dass wir hungrig waren. Aber sie wollte keine Haustiere und etwas zum Fressen hat sie uns auch nicht gegeben. Dafür hat sie die Polizei gerufen, und wenig später stand ein Auto vor dem Gartenzaun. Zwei Beamte stiegen aus, um uns abzuholen.

Ein Mann und eine Frau waren es.

„Oh, sind die süß!", jauchzte die junge Polizistin, als sie uns sah. „Die sind so klein und flauschig, schau doch mal", sagte sie voll Begeisterung zu ihrem männlichen Kollegen. Sie nahm uns gleich auf den Arm und streichelte uns. Ich glaube, sie hätte am liebsten gar nicht mehr damit aufgehört. Wir dachten schon, sie würde uns adoptieren, als wir von ihr mit in das Polizeiauto genommen wurden. Die beiden Polizisten haben uns zur Wache gebracht, und dort waren noch mehrere Kollegen der beiden. Alle waren lieb zu uns, das muss ich schon sagen. Wir wurden ständig von einem Arm zum anderen gereicht. Ein Polizist ist sogar weggegangen und kam mit Futter für uns zurück. Natürlich haben wir uns nicht lange geziert, sondern es gleich verschlungen. Aber auf dem Revier bleiben konnten wir trotzdem nicht – leider. Ich hätte mir das gut vorstellen können, aber der Chef meinte, wenn wir dort bleiben würden, kämen seine Leute gar nicht mehr zum Arbeiten. Und es gab wirklich viel zu tun für ihn und seine Mannschaft. Ständig kamen und gingen fremde Menschen dort ein und aus, und wenn das Telefon läutete, mussten einige Polizisten ausrücken. Dann nahmen sie schnell ihre Mützen vom Haken und liefen los. So war es sicher auch, als die Frau, in deren Garten wir Zuflucht gesucht hatten, bei ihnen angerufen hatte.

„Was machen wir nun mit den beiden?", fragte die junge Dame, die uns abgeholt hatte. Sie hatte uns sogar schon Namen gegeben: Micky und Minnie sollten wir heißen, das gefiel ihr und uns auch.

„Das Beste wird wohl sein, wir bringen sie ins Tierheim", meinte ihr Kollege. „In eine Ausnüchterungszelle können wir sie ja wohl kaum sperren!", fügte er grinsend hinzu.

Einsperren? Wir hatten doch nichts Böses getan! Auf dem Bauernhof, auf dem wir geboren worden sind, durften wir überall rumlaufen. Das Wort Tierheim kannten wir auch nicht, was war das denn? Fragend sahen mein Bruder und ich uns an. Darunter konnten wir uns nichts vorstellen. Aber was blieb uns übrig, als sich dem zu fügen was sie mit uns vorhatten. Einer der Polizisten brachte einen großen Karton, polsterte ihn mit einem weichen Handtuch aus, und setzte uns hinein. Danach wurden wir wieder in einen Streifenwagen verfrachtet und von den beiden, die uns abgeholt hatten, in das örtliche Tierheim gebracht.

„Die Kleinen sind Fundtiere und vermutlich Wurfgeschwister, so ähnlich wie sie sich sehen. Wir haben sie Minnie und Micky getauft", erzählte unsere neue Freundin in Uniform dem freundlichen Mann, der uns entgegengenommen hat. Wenn ich mich nicht sehr irre, dann glitzerte dabei eine kleine Träne in ihrem Auge. Ihr fiel der Abschied von uns bestimmt nicht leicht. Im Tierheim mussten wir erst mal eine gründliche ärztliche Untersuchung über uns ergehen lassen. Anschließend wurden wir einige Tage lang allein in einem Extraraum untergebracht. Solange bis klar war, dass wir ganz gesund sind und dort keine Infektionskrankheiten einschleppen würden. Erst danach durften wir mit den anderen Katzenkindern zusammen in einen Raum. Darin steht für jedes Tier ein eigenes Körbchen, wir haben viel Katzenspielzeug, Klettermöglichkeiten und die Futternäpfe werden zwei Mal am Tag gefüllt. Eine

Katzenklappe nach draußen gibt es auch, dahinter ist ein kleines, eingezäuntes Rasenstück, aber das gehört uns allen. Ein richtiges Revier ist es sowieso nicht, meint Micky. Jetzt warten wir, genauso wie die anderen Katzen hier, auf ein schönes Zuhause, aber Micky und ich möchten unbedingt zusammenbleiben. Kennt Ihr vielleicht Jemanden, der ein graugetigertes, verschmustes Katzenpärchen zu sich nehmen möchte? Das würde uns mächtig freuen!

Hannelore

„Unsere süße kleine Hannelore hat eindeutig zwei Seelen in ihrer Brust – ein Engelchen und auch ein Teufelchen", das sagt mein Katzenpapa über mich. Stimmt irgendwie auch, denn manchmal habe ich selbst das Gefühl, dass irgendetwas in meinem Kopf „ver-rückt" und nicht ganz in Ordnung ist. Eigentlich bin ich von Natur aus eine friedliche und sehr verschmuste Katze. Ich mag mein ganzes Rudel wirklich gern und freue mich immer, wenn sie Zeit finden, mit mir zu kuscheln. Das gilt übrigens nicht nur für meine eigene Familie, sondern für alle Menschen, die in meine Nähe kommen. Ich lasse mich nur zu gern mit Streicheleinheiten und ab und zu auch mit einem kleinen Leckerli verwöhnen. Niemand kann sich dem entziehen, selbst wenn es Wildfremde sind, die ich mit meinem Charme umgarne, da mache ich keinen Unterschied. Wenn jemand zu Besuch kommt, schleiche ich demjenigen so lange um die Beine, bis er oder sie einfach

159

nicht anders kann, als mich zu begrüßen. Den meisten gefällt mein watteweicher Pelz so gut, dass sie gar nicht mehr aufhören wollen, mit mir zu schmusen. Jemand hat sogar mal gesagt, mein Fell ist seidenweich – noch viel weicher als bei einem Chinchilla. Das war ein sehr nettes Kompliment, das ich huldvoll entgegengenommen habe. Zum Dank durfte er mich anschließend besonders lange streicheln. Das haben wir beide sehr genossen!

Aber manchmal tauchen von einem Moment zum anderen diese komischen Dämonen in meinem Gehirn auf und ich werde regelrecht zu einer gefährlichen Kampfkatze – jawoll! Ein wilder Panther ist nichts dagegen, heißt es. Wenn ich in einer solchen Stimmung bin, dann ist nichts und niemand vor mir sicher. Alle aus der Familie haben das schon mal zu spüren bekommen. Komischerweise passiert das nicht etwa dann, wenn mich jemand ärgert - nein, einfach so. Dann muss diese

161

blinde Wut einfach aus mir raus und ich fange an zu fauchen, zu kratzen, zu beißen und zu toben. In solchen Momenten ist es eindeutig besser, wenn man mir aus dem Weg geht, das könnt Ihr wirklich glauben!

Hinterher bin ich immer ganz kaputt und muss mich dringend in mein Körbchen zurückziehen, um ein erholsames Nickerchen zu machen. Aber, wenn ich anschließend aufwache, bin ich wieder ganz lieb und friedlich. Meine Menschen wissen das inzwischen, und wenn sie merken, dass wieder so ein Anfall kommt, dann versuchen sie mich schnell in einen Raum zu bringen, in dem ich möglichst wenig anstellen und mich austoben kann. Aber natürlich gelingt das nicht immer rechtzeitig, denn meistens überkommt mich dieser ungeheure Zorn ganz plötzlich. Das war auch so, als meine Katzenmama mich auf dem Arm hatte. Anfangs hat sie mich zärtlich gestreichelt, dabei habe ich laut geschnurrt und mich ganz eng an sie geschmiegt, wie schon so oft.

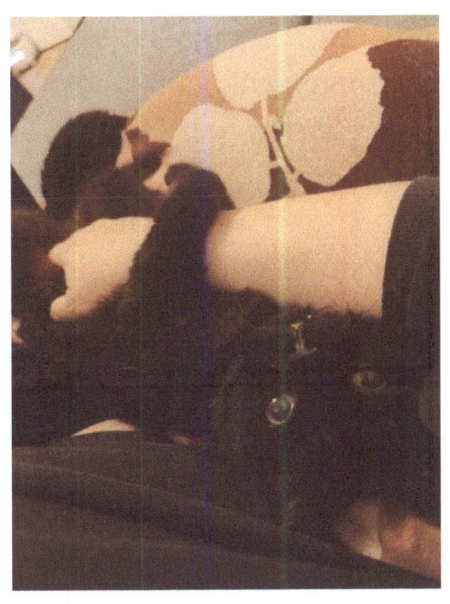

163

Aber dann ist es passiert, und meine Stimmung kippte schlagartig um. Vor lauter Schreck konnte sie gar nicht so schnell reagieren, wie es nötig gewesen wäre, als ich sie so gänzlich unerwartet angegriffen habe. Dabei wurde sie so schlimm verletzt, dass sie sofort ins Krankenhaus gebracht und dort operiert werden musste. Die Ärzte waren förmlich entsetzt darüber, wie schlimm ich sie zugerichtet hatte. Sie hat seitdem eine ganz lange Narbe auf dem Unterarm. Es hat lange gedauert, bis sie sich soweit erholt hatte, dass sie zurück zu uns nach Hause kommen konnte. Nachdem das passiert war, habe ich mich sooo geschämt und hatte ein ganz schlechtes Gewissen. Natürlich habe ich versucht es wieder gut zu machen, indem ich anschließend besonders verschmust und lieb zu ihr war. Sie hat ein unglaublich gutes Herz und mir diesen „Ausraster" ganz schnell verziehen. Leider ist es trotzdem eine Weile danach noch einmal geschehen, dass ich erneut einen heftigen Anfall bekam. Und wieder musste es ausgerechnet meine liebevolle Katzenmama erwischen. Dieses Mal war es nicht ganz so arg, aber ich fürchte, ich habe ihr dennoch sehr wehgetan. Es ist einfach nie Absicht, wenn ich mich so aufführe, ganz bestimmt nicht. Außerdem weiß ich nur zu gut, dass ich unglaubliches Glück mit meinen Menschen habe!

Schon als sie mich damals aus dem Tierheim geholt haben war das so, denn mein Pelz ist pechschwarz. Und schwarze Katzen bleiben oft sehr lange im Tierheim; keiner will sie haben. Es heißt, sie sollen Unglück bringen. Quatsch, der Charakter einer Katze hat mit der Farbe ihres Fells gar nichts zu tun! Bei mir kommt noch hinzu, dass ich eine Fehlstellung der Augen habe, was angeblich auf einen bestimmten geistigen Defekt hindeutet. In meinem Fall trifft das womöglich sogar zu. Dennoch haben meine Leute sich nicht abschrecken lassen und mich trotzdem mitgenommen. Da wussten sie ja noch nicht, welche Probleme sie sich mit mir aufladen würden. Aber wie gesagt, ich will doch gar nicht böse sein, wirklich nicht! Andere Menschen hätten mich nach diesen schrecklichen Vorfällen womöglich gleich zum Tierarzt gebracht, damit der mich über die Regenbogenbrücke schicken sollte. Aber das würden meine Katzeneltern bestimmt nie tun, das weiß ich. Sie lieben mich so wie ich bin, auch mit meinen Macken. Dafür bin ich ihnen sehr dankbar, denn ich liebe sie ja auch, und das mit meinem ganzen kleinen (Katzen)herzen!

Wuschel

So werde ich von Marian und Ilka gerufen. Sie denken, ich bin ihr Kater, weil ich den größten Teil meiner Zeit mit ihnen verbringe. Von meinen anderen Anlaufstellen in unserer Siedlung wissen die nix. Aber für den Fall der Fälle muss man doch vorsorgen. Könnte ja sein, dass meine Familie mal wegzieht oder sich aus anderen Gründen nicht mehr um mich kümmern kann oder will. Ist alles schon vorgekommen, das weiß ich ganz genau. Der kluge Kater baut vor, und deshalb tauche ich mal hier und mal da auf, checke die Lage und lasse mich mit Futter oder Leckerlis verwöhnen. Aber wie gesagt, meine Stammfamilie sind die Jahns. Die haben mir auch, kurz nachdem ich bei ihnen eingezogen bin, ein Halsband verpasst. Ist lästig, das olle Ding, aber alle Versuche mich dessen zu entledigen sind immer wieder schiefgegangen. Außerdem soll es mich vor Ungeziefer schützen, deshalb kriege ich einmal pro Jahr ein neues. Und eines muss ich zugeben: Zecken und Flöhe habe ich, seitdem ich das Halsband trage, nicht mehr gehabt. Seit einigen Monaten schon sind meine Menschen viel mehr zuhause als sonst, das geht mir fast ein bisschen auf die Nerven, so würdet Ihr Menschen das wohl ausdrücken. Früher hatten wir immer viel Besuch, aber seitdem sie so oft zuhause sind, kommt so gut wie keiner mehr. Komische Sache oder? Aber nun habe ich endlich rausgekriegt, warum das so ist. Seit über einem Jahr hat sich ein ganz besonderer Virus auf der ganzen Welt breitgemacht. Der ist hochansteckend, sogar Katzen wie ich können den kriegen, wenn's hart auf hart kommt. Aber keine Sorge, ich fühle mich immer noch topfit. Jedenfalls haben die Menschen alle große Angst sich anzustecken, deshalb sollen sie sich so selten wie möglich treffen. Und große Feste und dergleichen sind sowieso verboten. Die Läden in der Stadt sind fast alle geschlossen. Keiner kann mehr essen gehen und auch kein Kino oder Museum besuchen. Derzeit arbeiten meine Menschen sogar von zuhause aus. Alle beide sitzen den ganzen Tag lang an ihren Schreibtischen. Sie telefonieren viel oder hämmern auf die Tastatur dieser flachen

Kästen mit den Bildschirmen, die sie Laptop nennen. Ihr ganzes Leben ist so anders als vorher, und ich glaube, das nervt sie total. Jedenfalls streiten sie jetzt viel häufiger als früher. Gelegentlich geht es dabei richtig laut zu, und das mag ich gar nicht. Dann verziehe ich mich schnellstens und suche mein Glück woanders. Ich habe ja meine Katzenklappe und kann nach wie vor kommen und gehen wohin ich will. Aber, wenn ich draußen bin, treffe ich viel weniger Leute als sonst. Die sitzen derzeit scheinbar alle zuhause und langweilen sich, so wie die alte Frau Nagel. Die freut sich immer ganz tüchtig, wenn ich sie besuche. Sie hat auch immer ein ganz besonders feines Leckerli für mich. Dann schnurre ich ganz laut, um mich bei ihr zu bedanken, lasse mich streicheln und meistens gehe ich anschließend weiter zu Kellers. Das sind auch Nachbarn von Ilka und Marian. Die wissen, dass ich der Kater von Ilka und Marian bin, aber untereinander kennen sie sich nur vom Sehen. Helen Keller hat mir vor einigen Tagen einen Zettel unter mein Halsband gesteckt und dort befestigt. Als ich nach Hause kam, sah Ilka das und hat sich gewundert, aber sie hat die Nachricht gelesen und sich gefreut. Dann hörte ich wie sie zu Marian gesagt hat: „Schau mal, das ist ein Gruß von Helen und Nils Keller. Sobald es Lockerungen geben wird, sollen wir mal auf ein Glas Wein zu ihnen kommen. Ist das nicht nett?"

Und dann hat sie mich angeschaut, den Kopf schief gelegt und mich gefragt: „Wann warst Du denn bei denen oder hast Du sie zufällig auf der Straße getroffen? Woher wissen sie überhaupt, dass Du unser Kater bist?"

So eine Menge Fragen; natürlich konnte ich die gar nicht beantworten. Sie hätte mich ohnehin nicht verstanden. Aber am nächsten Tag hat mir Ilka auch einen kleinen Zettel unter das Halsband geklemmt und gesagt: „Wuschel, wenn Du wieder zu Kellers gehst, dann bring ihnen bitte meine Antwort."

„Denkst Du, das klappt?", hat Marian stirnrunzelnd gefragt. Aber er hat dabei gegrinst.

„Klar, unser Wuschel gibt ganz sicher einen tollen Postboten ab."

Na klar, ich wusste doch, was sie von mir will. Und nachdem ich wieder bei der alten

Frau Nagel war, bin ich zu Kellers gelaufen. Helen hat die Antwort von Ilka gesehen und mir noch einmal einen Zettel für sie mitgegeben. Seither laufe ich alle paar Tage mit Post von einem zum anderen; macht mir sogar Spaß und den Menschen auch. Dumm ist nur, dass meine Dosis jetzt wissen, dass ich mich regelmäßig woanders blicken lasse, aber im Grunde ist es nicht schlimm. Ich glaube sogar, sie haben gar nichts dagegen. Wenn die Welt wieder normal wird, dann ist es vielleicht gar nicht mehr nötig, dass sie sich über mich Nachrichten zukommen lassen. Aber das wird wohl noch eine Weile dauern, jedenfalls habe ich gehört, wie Marian das zu Ilka gesagt hat. Meinetwegen, mich bedrückt das nicht, jedenfalls solange meine beiden nicht krank werden. Bevor das geschieht, sollen sie lieber zuhause bleiben. Irgendwie werde ich mich schon daran gewöhnen.

Das Findelkind

Anne hatte ihre geliebte Katze Melody völlig unerwartet verloren. Sie war in der Nacht ganz sanft eingeschlafen, als Anne sie am nächsten Morgen in ihrem Lieblingssessel fand. Für ihre Katzenmama Anne war es ein Schock, den sie nur sehr schwer verkraften konnte. Melody war ein absoluter Goldschatz und hinterließ eine riesige Lücke, nachdem sie so leise und gänzlich unerwartet über die Regenbogenbrücke gegangen war. Kater Maxwell vermisste seine Partnerin ebenfalls, aber er versuchte Anne zu trösten so gut er konnte. Eines Nachts, etwa eine Woche nach dem Tod von Melody, träumte Anne von ihr. Darin sprang Melody, genau wie früher, von einem Schrank herunter und ließ sich lange von Anne streicheln und durchkraulen. Das hatten beide immer sehr gemocht. Allerdings sah sie etwas anders aus als gewohnt, denn ihr süßes Katzengesicht war viel dunkler und sie hatte, im Gegensatz zu sonst, eine pechschwarze Nase. Dieser intensive Traum berührte Anne zutiefst. Sie hatte plötzlich das sonderbare Gefühl, dass Melody sich auf diese Weise von ihr verabschieden wollte.

Am Nachmittag hielt Anne es im Haus nicht mehr aus, sie musste einfach raus, um in der freien Natur zu versuchen, ihre Ruhe wiederzufinden. Es hatte geschneit, und der Wald lud zu einem Spaziergang ein. In Gedanken versunken, machte sie sich auf den Weg. Unterwegs begegneten ihr nur wenige Leute, aber das war ihr nur recht. Nach einer Weile traf sie ein Ehepaar, dem ein kleines schwarz-weißes Kätzchen folgte.
„Ist das Ihre Katze, die Sie begleitet?", erkundigte sich Anne.
Sie wusste, ab und zu machten Katzen das, aber bei einem so jungen Tier schien es ihr eher ungewöhnlich. Das Pärchen verneinte und erklärte Anne, dass sie die Katze nicht kennen würden. Außerdem hatten sie offenbar keinerlei Interesse, sich um das hilflose Wesen zu kümmern. Anne wiederum blutete das Herz. Diese tapfere kleine Katze suchte augenscheinlich Anschluss, und in der Kälte würde sie allein und schutzlos gewiss nicht lange überleben. Daher versuchte sie das Kätzchen zu sich zu locken, damit sie

mit ihr zurück in Richtung des Dorfes gehen konnte. Die kleine Katze spürte offenbar, dass endlich jemand bereit war, sich um sie zu kümmern und ging mit. Nach einigen Schritten gelang es Anne sogar, sie auf den Arm zu nehmen und unter ihrer Jacke zu wärmen. So stapften die beiden durch die verschneite Landschaft, und als die ersten Häuser in Sicht kamen, ging Anne von Haus zu Haus, um zu fragen ob jemand das Kätzchen kannte oder wusste, wo es vermisst wurde. Die meisten Leute verneinten, aber eine Frau erzählte, dass die Kleine sich schon eine Weile in der Nähe aufgehalten habe.

„Ab und zu habe ich ihr aus Mitleid etwas Futter hingestellt, aber wohin sie gehört, das weiß ich leider auch nicht", bedauerte sie.

Da Anne´s Tierärztin im gleichen Ort ihre Praxis hatte, wollte sie mit ihrem Schützling dorthin. Irgendwann wurde es der Kleinen unter der Jacke zu langweilig. Strampelnd bestand sie darauf, ihre Freiheit wieder zu erlangen, daher setzte Anne sie auf den Boden, aber auch dann folgte ihr die Katze wie ein Schatten. Lediglich, als gegen Mittag im Dorf die Sirenen losheulten, erschrak sie und lief fort. Wenig später tauchte sie zu Anne´s Erleichterung wieder auf, und die beiden setzten ihren Weg fort. Schnell stellte sich heraus, dass die Katze weder gechipt noch anderweitig gekennzeichnet war. Daher war ihre Herkunft nicht zu klären. Trotzdem ließ Anne sie von der Tierärztin gründlich untersuchen. Die kleine Katze hatte völlig klare Augen, die Ohren zeigten keinerlei Auffälligkeiten und Parasiten schien sie auch nicht zu haben. Das behutsame Abtasten des Magen- und Darmtraktes zeigte allerdings nur zu deutlich, dass beide Organe komplett leer waren.

„Sicher hat die Arme schon länger nichts mehr zu Fressen bekommen", vermutete die Tierärztin.

Sie nahm an, dass das Kätzchen höchstens ein halbes Jahr alt war – also im Grunde noch zu jung, um sich allein durchschlagen zu können. Außerdem war sie viel zu dünn und zudem stark unterkühlt.

Kein Wunder, bei der Kälte, dachte Anne mitleidig.

„Was machen wir nun mit ihr?", fragte die Tierärztin ratlos.

Und Anne, als überzeugte Tierschützerin, überlegte keinen Moment lang.

„Dann nehme ich sie mit nach Hause!", schlug sie zur Erleichterung der Ärztin vor.

Zuhause wartete Kater Maxwell ja auf sie, der würde Augen machen. Aber falls die kleine Katze wirklich von niemandem vermisst wurde, sollte sie auf jeden Fall bei ihr ein Zuhause finden.

Um die niedliche Kleine vorsichtig an das Zusammenleben mit Kater Maxwell zu gewöhnen, wurde sie zunächst im Bad untergebracht. Aber auch die Annäherung beider Tiere funktionierte zu Anne´s Freude recht schnell und problemlos. Sie war am nächsten Tag wieder ins Dorf gegangen, um sich noch einmal zu erkundigen, ob jemand die kleine Katze kannte. Auch diese Nachfragen blieben ohne Ergebnis, ebenso wie das Einstellen in einer WhatsApp-Gruppe und zwei Facebookgruppen, die sich darum bemühten, dass vermisste Katzen wieder nach Hause fanden. Das Tierheim in der Nähe wurde benachrichtigt, und auch in der Praxis der Tierärztin klebte eine Weile am schwarzen Brett ein Aushang. Mehr konnte man wirklich nicht tun. Scheinbar vermisste niemand die hübsche, kleine Katze mit dem schwarz-weißen Pelz, einem entzückenden schwarzen Näschen und den leuchtend grünen Augen. Das neue Familienmitglied musste natürlich einen Namen erhalten, so entschieden Anne und ihr Lebensgefährte sich für den Namen Luise, riefen die Kleine aber Lulu. Anne war überzeugt, dass ihre geliebte Melody dafür gesorgt hatte, dass sie ihren Verlust auf diese Weise besser verkraften konnte.

*

So, jetzt habt ihr meine Geschichte aus der Sicht meiner Katzenmama gehört. Ich kann nur sagen, ich bin froh, dass es so gekommen ist. Bevor Anne mich zu sich genommen hat, wollte mich keiner haben – leider. So war ich darauf angewiesen, mich selbst zu versorgen so gut ich konnte. Natürlich hat das nicht allzu gut geklappt, weil ich noch viel zu unerfahren im Jagen war. Ich hatte oft Hunger, und als es zu schneien begann, wurde es ganz schlimm. Dicke Flocken fielen unaufhörlich vom Himmel herab, und ich hatte keinen Unterschlupf. Dafür aber großen Hunger. Deshalb habe ich versucht Menschen zu finden, die sich um mich kümmern wollten, aber in so einem kleinen Dorf ist das nicht einfach. Die Katzen auf den Bauernhöfen wollten natürlich ihr Revier verteidigen, und außer einer Frau, die mir gelegentlich etwas Futter hingestellt hat, habe ich von niemandem Hilfe bekommen. Erst als Anne aufgetaucht ist und mich mitgenommen hat, schöpfte ich wieder Hoffnung. Sie hat mir einen wunderschönen Namen gegeben, an den ich mich schnell gewöhnt habe. Einen großen Bruder, Maxwell, habe ich auch bekommen. Ich weiß, sie ist immer noch traurig, weil sie ihre Katze Melody verloren hat, aber nun hat sie ja mich. Ich gebe mir die größte Mühe sie zu trösten und Maxwell auch. Das ist ganz sicher im Sinne von Melody. Vielleicht hat sie mich sogar hierhergeschickt, wer weiß das schon so genau...

Larry

Hello Ladies and Gentlemen! Mein Name ist Larry und meine Adresse ist eine der exklusivsten in ganz Großbritannien. Ich wohne nämlich in der Downing Street Nr. 10, zusammen mit dem jeweils amtierenden Premierminister und seiner Familie. Nur die Queen, unsere Königin, nennt ein noch prachtvolleres Heim ihr Eigen. Als „First Cat", habe ich jetzt, im Jahr 2021, sogar eine Art Dienstjubiläum, denn ich lebe nun schon seit genau zehn Jahren hier. Der damalige Amtsinhaber David Cameron hat mich, Larry, aus einem Tierheim geholt. Bis dahin war ich ein ganz normaler Hauskater. Ich habe einen grauen Schwanz, auf dem Rücken eine überwiegend weiße Decke mit grauen Flecken und mein Gesicht ist hellbraun, die Ohren auch. Aber um das Mäulchen zieht sich ein heller Fleck, der aussieht wie ein spitzes Dreieck und zwischen den Augen ausläuft. Ich mag ja ein ganz ansehnlicher Kerl sein, aber von Adel bin ich nicht. Das war zum Glück auch nicht wichtig, als Mister Cameron mich hierhergeholt hat. Vom

Tierheim in die Downing Street - in England das Zentrum der Macht – das ist doch eine steile Karriere für einen Kater wie mich oder? Ich bin jedenfalls sehr glücklich und auch ein klein wenig stolz, dass ich das geschafft habe! Seit meinem Auszug aus dem Tierheim geht es mir prächtig. Sogar im Internet bin ich inzwischen präsent, weil es offensichtlich viele Leute interessiert, wie ich lebe und was ich so treibe. Immerhin gehöre ich jetzt zu den Persönlichkeiten des öffentlichen Lebens. Meine Seite im Netz wird ständig erweitert und aktualisiert. Da kann man auch nette Kommentare oder liebe Grüße für mich hinterlassen. Zu meinem Dienstjubiläum habe ich jetzt noch den klangvollen Titel: „Chief Mouser to the Cabinet Office", verliehen bekommen. Das bedeutet „Oberster Mäusefänger". Na ja, um ehrlich zu sein, Mäuse habe ich hier noch nicht allzu viele getroffen, aber das bleibt unter uns, ja? Besten Dank!

Aber ich verbringe meine Tage dennoch nicht müßig, denn nach dem Frühstück mache ich morgens zuerst mal eine Runde durch das ganze Haus. Ich schaue ob alle

Angestellten pünktlich erschienen sind und sorge insgesamt für ein gutes, entspanntes Betriebsklima. Außerdem teste ich von Zeit zu Zeit gern, ob die antiken Möbel in den repräsentativen Räumen noch stabil genug sind, um sich für ein kleines Nickerchen zu eignen oder nicht. Es wäre doch äußerst peinlich, wenn ein ausländischer Gast auf einem der alten Sofas oder den zierlichen Stühlen Platz nehmen und damit umfallen würde. Einige Stücke sind schließlich schon sehr alt und stammen aus einer Epoche, die hier kein Mensch mehr erlebt hat. Die könnten Euch Geschichten erzählen...

Während meiner Dienstzeit habe ich schon viele bekannte Persönlichkeiten aus Politik und Wirtschaft gesehen. Einige mit viel, andere mit weniger Einfluss auf das Weltgeschehen. Und Boris Johnson ist schon der dritte Premierminister, den ich hier begrüßen konnte. Mal sehen wie lange der sich hält, aber darüber kann ich mir höchstens mal „im stillen Kämmerlein" Gedanken machen.
Natürlich gab und gibt es immer noch ab und

zu private Kontakte mit den jeweiligen Premierministern und ihren Familien. Darüber erfahrt Ihr von mir nichts, denn in meiner exponierten Stellung muss man auf Diskretion bedacht sein, sonst ist es aus mit dem guten Leben und den Leckerlis. Das will ich nicht riskieren. Schließlich bin ich schon vierzehn Jahre alt, ein weiterer Umzug kommt für mich nicht mehr infrage. Und verbessern könnte ich mich sowieso nicht, egal wer jemals hier als zeitweiliger Hausherr schalten und walten mag.

Felizitas, Trine und Lilith – ein unglaubliches Trio

Man hat es manchmal nicht leicht – auch als Katzenmutter nicht. Mein letzter Wurf war besonders anstrengend. Weil ich wusste, dass ich die Kleinen nicht behalten kann, habe ich es selbst in die Hand genommen für sie ein gutes Zuhause zu finden. Ich hatte da ein Ehepaar im Auge, von denen ich wusste, dass sie große Tierfreunde sind. Deshalb habe ich mich auf die Pfötchen gemacht, und zunächst zwei meiner drei Jungen zu ihnen gebracht. Dabei habe ich darauf geachtet, dass die Menschen mitbekommen haben, dass ich ihnen meine Kinder anvertraut habe. Eines meiner Kleinen ist gleich in den großen Holzstapel neben dem Wohnhaus gekrochen und hat sich darin versteckt. Das zweite versuchte hinterher zu krabbeln, ist aber nicht ganz so weit gekommen. Weil die Frau das beobachtet hatte, war ich sicher, dass sie sich um meine Kätzchen kümmern würde. Zu meiner großen Freude hat sie das auch sofort getan. Ein Katzenkind konnte sie ohne große Probleme unter dem Holzstapel hervorlocken. Für das zweite musste sie ihren Mann zu Hilfe rufen. Der hat dann ganz vorsichtig die vielen Holzscheite umgeschichtet, bis es ihm gelungen ist, auch das zweite Kätzchen zu befreien. Nachdem ich das gesehen hatte, konnte ich sicher sein, dass ich mich richtig entschieden hatte. Damit war ich aber immer noch nicht ganz sorgenfrei, denn das letzte Kätzchen aus dem Wurf, das habe ich lieber noch einige Tage behalten, bevor ich es ebenfalls dorthin gebracht habe. Ich wollte diese herzensguten Menschen nicht gleich überstrapazieren. Deshalb habe ich mir den Knaller bis zum Schluss aufgehoben. Dieses letzte Junge war extrem anstrengend, und hat mich meine allerletzten Nerven gekostet. Mit den beiden Geschwistern vertrug es sich so gut wie gar nicht, sondern war von Anfang an nur auf Krawall gebürstet! Nachdem ich es auch abgeliefert hatte, habe ich mich ganz schnell verdrückt, in der Hoffnung, dass die Menschen besser damit fertig werden würden als ich. Ich hatte meine Pflicht erfüllt, fand ich. Nun konnte ich mich in aller Ruhe wieder meinem eigenen Katzenleben zuwenden. Der großen Katzengöttin sei Dank!

*

Die kleinen Kätzchen, die uns die Katzenmutter gebracht hatte, waren einfach unglaublich niedlich. Bei der Auswahl der Namen wollten wir uns Zeit lassen, weil sie dem Charakter der Katzen entsprechen sollten. So nannten wir die ersten beiden Kitten schließlich Felizitas, die Feli gerufen wurde und Trine. Feli war recht kapriziös während Trine ein sehr ausgeglichenes Naturell besaß. Sie erschien uns fast ein wenig „trantütig", daher bekam sie diesen Namen. Auf einen Schlag gleich drei Katzenkinder versorgen zu müssen, das war uns auf die Dauer zu viel. Daher waren wir überglücklich, als wir später für Trine ein anderes, gutes Zuhause fanden. Dort ist sie richtig aufgeblüht, wie wir erfuhren. Vielleicht war der ganze Trubel mit ihren Geschwistern einfach zu viel für sie, denn das dritte Junge, das die Kätzin uns gebracht hatte, übertraf seine beiden Schwestern deutlich. Ich glaube, die Katzenmutter wusste recht gut, was sie tat, indem sie uns

185

letztlich die Verantwortung für ihre Kleinen aufbürdete. Die zum Schluss gekommene Katze war ein richtiges kleines Teufelchen und stellte unglaublich viel Unsinn an. Zudem war sie launisch und unberechenbar. Aus diesem Grund nannten wir sie Lilith, nach der ersten Frau Adams, die in der Bibel ja überwiegend totgeschwiegen wird – aus gutem Grund. Die biblische Lilith soll angeblich bildhübsch gewesen sein, sich aber als echter Dämon entpuppt haben. Wie oft haben wir uns schon über dieses kleine Biest maßlos geärgert! In dieser Hinsicht hat sie sich leider immer wieder als unglaublich einfallsreich erwiesen. Etliche Dinge hat sie mutwillig zerstört, uns alle oft böse gekratzt, gefaucht und sich eindeutig nicht als süße kleine Schmusekatze gezeigt – im Gegenteil; dennoch gehört auch sie seit langen Jahren zur Familie. Schließlich hat die Katzenmutter uns ihre Jungen sicher nicht ohne Grund anvertraut. Lilith hat uns allen gezeigt, dass man durchaus mit seinen Aufgaben wachsen kann. Wir haben uns dieser Herausforderung gestellt und tun es nach wie vor gern - Tag für Tag.

Amigo Benny

Wenn man als Straßenhund in Spanien geboren wird, dann ist es meistens leider vorprogrammiert, dass man kein leichtes und sorgloses Leben hat. So ging es mir auch. Unser Rudel musste sich selbst versorgen, das war nicht immer leicht. Erst als die Feriensiedlung für die Fremden gebaut wurde, die in Scharen kamen, um die Schönheiten des Landes zu erkunden, wurde es ein wenig einfacher. Natürlich waren wir anfangs ängstlich, aber wir haben schnell gemerkt, dass die meisten Touristen uns durchaus freundlich gesinnt waren. Oft bekamen wir ihre Essensreste und ab und zu wurde einer von uns sogar von den Urlaubern mitgenommen. Ich habe von keinem mehr etwas gehört und hoffe, es geht allen gut. Einige Sommer lang habe ich gehofft, dass mich auch jemand mitnehmen würde, und als es dann tatsächlich passierte, habe ich mich riesig gefreut. Das junge Paar war mehrere Wochen hier und immer, wenn sie mich sahen, freuten sie sich und gaben mir Leckerbissen. Zum Dank habe ich mich gern von ihnen streicheln lassen, denn das gefiel ihnen offensichtlich. Als der Tag der Abreise kam, war ich sehr traurig, aber als sie mir ein Halsband umlegten und ich mit ihnen ins Auto hüpfen durfte, da war ich selig. Die Fahrt nach Hause erschien mir allerdings endlos. Stunde um Stunde musste ich im Wagen ausharren, bis sie endlich eine Pause machten. Aber dann ging es weiter und irgendwann kamen wir endlich in meinem neuen Zuhause an. Das war ein großer Betonklotz, in dem viele Menschen wohnten. Wir mussten mit den Koffern bis in den fünften Stock laufen. Die vielen Treppen hochzusteigen machte mir Mühe, und als wir oben ankamen, war ich ganz außer Atem. Den Rest dieses Tages haben wir alle verschlafen. Irgendwann hatte ich ein dringendes Bedürfnis zu erledigen und hungrig war ich auch. Zum Glück hatten meine Menschen daran gedacht, ein paar Dosen Hundefutter zu kaufen, bevor sie mit mir die Heimreise antraten. Verwöhnt war ich bis dahin ja nicht, also habe ich meinen Fressnapf schnell leergeputzt und bin dann zur Wohnungstür gelaufen, um ihnen zu zeigen, dass ich dringend raus musste. Mein neues Herrchen hat das verstanden, aber ich habe schnell gemerkt wie widerwillig er mit mir Gassi gegangen ist, er war sicher immer noch müde von der langen Fahrt. In Spanien war alles ganz anders, das habe ich schnell gemerkt. Mein Frauchen ist einige Tage später mit mir zum Tierarzt gefahren, der hat mich gründlich untersucht und dabei festgestellt, dass ich einen Herzfehler habe; deshalb war ich immer so müde, wenn ich die vielen Treppen bis zu unserer Wohnung hochsteigen musste. Überhaupt war ich immer ganz schnell aus der Puste, wenn ich mich angestrengt habe. Einen Chip bekam ich bei der Gelegenheit auch eingepflanzt, damit sie mich wiederfinden konnten, falls ich verloren ginge, so hieß es. Dann bekam ich noch eine Impfe und Medizin, die mein Herz stärken sollte. Es ging eine Zeitlang ganz gut mit uns, und ich habe wirklich gehofft, wir würden uns gut aneinander gewöhnen, aber dann merkte ich immer mehr, dass ich ihnen zur Last fiel. Das machte mich sehr traurig, und so habe ich mich eines Tages im Park einfach

189

losgerissen, mich von meinem Halsband befreit und bin fortgelaufen. Ich habe gedacht, ich könnte auch in Deutschland als Streuner leben, schließlich war ich das doch gewohnt. Aber so einfach war das nicht, ich hatte oft Hunger und wo ich schlafen konnte, das wusste ich auch nicht. Als ich dann eines schönen Tages mein jetziges Herrchen Wolfgang traf, habe ich schnell Vertrauen zu ihm gefasst. Er war sehr lieb zu mir, nahm mich mit nach Hause und gab mir etwas Gutes zu fressen. Danach bürstete er vorsichtig mein inzwischen total verfilztes Fell, wobei er feststellte, dass ich viele Knubbel unter der Haut hatte. Er wunderte sich darüber, aber es schien ihn nicht zu stören. Aber nach zwei Tagen brachte er mich in ein Tierheim. Er meinte nämlich, dass meine Familie mich womöglich vermissen und nach mir suchen würde, deshalb musste das sein, so erklärte er mir. In so einem Heim leben Tiere, die kein Zuhause haben. Aber auch solche wie ich, die ihren Menschen abhandengekommen sind, und wenn sie einen Chip im Fell haben, dann können die Leute vom Tierheim ihre

Menschen ausfindig machen, damit sie wieder nach Hause kommen. Auf die Art haben meine Menschen auch erfahren, dass ich hier gelandet war und haben mich wieder zurückgeholt. Aber ich glaube, das haben sie nur aus Pflichtgefühl getan, denn sie wollten mich gar nicht behalten, sondern haben mich nach wenigen Tagen schon wieder zurück ins Tierheim gebracht. Da saß ich nun und wartete sehnsüchtig auf ein dauerhaftes Zuhause. Zu meinem Glück hatte eine der Mitarbeiterinnen die gute Idee Wolfgang anzurufen und ihn zu fragen, ob er mich nicht aufnehmen wollte. Und stellt Euch vor, er kam tatsächlich und holte mich ab. Vor lauter Wiedersehensfreude bin ich sofort an ihm hochgesprungen. Er tätschelte mich und freute sich offenbar genauso wie ich, weil ich nun doch für immer bei ihm bleiben darf. Seitdem wohnen wir zusammen in seinem schönen Haus. Wolfgang hat mir den Namen Amigo Benny gegeben. Amigo bedeutet so viel wie Freund, deshalb bin ich sehr stolz auf diesen Ehrennamen. Allerdings ruft Wolfgang mich meistens einfach nur Benny, weil das nicht so lang ist, aber das ist auch in

Ordnung. Er kocht sogar jeden Tag extra für mich und geht regelmäßig mit mir spazieren. Aber nie so weit, dass es für mich zu anstrengend ist. Zum Tierarzt ist er auch noch einmal mit mir gefahren und der hat einige der Tumore in meinem Fell durch eine Operation entfernen können, andere leider nicht. Aber Wolfgang stört das zum Glück nicht, er liebt mich so wie ich bin und ich ihn auch – mehr als jeden anderen Menschen zuvor! Die Medizin für mein Herz gibt Wolfgang mir immer mit Leberwurst, die mag ich nämlich sehr gern und mit der Wurst schmeckt man das kaum. Ich bleibe immer an seiner Seite, wohin er auch geht. Allein bleiben mag ich ohnehin nicht gern, weil dann unwillkürlich die Angst in mir hochkriecht, dass ich womöglich doch wieder im Stich gelassen werden könnte – aber von meinem Herrchen Wolfgang kann ich mir das im Grunde gar nicht vorstellen.

Brezel

Ich habe meine Katzeneltern sehr lieb – wirklich – denn ich war in der glücklichen Lage, sie mir auszusuchen! Einige Jahre zuvor hatte ich mich als Siedlungskater durchgeschlagen. Deshalb hatte ich auch schon verschiedene Namen. Manche haben mir ganz gut gefallen, andere eher nicht. Egal, als Streuner darf man nicht wählerisch sein. Jetzt höre ich auf den Namen Brezel, weil mein grauer getigerter Pelz meine Katzenmama daran erinnert, wie sie sagt. Und sie isst gern Brezeln. Na ja, ich lasse meinen Namen lieber unkommentiert. Wie gesagt, ich hab mal hier und mal dort eine Weile gelebt, aber ich bin nirgends sesshaft geworden. Das lag zum Teil sicher auch an mir, denn ich bin ein Rabauke, wie meine Katzenmama meint. Ich glaube, das ist nicht unbedingt ein Kompliment, aber sie lacht, wenn sie das sagt und deshalb verzeihe ich es ihr. Jedenfalls gab es woanders immer mal wieder Ärger - und ich bin rausgeflogen oder selbst gegangen, wenn es mir dort nicht mehr gefiel. Bis ich hier endgültig einziehen durfte, war es ein schweres Stück Arbeit, das kann ich Euch sagen; aber es hat sich gelohnt, dass ich nicht lockergelassen habe. Vor mir hatten meine Katzeneltern einen anderen Kater, mit dem kam ich nicht klar, aber gefüttert hat meine Katzenmama mich auch zu der Zeit schon ab und zu. Seitdem mein Vorgänger über die Regenbogenbrücke gegangen ist, bin ich dann endgültig hiergeblieben, gegen alle Widerstände. Habe mich einfach unentbehrlich gemacht und meine Katzenmama getröstet so gut ich konnte. Wochenlang hat sie sich die Augen ausgeweint und manchmal tut sie es heute noch, wenn die Rede auf ihren damaligen Kater kommt. Manche Menschen sind eben sentimental, da kannste einfach nix machen. Aber ich habe mir trotzdem nach und nach mein Zuhause erobert. Und das verteidige ich nun mit Klauen und Zähnen. Mit meinem Kumpel Odin von nebenan verstehe ich mich ja soweit ganz gut. Wenn er meine Reste frisst, dann überlasse ich ihm die ohne Widerspruch, aber alles kann ich ihm nicht durchgehen lassen. Stellt Euch vor, ich habe ihn neulich sogar dabei erwischt, wie er es sich in dem Gästebett meiner Menschen gemütlich gemacht hat. Lag da einfach lang ausgestreckt und schlief tief und fest.

„Hey, so geht das aber nicht", habe ich ihn angemaunzt.

Also wirklich, da hört der Spaß auf! Wenn der wüsste, wieviel Anstrengungen es mich gekostet hat, damit ich mich dorthin zurückziehen kann. Am liebsten halte ich mich nämlich in der Nähe meiner Menschen auf, und wenn meine Katzenmama dort sitzt und arbeitet, weil ihr Schreibtisch im gleichen Zimmer steht, dann leiste ich ihr dabei gern Gesellschaft. Ab und zu werfe ich mich ihr zu Füßen, aber wenn ich müde bin, dann springe ich ins Bett und mache da ein Nickerchen. Das Bett ist immer frisch bezogen, falls mal ein Gast hier schlafen möchte. Kommt zum Glück aber nicht so oft vor, und inzwischen ist es einer meiner Lieblingsplätze. Den lasse ich mir von niemandem streitig machen, auch nicht von Odin. Im Winter ist mein Lieblingsplatz allerdings der Schoß meiner Katzenmama. Sobald sie sich aufs Sofa setzt und ich es mitkriege, bin ich da. Darauf lässt es sich auch herrlich schlafen, außerdem zeige ich ihr so, wie lieb ich sie habe. Ich halte das stundenlang aus, meine Katzenmama leider nicht immer. Wenn sie keine Zeit mehr hat oder das olle Telefon klingelt, dann muss ich aufstehen, egal ob es mir passt oder nicht.

Ich spreche viel mit meinen Menschen, das heißt, ich versuche es. Wenn sie am Wochenende länger schlafen, dann flitze ich hoch und wecke sie. Zuerst maunze ich erst ganz leise, um mich bemerkbar zu machen. Meine Katzenmama seufzt dann meistens: „Ach Brezel, ich bin sooo müde, lass mich noch ein bisschen schlafen!"
Na gut, ich will ja nicht so sein, aber wenn sie nach einer Weile noch immer nicht aus dem Bett gekommen ist, mache ich einen neuen Versuch und miaue etwas lauter. Dann hat sie ein schlechtes Gewissen, steht auf, geht mit mir runter in die Küche und füllt meine Fressnäpfe neu. Derzeit schlafe ich tagsüber sehr viel, aber nachts treibt es mich nach draußen, und wenn ich von einer Tour durch mein Revier nach Hause komme, habe ich mächtig Appetit. Frische Luft macht eben

hungrig. Deshalb sind meine Näpfe morgens so gut wie leer. Ich finde es wirklich sehr nett von meiner Katzenmama, dass sie extra für mich aufsteht. Ich streiche ihr dann immer um die Beine und schnurre, um mich bei ihr zu bedanken. Das versteht sie, der Rest unserer Kommunikation ist leider etwas einseitig, fürchte ich. Dabei gebe ich mir wirklich Mühe, ihr alles was ich erlebe zu erzählen.

„Brezel ist eine kleine Plaudertasche", meint mein Katzenpapa.

Ja und? Warum denn nicht! Ich habe eben eine Menge zu berichten, außerdem möchte ich meine „lieben Dosis" an meinem Leben teilhaben lassen. Wenn ich von draußen reinkomme und meine Katzenmama ist nicht zu sehen, dann rufe ich nach ihr oder flitze gleich nach oben. Wenn sie es hört und kommt, dann lege ich erst richtig los.

„Ja, mein Junge, da bist Du ja!", freut sie sich. „Alles ist gut. Was möchtest Du denn?", fragt sie.

Dann beugt sie sich zu mir herunter und streichelt mich ein Weilchen. Anschließend schaut sie in meine Näpfe, und wenn die noch voll sind, bekomme ich ein kleines Leckerli. Aber, wenn ich dann immer noch schreie, ist sie komplett aufgeschmissen. Es ist hoffnungslos, sie versteht mich einfach nicht. Ich weiß, ich habe mit meiner Familie die richtige Wahl getroffen, denn sie sorgen wirklich gut für mich und meine Bedürfnisse. Ich finde trotzdem, dass man für schlechte Zeiten vorsorgen sollte, falls sie mal nicht mehr genug Geld für unser Futter haben sollten, könnte ja sein. Aus diesem Grund habe ich versucht, ihnen die Mäusejagd beizubringen. Das war allerdings ein richtiges Debakel, denn als ich neulich abends eine lebende Maus mit ins Haus gebracht habe und sie im Wohnzimmer laufen ließ, da sprang meine Katzenmama laut kreischend vom Sofa. Auch mein Katzenpapa war wenig begeistert.

„Brezel", rief er. „Was hast Du Dir denn dabei gedacht?"

„Na, ich wollte mich revanchieren und Euch ein Geschenk mitbringen", versuchte ich ihm zu erklären, aber das wollte er gar nicht hören, sondern packte mich und sperrte mich ins Nebenzimmer. Durch die gläserne

Flügeltür konnte ich sehen, wie die Maus aufgescheucht hin und her rannte. Mein Katzenpapa versuchte zwar sie zu erwischen, aber er war einfach zu langsam. Die kleine Maus schlug Haken und entwischte ihm immer wieder. Einige Male schrie meine Katzenmama hysterisch auf, wenn sie ihr zu nahe kam. Ich musste fassungslos mit ansehen, wie die Sofas verrückt wurden, kleinere Möbelstücke umfielen und das ganze Zimmer im Chaos versank. So hatte ich mir das nicht vorgestellt Leute! Schließlich rettete sich die Maus hinter den Wohnzimmerschrank. Der ist viel zu groß und schwer, um ihn von der Stelle bewegen zu können. Ich konnte es kaum fassen, aber diese kleine Feldmaus war meinen Menschen eindeutig überlegen! Wirklich ein raffiniertes Biest, das muss ich widerwillig anerkennen. Jedenfalls gipfelte das Ganze darin, dass meine Katzenmama sich strikt weigerte, mit der Maus in einem Raum zu bleiben und ins Bett ging. Mein Katzenpapa folgte ihr wenig später, und die Tür zum Wohnzimmer blieb verschlossen, damit ich die Maus auch nicht erledigen konnte. Im Gegenteil, am nächsten

Tag hatten sie eine Lebendfalle besorgt, sie dann mit Käse und Schokolade gefüllt, und als die Maus am Ende hineingelaufen war, freuten sie sich riesig und nahmen die Falle mit nach draußen. Dort ließen sie die Maus wieder frei. Ich traute meinen Augen nicht, was sollte das denn? Sie hatten mal wieder nichts kapiert, die Dusselköppe. Ich habe noch einige Male versucht ihnen meine Beute zu schenken, bis ich es schließlich entnervt aufgegeben habe. Die meisten Menschen haben eben nun mal keinen Katzenverstand - meine leider auch nicht, da kann man nichts machen! Bleibt nur zu hoffen, dass sie nicht doch eines Tages auf meine Hilfe und mein Jagdglück angewiesen sind.

Pummelchen

Mein offizieller Name lautet Charlotte von Waldesruh. Klingt etwas bombastisch oder? Schließlich habe ich einen pfotenlangen Stammbaum. So konnte meine Katzenmama mich natürlich nicht rufen, daher wurde mein Name schnell zu Charlie abgekürzt, aber das erwies sich auch nicht als optimal, weil ich selbst mich nie so recht mit diesem Namen anfreunden konnte. Ich muss gestehen, dass ich schon immer über einen guten Appetit verfügt habe, und so bin ich ziemlich schnell ein bisschen außer Form geraten. Meine liebe Katzenmama, die Cordula, ist nämlich eine tolle Köchin. Sie kocht jeden Tag für uns beide – katzengerecht, wie ich betonen möchte. Und ihre leckeren Soßen, hm, die würden jedem drei Sterne Restarurant zur Ehre gereichen! Ihre beste Freundin Asta hat mich einige Male als „Pummelchen" bezeichnet, und dann ist es irgendwann bei dem Namen geblieben. Wir beide, meine Katzenmama Cordula und ich, haben ein schönes Leben zusammen, aber sie fühlt sich trotzdem manchmal einsam, das weiß ich.

Daher habe ich beschlossen, für uns beide einen netten jungen Mann an Land zu ziehen. Nicht, dass nicht schon einige versucht hätten bei uns zu landen, aber das waren allesamt Nieten, wie sich schnell rausstellte.

„Was mache ich nur falsch?", hat Cordula mich jedes Mal heulend gefragt.

Gar nichts, sie macht bestimmt alles richtig, aber die Kerle, die sie bisher angeschleppt hat, waren wirklich nicht das Gelbe vom Ei, wie man so sagt. Einer hat gern ein Gläschen zu viel getrunken und dann geschnarcht wie ein Weltmeister – schrecklich! Ein anderer nieste sich in meiner Gegenwart fast die Seele aus dem Leib und wieder ein anderer Bewerber um die freie Stelle als Katzenpapa konnte einfach nicht treu sein. Also wird es höchste Zeit, dass ich selbst eingreife und die Sache in meine Samtpfoten nehme, sonst wird das nie was. Noch weiß ich allerdings nicht wie ich das anstellen soll, aber mir wird bestimmt was einfallen. Erst mal mache ich ein Nickerchen, beim Dösen kommen mir oft die besten Einfälle. Außerdem muss ich die Sache unbedingt mit Sokrates besprechen. Der ist ein Bully-Mix und mein bester

Freund. Ich hätte nie gedacht, dass ich mich mal mit einem Hund anfreunden würde, aber das hat sich so ergeben. Sokrates ist mächtig eingebildet, das kommt daher, weil er so heißt wie ein berühmter Philosoph. Ich muss zugeben, er kennt die Menschen besser als ich, deshalb höre ich gelegentlich auf seinen Rat. Außerdem soll man ja keine Vorurteile haben – sagt Cordula immer. Sokrates ist der Hund unseres Nachbarn Daniel. Er und Cordula verstehen sich gut. Ab und zu unternehmen sie sogar gemeinsam etwas. So habe ich Sokrates kennengelernt.

„Du spinnst!", das war zunächst der einzige Kommentar, den Sokrates zu meinem Vorschlag äußerte.

„Wieso?", wollte ich wissen.

„Es ist doch noch nie etwas Gutes dabei herausgekommen, wenn wir versucht haben uns in die Angelegenheiten der Menschen einzumischen, das kannst Du mir glauben!", brummet er. Hast Du wirklich noch nicht bemerkt, wie sehr Daniel in Cordula verknallt ist? Er frisst ihr doch buchstäblich aus der Hand. Wenn sie ihn nur ein kleines bisschen mehr ermutigen würde, dann wäre die Sache längst geritzt."

Das war ja wohl die Höhe, da hatte der blöde Hund mehr mitbekommen als ich. Dabei sind wir Katzen echt stolz auf unsere Empathie den Menschen gegenüber. Aber, dass Daniel in Cordula verliebt sein sollte, nein, das war mir bisher einfach noch nicht aufgefallen.

„Ist aber so. Er leidet jedes Mal tüchtig, wenn sie wieder einen anderen Kerl anschleppt", erzählte Sokrates.

„Warum hast Du mir das noch nie gesagt?", fragte ich empört.

„Na, wenn Madame das noch nicht selbst gemerkt hat...."

Jetzt war ich beleidigt und überlegte einen Moment sogar, ob ich ihm mal kurz meine Pfote über die Nase ziehen sollte. Aber das hätte wohl nichts gebracht, schließlich brauchte ich ihn als Verbündeten. Also lenkte ich ein und sagte: „Ja und, wie machen wir Cordula das klar?"

Sokrates zuckte ratlos die Achseln. Also, eine große Hilfe war er in dieser Situation nicht, wie ich enttäuscht feststellen musste.

„Irgendwie müssen wir dafür sorgen, dass die zwei noch viel mehr Zeit miteinander verbringen, damit Cordula die Vorzüge von Daniel erkennt", schlug ich vor. Ich mag ihn nämlich auch gern, den Daniel.

„Könnte sein, aber wie stellen wir das an?"

„Darüber muss ich in aller Ruhe nachdenken", erwiderte ich hoheitsvoll, weil mir auf die Schnelle natürlich keine Lösung einfiel.

Aber dann griff tatsächlich das Schicksal höchstpersönlich ein und das kam so:

Einige Tage später rief Daniel bei Cordula an und bat sie um ihre Hilfe. Er hatte einen Unfall und lag im Krankenhaus.

„Kannst Du Dich ein paar Tage um Sokrates kümmern?" bat er.

„Klar, was ist denn passiert?", fragte sie erschrocken.

Daniel fährt gern mit dem Rad ins Büro, dabei wurde er von einem unvorsichtigen Autofahrer angefahren und war gestürzt; mit dem Ergebnis, dass er sich dabei einen komplizierten Beinbruch zugezogen hatte. Cordula war sehr erschrocken und versprach Daniel sofort, dass sie Sokrates zu uns holen wollte. Normalerweise kommt Daniel in der

Mittagspause nach Hause, geht mit ihm Gassi, und dann bleibt Sokrates in der Wohnung, bis er Feierabend hat.

„Wir müssen Sokrates für eine Weile bei uns aufnehmen, das ist ein Notfall", erklärte Cordula mir, bevor sie losstürmte.

Natürlich war Sokrates sehr besorgt um sein Herrchen, aber er durfte trotzdem nicht mit in die Klinik. Cordula hingegen besuchte Daniel jeden Tag, berichtete uns von seinen Fortschritten und richtete Grüße an Sokrates aus.

„Daniel vermisst Dich sehr", tröstete sie ihn, wenn er wieder mal die Ohren hängen ließ.

„Ich ihn auch", schniefte Sokrates.

„Du hast es doch gut bei uns", rügte ich ihn.

„Ja schon, aber es ist nicht dasselbe und außerdem mache ich mir Sorgen um mein Herrchen", seufzte er.

Knapp zwei Wochen musste Daniel bleiben, dann durfte er mit seinem Gipsbein nach Hause, aber nur, weil Cordula versprochen hatte, sich um ihn zu kümmern. Sie arbeitet ohnehin oft von zuhause aus, daher war das kein Problem. Der arme Daniel lag entweder im Bett oder humpelte auf seine Terrasse.

Sokrates wich ihm dabei nicht von der Seite. Er wollte nicht mal mit mir im Garten spielen wie sonst, also bin ich auch oft bei den beiden geblieben.

„Du bist mein Engel", sagte Daniel eines Tages zu Cordula, „was würde ich nur ohne Dich tun?"

Sie errötete und lächelte, antwortete aber nicht. Ich hoffte so, dass Daniel endlich den Mut finden würde, ihr zu sagen, wie sehr er sie liebt. An dem Abend, als wir wieder in unserer Wohnung waren, sagte Cordula zu mir: „Pummelchen, ich glaube, ich habe mich in Daniel verliebt."

„Miiiauuuu", jubelte ich.

Diese gute Neuigkeit musste ich am nächsten Tag unbedingt Sokrates berichten. Wie Sokrates es geschafft hat, dass Daniel seine Cordula wenig später geküsst hat, wollte er mir nicht verraten, und fast glaube ich, dass Daniel selbst auf die Idee gekommen ist, obwohl Sokrates das vehement bestreitet. Jedenfalls sind die beiden seitdem ein Paar. Also, warum in die Ferne schweifen, wenn das Gute liegt so nah?

Jaspers

Vielleicht kennt Ihr meinen gleichnamigen Namensvetter, der ist nämlich ein bekannter Philosoph, sagt meine Katzenmama. Sie hat mir diesen Namen gegeben, weil sie mächtige Erwartungen in mich setzt. Warum auch nicht? Aber es sind trotzdem große Schuhe, in die ich hineinwachsen muss. Noch bin ich ja erst ein paar Wochen alt und noch nicht lange bei meinen Katzeneltern, aber ich finde, ich habe ein schönes Zuhause gefunden.

Hier habe ich mich vom ersten Moment an wohlgefühlt. Sowas wie Heimweh nach meinem alten Zuhause kenne ich nicht. Außer mir gibt es noch zwei ältere Katzenschwestern in meiner neuen Familie. Die heißen Choupette und Emily. Mein großer Bruder trägt den Namen Sir Henry. Emily hat mich ziemlich schnell akzeptiert und Henry ebenso. Choupette fühlte sich anfangs nicht so recht wohl in meiner Gegenwart und hat mich einige Male angefaucht, aber das habe ich nicht so ernst genommen. Außerdem wollte ich mich auf keinen Fall von ihr vertreiben lassen. Seitdem sie das gemerkt hat ist Ruhe. Im Grunde verstehe ich mich mit allen gut. Als mein Katzenpapa mich neulich aus Versehen getreten hat, habe ich mich heftig erschrocken; aber da kam Emily gleich angelaufen und hat mir tröstend ihre Pfote um den Hals gelegt. Sicherheitshalber habe ich mich für eine Weile in die Höhle im Kratzbaum zurückgezogen, weil ich mich von dem Schreck erholen musste. Einige Zeit später kam Besuch, und den musste ich natürlich auch begrüßen. Die wollten mich kennenlernen und haben mir eine kleine Katzenspardose mitgebracht. Nun kriege ich jeden Sonntag ein paar Münzen, und wenn genug in der Sparkatze gelandet sind, dann darf ich mir etwas dafür kaufen, sagt meine Katzenmama. Meine Katzeneltern lieben mich sehr und tun alles, um mich glücklich zu machen, was will man mehr? Aber ich sorge im Gegenzug auch dafür, dass sie an mir Freude haben. Ich bringe sie beide oft zum Lachen, wenn ich spiele oder ab und zu noch etwas ungeschickt durch das Haus tapse. So bin ich vor Kurzem ein paar Stufen der Treppe heruntergekegelt. Meine liebe Katzenmama war sehr erschrocken und hatte Angst, ich hätte mich verletzt. Aber natürlich passiert das nicht so schnell, wir Katzen fallen doch so gut wie immer wieder auf die Pfoten. In unserem großen Haus gab und gibt es für mich jeden Tag eine Menge Neues zu entdecken, und ich kann fast alles zum Spielen gebrauchen. Kartons, Papier, meine bunten Bällchen und was ich sonst noch so finde, ich probiere alles aus. Wenn ich müde werde, dann signalisiere ich das, indem ich zu meiner Katzenmama laufe, sie anmaunze und auf den Arm möchte. Dann kuscheln wir ein Weilchen, und wenn sie merkt, dass ich vom Bäuchlein kraulen und Schmusen genug habe, legt sie mich ins Körbchen. Dort schlummere ich meistens ganz schnell ein, aber wenn ich aufwache, geht das Spiel von vorn los. Meine Katzenmama hat schon ganz viele Fotos von unserer Truppe gemacht. Einige hängen sogar ganz groß an der Wand im Flur und im Wohnzimmer. Ich bin mir sicher, dass Ihr in der Zukunft noch mehr von mir hören werdet.

Euer Jaspers

Was habe ich gesagt? Inzwischen bin ich vom Nesthäkchen zum großen Bruder avanciert, denn vor Kurzem ist Tamino bei uns eingezogen. Er ist unglaublich klein und tollpatschig. Bei der Züchterin, dort bin ich ja auch geboren, wurde er deshalb oft übersehen. Erst dachte sie sogar, er würde nicht überleben, weil er so winzig war. Aber als unsere mitleidige Katzenmama das hörte, wurde sie hellhörig. Sie hatte sich schon lange noch mal ein Kitten gewünscht, aber weil mein Katzenpapa inzwischen sehr krank geworden ist, und sie sich sozusagen rund um die Uhr um ihn kümmern muss, ist dieser Wunsch erst mal ins Hintertreffen geraten. Unsere Katzenmama wollte unbedingt noch mal zu der Züchterin, um nach deren Nachwuchs zu schauen, denn die möchte die Zucht aufgeben. Weil unsere Katzenmama so schnell leider niemanden gefunden hat, der sie hinbringen konnte, waren in der Zwischenzeit Tamino´s Wurfgeschwister alle schon vergeben - nur er ist übriggeblieben. Und dann hat die Züchterin ihn kurzerhand ins Auto gepackt und ist gekommen, um ihn unseren Katzeneltern vorzustellen. Ja, und dabei ist er gleich bei unserem Katzenpapa auf den Schoß gekrabbelt. Zwischen den beiden war es wohl Liebe auf den ersten Blick. Somit war die Sache klar, Tamino ist unser kleiner Bruder geworden, und wir alle kümmern uns um ihn, aber mir macht das besonders viel Freude. Anfangs musste er immer allein gefüttert werden, das war sehr aufwändig für unsere Katzenmama. Aber sie hat nicht aufgegeben und ihn hochgepäppelt. So hat er schnell zugenommen und wurde immer munterer. Nun macht er die gleichen Streiche wie ich, als ich in seinem Alter war. Er klettert in die Palme, buddelt die Erde aus dem Topf und all solche Sachen. Meine Katzenmama lacht viel mehr, seitdem er da ist, und das freut mich ganz besonders. Ob ich eifersüchtig bin? Nee, im Gegenteil, endlich bin ich nicht mehr der Jüngste in der Gruppe! Das Allerwichtigste ist aber, dass unsere Katzenmama uns alle gleich liebhat, finde ich. Außerdem ist sie sehr stolz auf ihre ganze Samtpfötchentruppe, dass weiß ich ganz genau!

Melisande

Manche der Katzen, die über die Regenbogenbrücke gegangen sind, haben weiterhin große Sehnsucht nach ihren Menschen. Wenn das der Fall ist, dann dürfen sie von dort aus weiterhin ihre Pfötchen über sie halten und ihnen helfen, wenn es nötig ist. So ging es Paul und Paulina, zwei Katzengeschwistern, die auf der Erde sehr krank gewesen und daher leider beide kurz hintereinander ins Regenbogenland gegangen waren. Paul hatte einen pechschwarzen Pelz und gelbgrüne Augen. Er war etwas größer als die zarte Paulina, deren Fell dunkelbraun glänzte. Die Farbe ihrer Augen wiederum leuchtete etwas heller gelb als die ihres Bruders. Beide Katzen hingen sehr aneinander, aber, da sie schon als kleine Kätzchen krank waren, wollte niemand sie haben. Erst als Damaris zu ihnen ins Tierheim kam, hatte sich das geändert. Es war Liebe auf den ersten Blick, als sie die beiden traurigen Katzen in einer Ecke sitzen sah, die völlig verschüchtert eng nebeneinander hockten. Mit ihrem Einzug bei Damaris begann für sie endlich ein schönes Leben. Ihre Katzenmama betrieb ein kleines, aber feines Antiquariat. Bei ihr konnte man sehr alte, teilweise recht wertvolle Bücher erstehen. Die erwarb sie bei Haushaltsauflösungen, und ab und zu brachten sogar Kunden ihr seltene Schätze, die sie auf dem Dachboden gefunden hatten. Natürlich gab es auch eine kleine Abteilung mit zeitgenössischen Büchern, aber ihre Liebe gehörte den dicken, meist aufwändig gestalteten und in edlem Leder gebundenen Folianten mit Golddruck. In ihrer Freizeit arbeitete Damaris als Schriftstellerin, denn das Erfinden von Geschichten machte ihr große Freude! Es war ihr sehr wichtig, dass diese Geschichten immer ein gutes Ende fanden, denn sie meinte, die Gegenwart sei für viele Menschen schwierig genug, denen tat ein Stück heile Welt, so wie sie es in ihren Büchern beschrieb, gut. Sie lebte allein, aber ihre beiden Katzen inspirierten sie immer wieder und waren ihr ganzes Glück.

„Ihr seid meine Kinder", sagte sie oft und war unendlich traurig, als sie sich zuerst von Paulina und wenig später auch von Paul verabschieden musste. Überall in ihrem Haus standen Bilder ihrer Lieblinge, und sie sprach noch immer mit ihnen, was einige Menschen in ihrer Umgebung nicht verstehen konnten. Aber Damaris wusste, ihre Liebe zu den beiden war so tief, das sie damit für immer und ewig ein unzerstörbares Band zwischen ihnen geknüpft hatte. Auch Paul und Paulina hatten das von Anfang an gespürt, und so gut es ihnen dort im Regenbogenland auch ging, sie vermissten ihre Katzenmama schrecklich. Einen Weg zurück gab es nicht, aber sie waren trotzdem immer in ihrer Nähe, auch wenn Damaris sie nicht sehen konnte, obwohl sie in manchen Augenblicken meinte, die Gegenwart ihrer Lieblinge deutlich zu spüren. Sie fühlte sich einsam, wollte aber dennoch keine neue Katze aufnehmen, weil sie wusste, wenn eines Tages der unvermeidliche Abschied kam, würde ihr das schrecklich wehtun, und davor hatte sie große Angst. Durch diese traurigen Gedanken wurde sie eines Tages krank und lag mit hohem Fieber im Bett. Paul und seine Schwester machten sich große Sorgen um sie. Sie wichen kaum von ihrer

Seite und umschnurrten sie liebevoll, um ihr dadurch etwas Erleichterung zu verschaffen. Damaris konnte ihre zwei Schutzengel nicht sehen, aber in ihrem Unterbewusstsein fühlte sie deutlich, dass die beiden in ihrer Nähe waren.

„Sie braucht unbedingt eine Katze, sonst kann sie nie wieder glücklich sein", stellte Paulina sorgenvoll fest.

Paul stimmte ihr zu. Deshalb beschlossen die Geschwister Damaris, sobald es ihr wieder besser ging, eine Katze über den Weg laufen zu lassen, um die sie sich kümmern konnte. Um Damaris darauf vorzubereiten, sandten sie ihr einen Traum. Darin lief eine kleine Katze auf sie zu und miaute kläglich. Sie hatte ein entzückendes rosa Näschen und lange, weiße Schnurrhaare. Ihr Pelz war überwiegend weiß, aber auf dem Rücken hatte sie einige bräunlich-schwarze Flecken, und das Fell auf dem Köpfchen umrahmte die grünen Augen in der gleichen Farbe. Der untere Teil des Gesichtchens war weiß und es hatte einen breiten hellen Steg, der sich zwischen den Augen bis zur Stirn zog. Darüber prangte ein schwarzes Zeichen, das aussah wie der Buchstabe M. Einige abergläubische Leute nennen solche Tiere „Madonnenkatzen". Als Damaris sich zu dem Kätzchen hinunter beugte, um es zu streicheln, erwachte sie. Dieser Traum machte sie sehr glücklich und sie fühlte sich danach plötzlich seltsam erfrischt. Dank der liebevollen Fürsorge von Paul und Paulina ging es ihr bald besser, und sie konnte ihre Arbeit im Antiquariat erneut aufnehmen. Aber die kleine Katze aus dem Traum ging ihr nicht aus dem Kopf. Ob sie vielleicht doch noch einmal ins Tierheim fahren und nach einer neuen Katze Ausschau halten sollte? Sie wusste, dort warteten so viele unglückliche Tiere auf ein schönes Zuhause. Aber sie konnte sich einfach nicht dazu entschließen diesen Schritt zu tun. Da griff eines Tages das Schicksal ein, so empfand sie es, denn sie wusste ja nicht, dass Paul und seine Schwester es so für sie bestimmt hatten. An diesem trüben Nachmittag war noch kein Kunde erschienen, und Damaris beschloss, sich einmal wieder die Regale mit den alten Folianten vorzunehmen und sie vorsichtig und gründlich zu säubern. Als sie näher trat, stutzte sie, denn in Augenhöhe lag eine winzige Katze auf einem Bücherstapel und schlief tief und fest. Sie sah genauso aus wie in ihrem Traum. Sogar das M auf ihrer Stirn konnte Damaris sehr deutlich erkennen. Unwillkürlich lief ihr ein kurzer Schauer über den Rücken, aber das fühlte sich gut an, ganz und gar nicht unheimlich. Dann öffnete das Katzenkind die Augen und blickte sie ganz ruhig an. Damaris hob die Hand, um ihren kleinen Gast behutsam zu streicheln. Auch das ließ sich die Katze gefallen, und sie begann sogar zustimmend zu schnurren.

„Möchtest Du bei mir bleiben?" fragte Damaris unwillkürlich.

Wieder gab die kleine Katze schnurrend ihr Einverständnis. Damaris nahm sie hoch und das Kätzchen schmiegte sich an sie. Damit war die Sache entschieden. „Ich glaube, ich werde Dich Melisande nennen", überlegte Damaris.

Paulina und Paul sahen zu und waren unendlich erleichtert, dass ihre Katzenmama wieder glücklich zu sein schien. Nun konnten sie in aller Ruhe abwarten, bis sie sich eines Tages wiedersehen würden.

Tegtmeier

Meine Katzenkumpel und ich leben am Rande eines Industriegeländes und das ist nicht ungefährlich. Tagsüber ist auf dem Hof einiges los, dann sollte man sich ohnehin dort nicht blicken lassen, aber es ist nun mal unsere Heimat. Lange Zeit mussten wir uns mehr oder weniger allein durchschlagen, denn kein Mensch hat sich um uns gekümmert. Das wurde anders, als Mathilda uns eines Tages entdeckte. Sie ist im Tierschutz aktiv und stellte schnell fest, dass wir kein Zuhause und damit keine Leute hatten, die sich um uns kümmern konnten. Sie war entsetzt und kam gleich am nächsten Tag mit Futter für uns zurück. Liebe Mathilda! Anfangs waren wir alle natürlich äußerst misstrauisch, denn mit den Menschen hatten wir bis dahin nicht die besten Erfahrungen gemacht, aber sie hat es mit ganz viel Geduld geschafft, dass wir das Futter von ihr angenommen haben. Sie hat es immer auf mehrere Schüsselchen verteilt, sich dann in ihr Auto zurückgezogen und abgewartet, bis der Erste von uns mutig genug war, zu probieren was uns da serviert wurde. Seit dem Tag kommt sie regelmäßig jeden Abend hierher. Sie war die Erste, die gesehen hat, dass ich eine Plastikmanschette am Körper hatte, die unbedingt entfernt werden musste. Beim Stöbern nach etwas Fressbarem im Müll saß ich plötzlich drin in dem ollen Ding und konnte es aus eigener Kraft nicht abstreifen. Die Anderen konnten mir auch nicht helfen, deshalb bin ich lange Zeit damit rumgelaufen. Irgendwann hatte ich mich sogar fast daran gewöhnt. Aber seitdem Mathilda uns täglich Futter brachte, haben wir alle tüchtig zugenommen, und die Manschette behinderte mich immer mehr. Natürlich hat sie das gesehen und sich Gedanken gemacht, wie sie mich davon befreien konnte, aber ich war noch viel zu scheu, um mich von ihr einfangen zu lassen. Das kam erst Wochen später. Mithilfe ihrer Freundinnen vom Tierschutz hat sie einige Lebendfallen aufgestellt und nach und nach sind wir alle dort hineingeraten – nicht ganz freiwillig, das möchte ich betonen. Wir wussten zu dem Zeitpunkt ja noch nicht, dass sie es nur gut mit uns meinte. Jedenfalls sind alle, die sie in die Falle gelockt hatte, kurz danach wieder aufgetaucht. Mathilda hat sie zum Tierarzt gebracht und der hat dafür gesorgt, dass wir uns nicht mehr vermehren können. Dieser Eingriff war zwar nicht toll, aber je mehr Katzen hier leben, desto schwieriger wird es ja für uns alle. So bin ich eines Tages auch beim Tierarzt gelandet, und der hat mich dann von der Manschette befreit – zum Glück. Sogar geschimpft hat er mit Mathilda, weil er nicht wusste, dass ich mir das selbst eingebrockt hatte. Jedenfalls war ich heilfroh, als dieses blöde Ding weg war, als ich aus der Narkose erwachte. Es war inzwischen so eng geworden, dass ich nur noch ganz schlecht atmen konnte. Es wurde also höchste Zeit, sonst wäre ich irgendwann womöglich daran erstickt - schrecklicher Gedanke! Inzwischen konnte Mathilda uns sogar auseinanderhalten und hat uns allen Namen gegeben, Mich hat sie Tegtmeier genannt, und diesen Namen trage ich mit Stolz! Wir haben nach und nach immer mehr Vertrauen zu ihr gefasst, und wenn wir ihr altes, kleines Auto auf den Hof rollen sahen, waren wir immer sehr glücklich. Es ist ein schönes Gefühl, zu wissen, dass es einen Menschen gibt, der uns liebt und dem wir wichtig sind.

Wie alle jungen Kater bin ich nun mal neugierig und ein bisschen vorwitzig. Außerdem klettere ich gern, aber das ist mir zum Verhängnis geworden. Ich bin nämlich auf dem Rand eines Containers, die hier überall auf dem Hof stehen, balanciert. Unglücklicherweise bin ich eines Tages dabei abgerutscht und hineingefallen. Die Dinger sind riesig und sehr hoch. Alle Versuche an der glatten Wand hoch zu klettern waren vergeblich. Ich konnte nichts weiter tun, als abzuwarten ob mich jemand bemerken und mir helfen würde. Gegen Abend hörte ich das Auto von Mathilda und habe laut miaut, aber sie hat es nicht gehört. Sicher ist ihr aufgefallen, dass ich nicht pünktlich zur Fütterung erschienen bin, aber das war auch alles. So saß ich in meinem Gefängnis und wurde von Stunde zu Stunde ängstlicher. Ich war hungrig, hatte Durst und sah keine Möglichkeit hier wieder raus zu kommen. Die Geräusche auf dem Hof machten mir zusätzlich Angst, denn wenn die großen LKWs tagsüber auf dem Hof hin und her rangieren, dann ist es unglaublich laut, und man sollte denen besser nicht in die Quere kommen. Am Abend hörte ich erneut, dass Mathilda kam, und weil ich wieder fehlte, wurde sie unruhig. Der Disponent der Transportfirma war noch da. Weil Mathilda eine beherzte Frau ist, hat sie ihn um Hilfe gebeten, um nach mir zu schauen. Sie dachte, ich wäre womöglich versehentlich in dem Gebäude irgendwo eingesperrt worden. Netterweise ist er mit ihr durch die ganze Firma gegangen, aber natürlich haben sie mich dort nicht gefunden. Die beiden haben sogar die Container von außen abgesucht, ob ich irgendwo dazwischen eingeklemmt war, und als der Typ an die Wände der Container geklopft hat, habe ich mich nicht getraut Laut zu geben. Aber Mathilda wollte nicht aufgeben. Sie beharrte darauf, dass sie eine Katze um Hilfe rufen gehört hatte und fragte ihn, ob sie sich die Container von innen anschauen dürfe. Der hilfsbereite Mann gab ihr die Erlaubnis, aber nicht ohne sie zu warnen: „Fallen Sie mir ja nicht rein in so einen Container, da kommen Sie nie wieder raus. Und unsere Fahrer haben keine Zeit vorher zu schauen, ob da womöglich etwas drin ist was da nicht reingehört."

Genau das brachte Mathilda auf die richtige Spur. Sie rief weiterhin unaufhörlich nach mir, und ich habe so laut ich konnte miaut, um sie auf mich aufmerksam zu machen. Dann hörte ich sie sagen: „Das gibt's doch nicht, ich höre doch eine Katze. Tegtmeier, bist Du etwa in einem der Container? Ich fahre jetzt nach Hause und hole eine Leiter."

Leider habe ich nicht verstanden, was sie meinte. Ich hörte nur, wie sie abfuhr und fühlte mich unendlich allein gelassen, sogar von Mathilda. Was sollte ich nur tun? Ich wurde immer mutloser, aber dann hörte ich erneut das vertraute Geräusch ihres Autos. Mathilda war wieder da. Wenig später rappelte es an dem Container, und dann tauchte ihr Gesicht über mir auf. Sie hatte, wie angekündigt, eine Leiter geholt und mich entdeckt. Entsetzt rief sie: „Tegtmeier, wie kommst Du da nur rein?"

Dann hat sie mir erst mal Futter in den Container geworfen und mir versprochen, dass sie Hilfe holen würde, denn allein konnte sie mich nicht befreien. Da wusste ich, Mathilda lässt mich nicht im Stich! Es hat eine Weile gedauert, aber dann hörte ich noch ein Auto kommen und auch fremde Stimmen. Das waren Mathilda´s gute Freundinnen Gisela, Christine und Bärbel vom „Verein Tiere in Not OWL". Die hatten weitere, höhere Leitern mitgebracht, und so konnten sie mich endlich befreien. Eins dieser Dinger wurde über den Rand des Containers gehoben und von innen an die Wand gestellt. Mathilda kletterte zu mir herab, nahm mich auf den Arm, und dann ist sie mit mir wieder nach oben gestiegen. Normalerweise würde ich mich von keinem Menschen anfassen lassen, nicht mal von Mathilda, aber in der Situation wusste ich, dass ich keine andere Wahl hatte. Aus diesem Grund habe ich mich lieber beherrscht und mich nicht mit ausgefahrenen Krallen gewehrt. Sobald wir wieder festen Boden unter den Füßen hatten, habe ich allerdings so tüchtig gestrampelt, dass sie mich schnellstens abgesetzt hat. Ich kann Euch gar nicht sagen, wie froh ich bin, dass Mathilda auf uns aufmerksam geworden ist – was

täten wir nur ohne sie? Wenn man es genau nimmt, hat sie mir inzwischen sogar schon mehrfach das Leben gerettet.
Vielen, vielen Dank liebe Mathilda!

Eine ungewöhnliche Freundschaft

Man muss im Leben Prioritäten setzen — auch und gerade, wenn man eine Katze ist. Das hat unsere Katzenmutter uns recht früh beigebracht, und mit dieser Maxime bin ich immer gut gefahren. Sie hat uns auch eingeschärft, dass man immer auf der Hut sein muss und sein Vertrauen nie leichtfertig verschenken darf. Aber nachdem meine Katzengeschwister und ich alt genug waren, uns ein eigenes Revier zu suchen, habe ich mal hier und mal dort für eine Weile gelebt. Ab und zu habe ich versucht mich Menschen anzuschließen, aber das hat nie lange gedauert. Entweder sind sie fortgezogen und haben mich zurückgelassen oder ich bin freiwillig von selbst gegangen, weil es mir bei ihnen nicht mehr gefiel. Aber nie, wirklich niemals habe ich mich unterkriegen oder gar erziehen lassen! Darauf bin ich sehr stolz, denn auch das haben wir von unserer Katzenmutter gelernt: Es gibt für alle Tiere nichts Wertvolleres, als ihre Unabhängigkeit beizubehalten. Tja, trotzdem bin ich eines Tages in einem Tierpark gelandet. Das hat eindeutig viele Vorteile, denn hier gibt es buchstäblich an jeder Ecke etwas, das ich fressen kann. Allerdings muss ich schwer aufpassen, bei welchen Tieren ich mich bediene, um von ihrem Futter zu naschen. Die großen Katzen, mit denen ich ja entfernt verwandt bin, schätzen es leider ganz und gar nicht, wenn ich sie gelegentlich daran erinnere. Inzwischen habe ich aber gelernt, wer mein Freund und wer mein Feind ist. So ist irgendwann mal eine richtig „dicke Freundschaft" zu der Elefantendame Lucy entstanden. Ich glaube, sie findet mich putzig, und ich mag ihre ruhige und gutmütige Art. Lucy hat ihren Artgenossen im Gehege sehr schnell deutlich gemacht, dass sie mich akzeptieren sollen. Und so kann ich mich inzwischen zu jeder Zeit ungehindert auch im großen Elefantengehege bewegen. Ich mag die Dickhäuter, aber Lucy ist und bleibt meine beste Freundin. Ab und zu gehen wir sogar gemeinsam spazieren. Dann klettere ich über ihren Schwanz hinauf auf ihren breiten Rücken und lege mich dort hin und döse. Zwei Mal am Tag geht die Elefantenherde durch den Tierpark und lässt sich an einer bestimmten Stelle von den Besuchern füttern. Das ist eine der besonderen Attraktionen des Tierparks, und vor allem die jungen Besucher finden es prima, wenn sie die Elefanten mit Möhrchen aus ihren Körben füttern dürfen. Natürlich habe ich nicht immer Lust dabei zu sein, aber es war schon witzig, als einer der Tierpfleger die Elefanten zu ihrem Rundgang abholen wollte und sah, dass ich auf Lucy's Rücken thronte. Er rieb sich die Augen und wollte es zunächst gar nicht glauben. Dann zog er so ein kleines, flaches Ding aus der Tasche und sprach einige Worte hinein.

„Du glaubst es nicht", rief er aufgeregt. „Wir haben hier eine schwarz-weiße Katze und die sitzt auf dem Rücken unserer Lucy! Komm schnell, ehe sie wieder runtergesprungen ist."
Dann hat er eilig ein Foto gemacht, sonst hätte sein Chef womöglich geglaubt, er hätte am Tag zuvor zu tief ins Glas geschaut. Dann kam seine Kollegin um die Ecke geflitzt und staunte ebenfalls. Ich wette, sie hat erst gedacht, er wollte sie auf den Arm nehmen. Aber um ihn nicht zu blamieren, bin ich liegen geblieben. Lucy und ich haben uns

über ihr fassungslosen Gesichter köstlich amüsiert. Erst danach habe ich mich von Lucy verabschiedet und mich verdrückt.

„Schade, das hätten die Kinder sehen sollen", bedauerte die junge Frau. Dann musste Lucy mitgehen, denn die Kinder warteten schon auf die Show mit den Elefanten. Seitdem gehe ich gelegentlich auch mit, wenn sie ihren Rundgang machen. Es macht mir großen Spaß, wenn die Kinder ungläubig die Augen aufreißen und uns zujubeln. Natürlich kriege ich auch öfter was Gutes ab. Nein, keine Möhren, die mag ich nicht, aber die Tierpfleger haben immer ein paar spezielle Körnchen für mich in der Hosentasche. Wenn mir nicht nach Aufmerksamkeit ist, dann verziehe ich mich, daher ist es Glückssache, wenn die Besucher mich auf Lucy´s Rücken bestaunen möchten. Zwingen lasse ich mich zu gar nichts, und von den Mitarbeitern des Tierparkes weiß auch keiner wohin ich mich zurückziehe, wenn ich mal keine Lust habe, mich dem Publikum zu präsentieren. Lucy und ich, wir sind inzwischen berühmt und zum neuen Logo des Tierparkes avanciert. Das gefällt mir und ich hoffe Euch auch! Vielleicht sehen wir uns demnächst ja mal in meinem Tierpark, wer weiß. -

Tahnee

Marietta sagt oft, ich sei eine „elegante Quasselstrippe", weil ich so gern erzähle und ihr berichte was ich gemacht habe, während sie arbeitet und ich sie nicht stören soll. Zum Glück arbeitet sie meistens von zuhause aus. Es stimmt, ich bin sehr gesellig und halte mich bevorzugt in ihrer Nähe auf. Daher stresst es mich höchst selten, wenn wir Besuch bekommen. Nur, wenn es zu laut wird, dann ziehe mich lieber zurück. Aber die meisten Besucher meiner Katzenmama wissen das und benehmen sich gebührend.

Wir Siamesen waren früher Tempelkatzen und lebten ausschließlich im Königreich Siam, dem heutigen Thailand. Meine Vorfahren durften damals nur vom König gezüchtet werden. Erst, als der mal so leichtsinnig war, einem Engländer ein Katzenpärchen zu schenken, konnten wir unseren Siegeszug durch die ganze Welt antreten. Aber noch immer gelten wir als etwas ganz Besonderes. Unseren schlanken Körperbau, die dunkle Gesichtsmaske mit den großen Ohren, die schwarzen Pfötchen und der gleichfarbige Schwanz, während der übrige Körper meistens überwiegend hell ist, bewundern viele Katzenfreunde. Sie finden uns ausgesprochen hübsch und majestätisch. Viele denken deshalb auch, dass wir unnahbar sind, aber genau das Gegenteil ist der Fall. Wir sind sehr menschenbezogen und können sogar Tricks lernen. Außerdem spielen wir gern. Wenn Marietta im Park auf dem Rasen mein Bällchen fortwirft, dann renne ich los, schnappe es mir und bringe es ihr zurück. Daran haben wir beide viel Spaß. Haben wir Siam-Katzen einen Menschen erst einmal ins Herz geschlossen, dann ist das eine Freundschaft für's ganze Leben. Aber wehe, wenn wir von unseren menschlichen Bezugspersonen nicht die gewünschte und uns zustehende Aufmerksamkeit bekommen, dann gibt's mächtig Ärger. Wir beschweren uns lautstark, darauf könnt Ihr Euch verlassen. Marietta weiß das genau, deshalb achtet sie darauf, dass ich mich nicht zurückgesetzt fühle. Ich bin ständig an ihrer Seite und mag es ganz und gar nicht, wenn ich allein bleiben muss. Außerdem schätze ich es nicht, von anderen Menschen versorgt zu werden. Marietta hat mir versprochen, wenn sie eine bezahlbare, größere Wohnung gefunden hat, dass ich dann Gesellschaft bekomme. Hoffentlich ist es bald soweit! Wie alle Siam-Katzen habe auch ich blaue Augen und einen leichten Silberblick, aber gerade das macht einen Großteil meines Charmes aus, behauptet ihr Freund Lorenz. Scherzhaft sagt er auch, dass er sich zuerst in mich verliebt hat, anstatt in Marietta, aber das glaube ich nicht. Als er uns beide zum ersten Mal sah, wunderte er sich über alle Maßen, dass ich ohne Geschirr oder Leine unterwegs war; aber so etwas brauche ich nicht, ich bin schließlich kein Hund. Allerdings hat Marietta darauf bestanden, dass ich ein Halsband trage. Daran hängt ein flacher Anhänger mit meinem Namen, ihrer Anschrift und Telefonnummer, für den unwahrscheinlichen Fall, das ich verloren gehen könnte. Tatsächlich wäre fast genau das passiert, als wir Lorenz kennen lernten. Weil Marietta nur die kleine Wohnung hat, gehen wir häufig in den Park, damit ich mich richtig austoben kann. An dem Tag, als wir Lorenz zum ersten Mal trafen, waren wir auch wieder dort und spielten mit meinem Lieblingsbällchen. Marietta hatte etwas zu weit geworfen, und so fiel mein Ball in das kleine Rinnsal, das dort fließt. Ich stand am Ufer und überlegte ob ich mich ins Wasser wagen sollte, um ihn raus zu fischen, denn eigentlich mag ich Wasser nicht. Das hatte Lorenz mitbekommen. Er kam näher, nahm mich hoch und sagte: „Hoppla, meine Kleine, was machst Du denn hier so ganz allein?"

Ich war furchtbar erschrocken und habe gleich begonnen laut und jämmerlich zu maunzen. Schon stand Marietta neben uns, riss mich an sich und fauchte: „Was fällt Ihnen ein, das ist meine Katze!"

Oh, wie erleichtert ich war! Lorenz hat sich schnell entschuldigt und gesagt, dass er wirklich gedacht hat, ich würde allein im Park herumstromern.

„Haben Sie denn nicht gesehen, dass Tahnee ein Halsband mit einer Erkennungsmarke trägt?" wollte Marietta wissen. Aber ihr Ton klang schon etwas versöhnlicher.

„Natürlich habe ich das Halsband gesehen und wollte mir gerade den Anhänger näher anschauen", rechtfertigte sich Lorenz.

Daraufhin beruhigte Marietta sich und erklärte ihm, dass wir öfter hierherkommen, um zu spielen. So hat das angefangen mit den beiden.

Im letzten Urlaub haben Marietta und Lorenz beschlossen, dass sie nun zusammenziehen wollen. Weil Lorenz eine viel größere Wohnung hat als Marietta, sind wir vor Kurzem umgezogen. Und nachdem ich mich an mein neues Zuhause gewöhnt hatte, ist Layla zu uns gekommen. Hurra – endlich habe ich eine Katzenschwester, mit der ich durch die Wohnung toben, spielen und mich unterhalten kann, wenn unsere Menschen nicht zuhause sind oder keine Zeit für uns haben. So ein Katzenleben macht eindeutig mehr Spaß, wenn man nicht allein ist!

Mieze Katz

Mein Katzenpapa heißt Severin und mich hat er Mieze Katz getauft. Wir beide sind ein gutes Team und unzertrennlich. Severin ist nämlich ein sensibler Künstler und arbeitet hauptsächlich als Maler. Ich bin seine Lebensgefährtin und wichtigste Muse, wie er sagt. Momentan hat er ein Engagement am hiesigen Stadttheater. Dort soll er nun die Kulissen für ein neues Stück gestalten, aber dieser Auftrag wird wohl in einigen Wochen erledigt sein. Ab dann müssen wir wieder „von der Hand in den Mund leben", wie er es ausdrückt, denn seine Bilder, so schön sie auch sind, verkaufen sich leider nicht allzu gut. Das liegt vor allem daran, dass er noch keinen großen und bekannten Namen hat, wie er sagt. Mag sein, davon verstehe ich nichts. Aber wie wird man bekannt?

„Glück gehört dazu, und das hatte ich bisher einfach nicht", meint Severin.

Er malt Landschaften, Blumenbilder und andere Motive. Auch an Portraits von Menschen hat er sich schon mal versucht. Eben alles, was ihm einfällt und Freude macht. Außerdem pinselt er oft eine philosophische Weisheit darauf, sowas wie: „Gib jeder Stunde die Möglichkeit zur tollsten Deines Lebens zu werden" und solche Sachen. Er möchte die Menschen damit zum Nachdenken anregen, sagt er. Am rechten Bildrand signiert er seine Werke und daneben malt er jedes Mal eine winzige Katzensilhouette. Das ist sozusagen sein Markenzeichen – und das bin ich. Sein Freund Knut, der eine Galerie hat, stellt seine Bilder aus, und ab und zu verkauft er auch das eine oder andere, aber leider nicht sehr oft. Deshalb muss der arme Severin uns oft mit Gelegenheitsjobs wie Taxifahren und dergleichen einigermaßen über Wasser halten. Aber wirklich glücklich ist er nur, wenn er vor der Staffelei steht und einen Pinsel in der Hand halten kann, dass weiß ich.

Mein Katzenpapa ist ein Langschläfer, und das gönne ich ihm auch, aber, wenn er gar nicht aus den Federn kommt und mein Hunger übermächtig wird, dann muss ich ihn schließlich doch aufwecken. Zum Glück habe eine Katzenklappe, und hin und wieder fange ich mir schon mal im Garten eine fette Maus - zur Abwechslung. Aber, wenn man es gewohnt ist, regelmäßig sein Futter serviert zu bekommen, dann besteht man ja wohl zu Recht darauf. Severin stapft morgens früh durch die Wohnung, holt die Tageszeitung aus dem Briefkasten und kocht sich einen Kaffee, damit er munter wird. Wenn ich mein Frühstück beendet habe, springe ich zu ihm auf den Tisch und werfe ebenfalls einen Blick in die Gazette. Außerdem gehört es zu unserem morgendlichen Ritual, dass ich von meinem Katzenpapa ausgiebig gebürstet werde. Erst wenn das erledigt ist, schlüpfe ich durch meinen Privateingang nach draußen und lasse ihn eine Weile in Ruhe.

Severin hat durchaus Talent, das findet jedenfalls Knut, aber er ist auch dickköpfig und stur. Und das macht es ihm nicht leichter, denn wenn er Auftragsarbeiten annimmt, kann es durchaus sein, dass der Kunde damit nicht so recht zufrieden ist. Und wenn Severin eine andere Auffassung hat wie das Bild aussehen sollte, dann kracht es. Ich merke immer sofort wie seine Laune ist, denn es ist ein großer Unterschied ob er fröhlich pfeifend die Wohnung betritt oder die Haustür mit einem lauten Knall hinter sich zuwirft, weil er schlecht drauf ist und sich geärgert hat. Ich, als seine Freundin und Seelenverwandte, muss ihn dann erst wieder aufrichten. Mit mir teilt er seinen Kummer und seine Freude, außerdem erzählt er mir früher oder später alle seine kleinen und großen Geheimnisse. Das kann er auch getrost tun, denn wir Katzen können gut zuhören und sind verschwiegen. Er hat sich mir auch anvertraut, als es um die Teilnahme an diesem Wettbewerb ging. Das hätte im Falle eines Gewinns eine richtig große Sache werden können. Severin hat so gehofft, dass er mit seinem Bild eine echte Chance hätte. Wochenlang hat er daran gearbeitet. Leider waren die Preisrichter anderer Meinung und haben das Stipendium lieber einem anderen Künstler verliehen. Mein armer Katzenpapa war maßlos enttäuscht; nicht mal mein lautes Schnurren konnte ihn trösten. Zum Glück hat er aber ein sonniges Gemüt und somit war er einige Tage später wieder gut drauf. Dann hat er damit begonnen, eine ganze Serie von mir zu malen. Aber nicht so wie ich wirklich aussehe, sondern er hat die Bilder farblich verfremdet. Um ehrlich zu sein, mir haben sie nicht sonderlich gefallen, mit Ausnahme des allerersten. Da hat er mich sozusagen in natura gemalt und das Bild finde ich sehr schön! Aber Severin war ganz begeistert von den bunten Werken und hat Knut angerufen, um ihn nach seiner Meinung zu fragen.

„Wenn das kein Erfolg wird, dann gebe ich das Malen auf. Meine Eltern meinen ja ohnehin, das sei eine brotlose Kunst", hat er gesagt.

Nachdem Knut sich die Bilder angeschaut hat, machte er Severin den Vorschlag sie für einige Wochen in seiner Galerie in der Stadt aufzuhängen. Natürlich auch das schönste Bild von mir, das sollte nämlich das Herzstück der Ausstellung werden.

„Aber es ist und bleibt unverkäuflich!" beteuerte Severin, weil er mir versprochen hatte, dass er es behalten würde.

„Dann musst Du eben eine Kopie machen", antwortete Knut.

Und was soll ich Euch sagen? Die

Ausstellung ist ein Riesenerfolg geworden. Plötzlich kamen ganz viele Aufträge, denn auf einmal wollen etliche Leute, dass er ihre Haustiere auf diese komische Art malt. Mir soll's recht sein; ich freue mich, wenn er gut gelaunt vor seiner Staffelei steht und arbeitet. Solange muss ich mir wenigstens keine Sorgen um ihn machen.

Bibi aus Berlin

Hallo! Ich bin Bibi, eine quirlige Yorkshire-Hündin und etwa zwei Jahre alt, soweit ich weiß. Ich lebe mit Frauchen Janin und ihren Töchtern Cassandra und Alice in Berlin. Meine Familie hat mich als kleines Hundekind bei sich aufgenommen. Sie sind damals zu einer Züchterin gefahren, um sich bei ihr einen Welpen auszusuchen. Von meinen Geschwistern habe ich ihnen am besten gefallen, vielleicht, weil ich so tapsig und verspielt war. Einige Wochen später haben sie mich dann abgeholt. Meine Wurfgeschwister und ich sind alle zu netten Leuten gekommen, darauf hat unsere Züchterin großen Wert gelegt. Sie hat sich die Leute, die ihre Hunde adoptieren wollten, sehr genau angeschaut, bevor sie ihre Zustimmung gegeben hat. Schließlich hatte sie ja die Verantwortung für uns. Aber ich glaube, ich habe es am allerbesten getroffen, denn hier werde ich sehr geliebt und verwöhnt. Ich darf sogar bei den Mädchen mit im Bett schlafen. Ich bin ihre Freundin und bei Bedarf auch ihre Seelentrösterin, wenn sie Kummer haben. Das kommt bei den Menschen ab und zu ja leider vor, und dann brauchen sie mich ganz besonders. Mein Frauchen Janin wollte außerdem eine Spielgefährtin zum Anfassen für ihre zwei Töchter. Außer mir haben die ja noch Meerschweinchen, aber die lassen sich nicht so gern auf den Arm nehmen. Mir hingegen macht es Spaß, wenn ich mit meinen Menschen kuscheln kann, davon kriege ich gar nicht genug! Aber für mich sind die Meerschweinchen echt ideale Spielgefährten. Wenn sie frei rumlaufen dürfen, jage ich sie durch die ganze Wohnung, stöbere sie auf, wenn sie sich vor mir versteckt haben und belle ganz laut, damit alle wissen, ich habe sie gefunden. Ich finde es lustig, wenn sie auf ihren kurzen Beinchen laut quiekend vor mir her flitzen. Dieses Spiel kann ich ganz lange spielen, aber die Meerschweinchen sind meistens schneller außer Atem als ich. Dann muss ich sie in Ruhe lassen, damit sie sich wieder erholen können. Die haben eben nicht meine Kondition, denn ich bin zwar auch kein Riese, sondern eher klein, aber oho! Das weiß auch Janin; und wenn wir

Gassi gehen, kann mir das gar nicht lange genug dauern. Ich gehe sehr gern spazieren, egal bei welchem Wetter. Mir macht es nichts aus, wenn es regnet oder kalt ist, denn dann zieht mir Frauchen einen Mantel an, damit ich mich nicht erkälte. Sie ist wirklich sehr fürsorglich. Bei schlechtem Wetter hat Janin leider meistens wenig Lust lange draußen zu bleiben, und die beiden Mädchen erst recht nicht. Meine drei Damen gehen am liebsten bei Sonnenschein mit mir in den Park. Aber ich muss ja regelmäßig raus und mein Geschäft machen, in dem Fall kann ich auf solche Befindlichkeiten nun mal keine Rücksicht nehmen. Auf unseren täglichen Spaziergängen treffen wir oft auch andere Hunde. Einige, die in der Nachbarschaft wohnen, kenne ich schon, weil wir uns schon einige Male begegnet sind. Ich finde es nett, wenn man Bekannte trifft, sie begrüßen kann und auch etwaige Neuigkeiten mit ihnen austauschen darf, schließlich machen die Menschen das auch so. Egal ob diese Vierbeiner größer oder womöglich sogar kleiner sind als ich, ich vertrage mich mit allen. Jedenfalls, wenn sie friedlich sind.

Aber auch unter Hunden gibt es welche, die müssen sich hervortun und ihrem Herrchen oder Frauchen zeigen, dass sie gut aufpassen. Die verbellen ihre Artgenossen und machen ein Heidenspektakel. Das habe ich nicht nötig, meine Familie weiß was sie an mir hat! Manche Rüden wollen mir damit vielleicht sogar imponieren, aber das übersehe ich grundsätzlich. Daran habe ich ohnehin keinerlei Interesse.

Am liebsten habe ich es, wenn alle daheim sind. Ganz allein bleibe ich ohnehin nicht gern. Zuhause ist Teddy mein bester Freund. Der hat immer Zeit für mich, denn Alice und Cassandra müssen ja zur Schule. Wenn sie nach Hause kommen, müssen sie ihre Schularbeiten machen und erst dann dürfen sie sich mit mir beschäftigen. Natürlich habe ich viel Spielzeug, bunte Bälle, Kauknochen und dergleichen mehr, aber meinen Teddy habe ich, außer Alice und Cassandra, am allerliebsten. Meistens geht es bei uns recht fröhlich zu, es sei denn die Mädchen streiten sich oder Janin hatte bei der Arbeit Ärger, dann ist kurzfristig „dicke Luft", wie sie das ausdrückt. Das kommt zum Glück selten vor, und wenn, dann greife ich ein, mache Männchen und bringe sie wieder zum Lachen. Zum Beispiel stibitze ich den Mädels gern ihre „duftenden" Socken, sobald sie die ausziehen und versuche sie in mein Versteck zu bringen. Freiwillig rücke ich die Dinger nicht wieder raus, die müssen sie mir schon abluchsen, wenn sie die wiederhaben wollen. Dann veranstalten wir eine wilde Hetzjagd durch die ganze Wohnung. Das macht allen Spaß, dabei müssen sie einfach lachen und alles ist ganz schnell wieder gut.

„Bibi ist mein drittes Kind", sagt Frauchen oft. Und auch, dass ich wohl nie erwachsen werde, warum auch? Aber ich weiß genau, dass Janin, Alice und Cassandra mich genauso lieben wie ich bin, und darauf kommt es schließlich an. Wir halten zusammen und sind einfach eine glückliche Familie!

Mia die Mühlenkatze

Hi Leute! Ich bin Mia, die Mühlenkatze. Meinen Ur Ur Ur, ach ich weiß gar nicht, wie viele Katzengenerationen zwischen, meinem Urahn, dem damaligen Mühlenkater Kaspar und mir liegen. Ist doch auch egal oder? Jedenfalls besteht unsere schöne Mühle schon ganz lange. Seit der Zeit hat es natürlich etliche Katzen hier gegeben. Viele „Dönekes" sind hier auch geschehen, das kann man in der Mühlen-Chronik nachlesen. Darin steht auch die Geschichte von Kaspar und seiner Familie. Aber jetzt habe ich hier das Sagen, und die heutige Besitzerin der Mühle heißt Gabi. Seit damals haben sich die Zeiten allerdings grundlegend geändert. Getreide wird in der Mühle nicht mehr gemahlen, und so gibt es auch keinen Müller mehr, aber Gabi veranstaltet mehrfach im Jahr Mühlentage. Dazu wird das alte Gebäude schön herausgeputzt und die Flügel werden, genau wie damals, aufgesegelt. Zu diesen Mühlentagen kommen immer viele Besucher. Die werden dann von Gabi herumgeführt. Sie zeigt und erklärt ihnen alles und bietet meistens auch Kaffee und Kuchen an, manchmal auch Schmalzbrote. Den jüngsten Besuchern erzählt Gabi gern die Geschichte vom kleinen Mühlengespenst. Ob es das wirklich gibt, das weiß ich nicht, bei mir hat es sich jedenfalls noch nicht blicken lassen. Aber ich glaube, den Kindern gefällt es, wenn sie sich gruseln können. Ich liebe meine Mühle sehr und Gabi auch! Am schönsten ist es hier zweifellos, wenn am Abend die Sterne am Himmel aufziehen und der Mond mein Revier in geheimnisvolles Licht taucht. Dann erlebe ich meine ganz speziellen Katzenabenteuer...

Das Allerschönste für Gabi ist es allerdings, wenn junge Leute sich dazu entschließen, in unserer schönen, alten Mühle standesamtlich zu heiraten, dann läuft sie zur Höchstform auf. Diese Hochzeiten vorzubereiten macht zwar viel Arbeit, aber das ist ja sooo romantisch, findet Gabi! Zum Glück hat sie Hilfe von ihren Freundinnen Susi und Ulla. Die Frauen schmücken das Trauzimmer mit den schönsten Blumen, sorgen dafür, dass der Standesbeamte pünktlich vor Ort ist und organisieren alles was notwendig ist. Für Menschen ist so eine Hochzeit eine große Sache, und sie wollen, dass alles möglichst perfekt sein soll an ihrem großen Tag. Deshalb erscheinen die meisten auch in besonders festlicher Kleidung. Die Männer tragen Anzüge aus edlem Zwirn und blitzblank gewienerte Schuhe. Die Frauen ein Kleid, dass sie nur einmal im Leben anziehen - ihr Brautkleid. Oft ist es lang, weiß oder cremefarben und aus besonders feinen Stoffen. Manche setzen dazu ein Hütchen auf, andere haben einen Schleier auf dem Kopf. Sehr junge Bräute finden es manchmal noch schöner, stattdessen einen Blumenkranz zu tragen oder lassen sich einzelne Blüten in ihre Frisur flechten. Das Wichtigste sind allerdings die Brautsträuße, darauf hat noch keine verzichtet! Unter uns, für mich sieht das bunte Gemüse immer gleich aus, wir Katzen setzen halt andere Maßstäbe. Außerdem erledigen wir die Paarung ein bis zwei Mal pro Jahr und gehen dann wieder unsere eigenen Wege, bei Menschen sieht das anders aus. Wenn sie heiraten, dann soll es fürs Leben sein, und alle Bräute möchten sich an ihrem Ehrentag wie eine Prinzessin fühlen. Irgendwie sind sie das ja auch, meint Gabi. Dabei ist es egal, ob sie auf einem knatternden Motorrad angerauscht kommen, in einem mit Blumen geschmückten Auto vorfahren oder in einer weißen Hochzeitskutsche, die von Pferden gezogen wird, hier auftauchen - so wie zu der Zeit, als Kaspar gelebt hat. Ich bin für etliche Brautleute so etwas wie ein Maskottchen, und sie wollen gern ein Hochzeitsfoto mit mir machen. Mein pechschwarzer Pelz macht sich eben gut auf dem Schoß oder in dem Arm einer glücklich strahlenden Braut. Dann werden von den Gästen die Smartphones gezückt und jede Menge Fotos geschossen. Einige Brautpaare bringen sogar ihren eigenen Fotografen mit, der jeden Moment dieses wichtigen Tages für die Ewigkeit festhält.

So ist es meistens, aber ab und zu sorge ich für ein wenig Aufregung. So hatte ich im Feld hinter der Mühle eine Maus gefangen - wirklich ein Prachtexemplar, und überlegte gerade, ob ich sie selbst verspeisen oder lieber Gabi verehren sollte, als ich die große Limousine auf den Hof rollen sah. Der entstieg eine missgelaunte junge Frau im langen weißen Kleid mit wehendem Schleier. Ihr zukünftiger Ehemann hatte sie wohl überraschen wollen und ihr nicht verraten, welchen besonderen Ort er für die Trauung ausgesucht hatte. Sie begann sofort die Nase zu rümpfen und nörgelte an allem herum. Sie fand das liebevoll dekorierte Trauzimmer zu düster, die Farben des zusammengestellten Blumenschmucks gefielen ihr nicht und sie begann auch sofort damit, die arme Gabi nach Strich und Faden hin und her zu scheuchen. Dummes Ding, dachte ich ärgerlich. Und dann hatte ich eine Idee. Leise schlich ich mich ins Trauzimmer und legte die tote Maus auf einen der Stühle, um sie zu erschrecken. Dann versteckte ich mich und wartete erst mal ab was geschehen würde. Schließlich kam die Hochzeitsgesellschaft, und die Braut entdeckte mein „Geschenk" für sie.

„Igittegitt, eine Maus!", kreischte sie hysterisch und stürmte sofort wieder nach draußen.

Gabi hat sich entschuldigt und ist ins Haus gerannt, um schnell einen Handfeger und eine Kehrschaufel zu holen. Aber die junge Frau wollte sich nicht beruhigen, sie bestand sogar darauf, dass ihr Stuhl ausgetauscht werden sollte. Also musste Gabi einen anderen heranschaffen. Der war natürlich nicht so schön geschmückt, wie der auf dem ich die Maus platziert hatte - selbst schuld. Die Braut beruhigte sich erst, nachdem einer der Gäste eine Flasche Sekt, die für den Empfang nach der Trauung gedacht war, geöffnet und ihr ein Glas eingeschenkt hatte. Ihr könnt es mir glauben, ich habe mich köstlich amüsiert! Ein Foto mit mir wollten sie natürlich nicht. Dazu hätte ich mich in dem Fall auch nicht herabgelassen. So viel Wirbel um nichts. Als alle wieder fort waren, habe ich mich getraut, aus meinem Versteck wieder hervor zu kommen, und Gabi hat tüchtig mit mir geschimpft.

„Mia, was hast Du Dir nur dabei gedacht?", wollte sie wissen.

Aber natürlich habe ich so getan, als wüsste ich nicht wovon sie sprach. Im Gegenteil - ich habe mich erst mal aller Gemütsruhe ausgiebig geputzt und so getan, als ginge mich das Ganze nichts an. Ich bereue jedenfalls nichts, warum sollte ich?

Ein paar Wochen später, an einem Samstag, war wieder eine Trauung. Da kam ein uraltes Auto auf den Hof gefahren. Die Frauen waren schon ganz aufgeregt, weil sie meinten, dieses Monstrum versperre allen anderen den Weg, aber dann stellte sich heraus, das war das Brautfahrzeug. So ein Vehikel, noch dazu mit offenem Dach, hatte ich noch nie gesehen. Der Fahrer stieg aus, holte jede Menge Schleifen und Bänder hervor, und begann damit das Ding zu schmücken. Am Ende sah es wirklich ganz annehmbar aus. Jedenfalls interessierte es mich schon, wie dieser alte Wagen von innen aussah. Gabi, Susi und Ulla waren auch nähergekommen, um sich diesen Oldtimer genauer anzusehen. Der Fahrer war sichtlich stolz auf sein Schätzchen und erklärte ihnen alles. Susi durfte sich sogar mal reinsetzen. Dann kamen die Brautleute, und nach und nach trudelten auch die anderen Gäste ein. Die Braut und der Bräutigam freuten sich riesig, über die gelungene Überraschung, weil sie nach der Zeremonie in diesem alten Auto zur Feier gefahren werden sollten. Das hatten die Trauzeugen für das Hochzeitspaar arrangiert. Nachdem alle in der Mühle verschwunden waren, um der Trauung beizuwohnen, hatte ich endlich auch die Gelegenheit mir das äußerst interessante Ding genauer anzuschauen. Weil das Dach offen war, konnte ich mühelos ins Innere des alten Autos gelangen. Zuerst habe ich alles abgeschnüffelt und es mir dann unter der Rückbank gemütlich gemacht, um ein kleines Nickerchen zu machen. An dem Tag war es sehr warm, und ich war schrecklich müde! Dann hörte ich Stimmen und ehe ich mich versah, war die Braut schon ins Auto geklettert. Ihr Mann saß neben ihr, und das Auto setzte sich in Bewegung. Nun aber schnell raus hier, dachte ich erschrocken, aber die langen Röcke der Braut waren mir im Weg. Ruck zuck hatte ich mich komplett darin verheddert und bekam fast Panik. Zum Glück hatte die junge Frau bemerkt, dass etwas ganz und gar nicht in Ordnung war, denn sie rief: „Hilfe, da bewegt sich was unter meinem Rock!"

„Halt mal an", hörte ich ihren Mann zu dem Chauffeur sagen.

Daraufhin blieb der Wagen stehen, und einen Augenblick später wurde ich befreit. Meine Erleichterung darüber war grenzenlos. Als die Braut mich sah, begann sie laut zu lachen.

„Willst Du mit uns feiern?" fragte sie. „Aber nein, ich glaube, es ist besser, wir bringen Dich zurück."

„Das finde ich allerdings auch", stimmte ihr Mann zu.

Sie waren zum Glück noch nicht sehr weit gekommen, als sie umdrehen und mich nach Hause bringen mussten. Dabei durfte ich auf dem Schoß der Braut sitzen. Gabi und Susi staunten nicht schlecht, als sie den Oldtimer wieder auf den Hof biegen sahen. Da Gabi es gewohnt ist, dass ich öfter meiner Wege gehe, hatte sie mich noch gar nicht vermisst.

„Mia, Du machst ja Sachen!" staunte sie, als ich aus dem Wagen sprang.

Zum Glück war sie nicht böse mit mir, und ich glaube sogar, sie war erleichtert, dass ich wieder da war.

„Wenn eine Ehe so turbulent beginnt, dann kann sie ja nur glücklich werden", meinte der Fahrer des Oldtimers.

Dann verabschiedeten sich die Brautleute noch einmal und brausten wieder los. Die Braut drehte sich dabei noch einmal zu uns um und winkte.

Ich könnte mir durchaus vorstellen, dass es im Laufe der Zeit noch viel mehr „Dönekes" über unsere schöne alte Mühle zu berichten gibt, und meinetwegen können auch diese Geschehnisse gern in der nächsten Mühlen-Chronik festgehalten werden.

Gulliver

Man nennt mich Gulliver. Soweit ich das mitbekommen habe, ist das der Held in einem Kinderbuch, das mein Katzenpapa als kleiner Junge sehr geliebt hat! Wir leben auf einem alten Gutshof aus dem Mittelalter, der schon mal bessere Tage gesehen hat. Mein Katzenpapa hat immer noch die leise Hoffnung, wenn er wieder mal hier und dort eine Wand abreißen und erneuern muss, dabei den verschollenen Schatz zu finden, der in einer Familienchronik erwähnt wird. Bisher hatte er damit allerdings kein Glück, und wahrscheinlich gibt es diesen Schatz gar nicht. Der alte Kasten ist inzwischen ganz schön baufällig, aber der Garten ist recht groß und ein wunderbares Revier für mich. Als das Haus erbaut wurde, spielte Religion für die Menschen eine viel größere Rolle als jetzt, deshalb gibt es auf dem Gelände auch eine kleine Kapelle, in der die Dorfbewohner immer noch ihre Kinder taufen lassen und auch heiraten können. Aber regelmäßige Gottesdienste finden hier nicht mehr statt. Wenn die Kapelle für so ein Ereignis hergerichtet werden muss, dann macht meine Katzenmama das immer mit viel Hingabe, dass muss ich wirklich sagen. Sie holt massenhaft Grün aus unserem Garten und schmückt den Altar und die Kirchenbänke mit Blumen und Schleifen. Sie bietet den Leuten auch die Möglichkeit an, dass sie mit ihren Gästen anschließend im Rittersaal feiern können, damit verdient sie sich ein paar Euros extra. Die haben wir bitter nötig, wie sie sagt, denn vom früheren Reichtum der Familie ist so gut wie nichts mehr übrig. Schon das Haus in seinem jetzigen Zustand für die nachfolgenden Generationen zu erhalten kostet ein Vermögen. Deshalb ist es gut, wenn viele Menschen zu uns kommen, um ihre Familienfeiern und Jubiläen bei uns zu begehen. Der alte Rittersaal ist immer noch das Herzstück des Hauses. Er ist recht groß, und unsere Gäste bewundern gern die verbleiten bunten Glasfenster. Hier und dort fehlt schon mal eine kleine Scheibe, deshalb ist es manchmal ganz schön zugig hier oben. Der riesige Kamin an der Kopfwand im alten Rittersaal ist aus Stein gemauert und mit dem Wappen der einstigen Besitzer geschmückt.

Damals prasselte bestimmt ständig ein tüchtiges Feuer darin, aber heute wird er nur noch äußerst selten genutzt. Früher sollen an den Wänden viele Ahnenbilder gehangen haben, aber die sind längst verscherbelt worden, genau wie die meisten Möbel. Als das Haus erbaut wurde, war es sicher prächtig; das war natürlich lange vor meiner Zeit, und auch, bevor meine Familie sich hier niedergelassen hat. Lediglich einige große Truhen und einen uralten Schrank, dessen Türen mit Schnitzereien verziert sind, gibt es noch im Rittersaal.

„Das Monstrum konnten sie sicher nicht von der Stelle bewegen, um es zu verkaufen", behauptet mein Katzenpapa.

Meine Katzenmama hingegen ist froh, dass diese Dinge noch da sind, denn darin bewahrt sie ihre Tischwäsche, das Silberbesteck und das Geschirr für die Feiern auf. Unser Rittersaal ist auch das Zuhause der Fledermäuse, die es sich in den uralten Deckenbalken gemütlich gemacht haben, aber das sollte ich eigentlich gar nicht verraten, und wenn gefeiert wird, dann lassen sich diese scheuen Tiere natürlich ohnehin nicht blicken.

Neulich wollte unser Herr Bürgermeister hier seinen sechzigsten Geburtstag feiern. Zu diesem Anlass hatte er den großen Rittersaal gemietet. Deshalb wurde der ganze Raum von meiner Katzenmama üppig mit Blumen geschmückt. Dann hat sie die langen Holztische mit hohen Kerzenleuchtern und Efeuranken festlich eingedeckt. Sah am Ende wirklich gut aus, das muss ich schon sagen. Der Bürgermeister hatte eine Firma von außerhalb damit beauftragt, das Essen für die Feier zu liefern. Wir haben ja längst nicht mehr so viel Personal wie in früheren Zeiten, deshalb hätte meine Katzenmama es in der Gutsküche gar nicht bewältigen können, ein Menü für so viele Leute zu zaubern. Hier gibt es gerade mal ein Hausmädchen, das beim Kochen, Putzen und allen Arbeiten im Haus hilft. Außerdem beschäftigen wir zwei Männer, die mit meinem Katzenpapa zusammen, das Gut bewirtschaften. An seinem Ehrentag waren der Bürgermeister und seine Familie natürlich ganz pünktlich zur Stelle. Der wunderschön geschmückte Rittersaal gefiel ihnen sehr gut, und das Geburtstagskind war bester Laune. Dann kamen nach und nach die ersten Gäste, und die Aperitifs wurden im Garten von meiner Katzenmama und Klara, das ist unser Hausmädchen, serviert. Aber dann merkte ich, dass der Herr Bürgermeister immer unruhiger wurde. Dauernd schaute er auf die Uhr und flüsterte mit seiner Ehefrau. Die kam schließlich in die Gutsküche und fragte, wann denn endlich das bestellte Essen kommen würde.

„Keine Ahnung, darum hat sich Ihr Mann doch selbst gekümmert!", antwortete meine Katzenmama erstaunt.

Unseren Rittersaal hatte er ja schon vor Monaten reserviert, und weil so ein Stadtoberhaupt viel zu tun hat, war ihm offenbar völlig entfallen, was er damals mit meiner Katzenmama vereinbart hatte. Am Ende rief der Bürgermeister selbst bei der Catering-Firma an, aber die waren der Meinung, die Feier sei erst am nächsten Tag. Somit hatten sie noch nichts vorbereitet. Vermutlich hat er diese Panne sogar selbst verbockt, deshalb war ihm das natürlich unendlich peinlich. Er wurde purpurrot im Gesicht, als er das seinen Gästen erklären musste. Am Ende haben sie dann den Pizzadienst angerufen, und nach einer ganzen Weile rollten zwei Pizza-Taxis auf den Hof. Inzwischen waren die meisten der Gäste schon recht fröhlich, denn Getränke hatten wir ja genug. Aber es soll trotzdem eine schöne Party gewesen sein, so habe ich jedenfalls gehört – wenn auch etwas anders als ursprünglich geplant.

„Die nächste Feier findet auf jeden Fall wieder hier statt!", hat der Bürgermeister gesagt, als er nach Hause ging. Tja, was will man mehr?

Motzemieze

„Hurra, wir ziehen nach Mäuselwitz", habe ich meinen Katzenkumpels zuhause erzählt, als ich davon erfahren habe. An einem Ort mit so einem Namen muss es doch ganz besonders viele und schmackhafte Mäuse geben, dachte ich jedenfalls. Aber weit gefehlt. Nun sind wir hier, und das Haus und mein neues Revier sind auch ganz annehmbar, aber sonst ist es wie zuhause. Manchmal muss ich stundenlang auf der Lauer liegen, um eines von diesen frechen Biestern zu erwischen. Hat sich was mit der erhofften leichten Beute, außerdem wird dieser Ort mit einem E geschrieben – also Meuselwitz. Hat also mit den Nagern gar nix zu tun. Na ja auch egal, war einfach ´ne blöde Fehlkalkulation von mir. Aber mein Katzenpapa ist jemand, der gern mal seine Zelte woanders aufschlägt. Bis jetzt bin ich die einzige Konstante in seinem Leben. Langsam bin ich es aber leid, mich ständig umgewöhnen zu müssen. Ach ja, ich habe mich Euch ja noch gar nicht vorgestellt. Ich bin ein schwarz-weißer Kater und heiße Titus

Zitterbacke, werde aber meistens nur Titus gerufen. Den leider wenig schmeichelhaften Beinamen hat mein Katzenpapa mir verpasst, weil ich zugegebenermaßen, ein wenig ängstlich bin, aber das liegt sicher auch daran, dass ich nicht allzu groß geraten bin – leider. Aber sonst ist alles in Ordnung bei mir, und für seine Größe und Figur kann man ja nichts. Aber, dass ich so bange bin, das hat seinen Grund, denn bevor mein Katzenpapa mich aus dem Tierheim geholt und bei sich aufgenommen hat, lebte ich in einer Familie, deren Kinder mich oft geärgert und gequält haben. Zum Glück hat eine Nachbarin das bemerkt und die Leute angezeigt. Daraufhin hat man mich dort weggeholt und ins Tierheim gebracht. Da hat mein Katzenpapa mich aufgegabelt. Mit ganz viel Geduld und Einfühlungsvermögen hat er mir gezeigt, dass nicht alle Menschen böse sind. Aber, wenn er den Staubsauger hervorholt, dann verstecke ich mich immer noch ganz schnell unterm Bett. Da kommt er mit dem blöden Ding nämlich nur selten hin. Wie alle Umzüge war auch der letzte turbulent, und ich musste einige Wochen im Haus bleiben, bevor ich mir draußen ein Revier einrichten konnte. Das war mir sogar ganz recht, denn ich hatte erst mal genug damit zu tun, unser neues Zuhause genauer unter die Lupe zu nehmen. Aber hier möchte ich bleiben, denn es gefällt mir ausnehmend gut. Es ist ein altes Haus mit großen, hohen Räumen. Mein Katzenpapa hat es geerbt, das habe ich gehört, weil er es einem Freund am Telefon erzählt hat. Einige Wochen vergingen damit, dass er für uns neue Möbel aussuchen musste und sich insgesamt eingerichtet hat, denn dieses Haus ist viel größer als das, in dem wir vorher gewohnt haben. Und eines Tages war es endlich soweit – ich durfte das erste Mal raus in den Garten. Mein Katzenpapa saß auf der Terrasse und sah mir dabei zu, wie ich mich langsam und vorsichtig voran tastete. Der alte Garten ist etwas verwildert, aber das stört mich nicht im geringsten, im Gegenteil. Ich mag es gar nicht, wenn alles so schrecklich aufgeräumt ist, und man gar nicht weiß, wohin man seine Pfoten setzen darf. Auf diesem Grundstück gibt es unendlich viele Verstecke, wie ich erfreut feststellen konnte. Hier auf dem Land gibt es sicher viele Katzen, vermute ich. Hoffentlich sind die nett zu mir. Aber ich bin eigentlich ganz zuversichtlich, dass ich auch hier Freunde finden werde. -

Das war vor einigen Tagen. Gestern habe ich bei meinen Streifzügen einen Kater aus der Nachbarschaft getroffen. Eigentlich war es mehr ein Zusammenstoß, wenn ich ehrlich bin. Ich war gerade dabei mein Revier außerhalb unseres Gartens zu erkunden, da stand er unvermittelt vor mir. Natürlich habe ich mich zuerst ganz furchtbar erschrocken, als dieser kräftige, graue Kerl meinen Weg kreuzte. Eine ganze Weile haben wir uns nach Katzenart nur angestarrt. Ich hatte mir schwer vorgenommen, nicht immer gleich abzuhauen, wenn ich einen Artgenossen treffen würde, also bin ich sitzen geblieben und habe versucht seinem stechenden Blick standzuhalten. War gar nicht so einfach, sage ich Euch. Schließlich sprach er mich von selbst an: „Bist wohl neu hier oder?"
Ich nickte. „Titus werde ich gerufen."
„Willste Zoff?", fragte er grimmig.

Bei dem Gedanken, mich mit diesen, schon durch seine Größe beeindruckenden Kerl, kloppen zu müssen, wurde mir fast schlecht. Trotzdem antwortete ich großspurig: „Klar!", und hoffte, er würde nicht bemerken, dass ich schon wieder zu zittern begann. Aber er hatte es doch gesehen. Plötzlich schlug seine Stimmung um, denn er sagte: „Mit Dir halben Portion werde ich mich ganz sicher nich prügeln. Aber willste Mitglied meiner Bande werden? Unser Cajus ist uns vor Kurzem abhandengekommen, das heißt, er ist weggezogen, und wir brauchen Ersatz für ihn."

„Cajus?"

„Ja, so hieß mein Freund. War ´n guter Kumpel. Willste seinen Platz einnehmen? Aber merk Dir, ich bin der Chef!"

„Na ja, warum nicht. Ich kann es ja mal mit Euch versuchen", gab ich, etwas mutiger geworden, zurück.

„Dann komm heute Abend, wenn es dunkel ist, zum Kirchplatz. Aber jedes neue Mitglied muss erst mal eine Mutprobe machen, bevor wir es bei uns aufnehmen", erklärte er.

Mir sank erneut das Herz. Mutproben sind nicht gerade meine Stärke, schließlich habe ich meinen Beinamen nicht ohne Grund erhalten. Aber ich suchte Anschluss, also nickte ich und fragte: „Wo ist denn der Kirchplatz?"

„Haste den noch nicht entdeckt? Du läufst einfach ein Stück die Straße runter, dann siehste schon den hohen Kirchturm. Da treffen wir uns immer. Also, bis später", grüßte er und schlenderte weiter.

Zum Glück habe ich in meinem neuen Heim wieder eine Katzenklappe erhalten. Sonst könnte ich abends gar nicht weg, aber ich überlege mir noch, ob ich das machen soll oder besser doch nicht. Ich bin nun mal eine kleine Bangebuxe, dass weiß ich ja selbst. Dummerweise hab ich mich nicht mal getraut, den Grauen nach seinem Namen zu fragen oder wo er zuhause ist. Jedenfalls hatte ich über vieles nachzudenken, bevor ich mich nach Hause verzog. Ich wollte erst mal ein Nickerchen machen, bevor ich mich endgültig entschied, ob ich auf dieses Angebot eingehen sollte oder nicht.

Nachdem ich aus meinen Schläfchen erwacht war, fasste ich den Entschluss, zu dem verabredeten Treffen zu gehen. Allerdings würde ich versuchen, mich vorsichtig an den Ort des Geschehens anzuschleichen, um erst mal die Lage zu sondieren. Wer weiß, aus wie vielen Mitgliedern die Bande des Grauen bestand. Ich glaube, mein Katzenpapa hat sich gewundert, dass ich so spät noch auf Tour wollte, aber er hat mich nicht zurückgehalten. Als es dämmerte, schlüpfte ich durch meine Katzenklappe und machte mich auf die Pfoten. Stimmt, ich war noch nicht allzu weit gelaufen, da sah ich den Kirchturm. Davor war ein großer Platz mit Bänken. Es gab auch Büsche, hinter denen ich mich erst mal verbergen konnte. Also, nichts wie los, machte ich mir selbst Mut. Leise und vorsichtig pirschte ich mich also an. Außer dem Grauen waren noch zwei weitere Kater anwesend. Ein pechschwarzer, und ein rotgetigerter. Sie schienen auf etwas oder jemand zu warten. Auf mich? Oder kam noch ein weiteres Mitglied der Bande? Vorerst blieb ich noch eine Weile hinter meinem Busch sitzen, aber dann kam ich mir feige vor und ich habe so getan, als sei ich gerade gekommen.

„Da bist Du ja endlich, Pünktlichkeit ist wohl nich Deine Stärke oder?", herrschte mich der Graue an.

Ich zuckte nur die Achseln und gab keine Antwort. Plötzlich war ich nicht mehr sicher, ob es eine gute Idee gewesen war, hierher zu kommen. Aber, wenn diese Kater hier wohnten, dann würde ich ihnen früher oder später sowieso über den Weg laufen. Besser, ich stellte mich gleich gut mit ihnen.

Daher sagte ich: „Ich bin Titus, und wie lauten Eure Namen?"

„Cosmo", stellte sich der Schwarze vor.

„Leo ist unser Chef, aber den hast Du ja schon kennengelernt, und ich heiße Bam Bam", erklärte der Rote.

„Wir haben beschlossen, dass Du, wenn Du ab jetzt zu uns gehören willst, vorher die Motzemieze von Burg Fleckenstein kennen lernen musst", setzte Leo mich ins Bild.

Motzemieze? Das hörte sich nach Ärger an, nach mächtig Ärger sogar. Aber ich wollte meine Furcht nicht zeigen, also nickte ich zustimmend.

„Wo finde ich die?"

„Wir bringen Dich hin, jedenfalls bis an ihre Reviergrenze", schlug Leo vor, „dann ziehen wir uns zurück."

„Alles klar."

Nun konnte ich nicht mehr kneifen. Aber mit einer Katzendame, mochte sie auch noch so schlecht drauf sein, würde ich ja wohl fertig werden. Schließlich bin ich ein attraktiver Kater, selbst wenn ich etwas mickrig geraten bin. Aber mein Katzenpapa sagt immer, dass ich ein „guter Junge" bin, das wird diese Dame sicher zu schätzen wissen. Und ich hatte auch schon einen Plan. Ich würde ihr ein Geschenk mitbringen. Bestimmt gab es in Burgnähe genug Mäuse. Vielleicht würde dieser Bestechungsversuch mir helfen, diese Motzemieze gnädig zu stimmen. Also stiefelten wir los. Unterwegs versuchte ich die anderen auszuhorchen, was es mit der sogenannten Motzemieze auf sich hatte. Aber dazu wollte sich keiner äußern. Leo hatte nur angedeutet, dass mit diesem Katzenfräulein nicht gut Kirschen essen sei, das hieß, sie waren offenbar alle schon mal mit ihr aneinandergeraten.

„Sie verteidigt ihr Revier bis aufs Blut, also pass auf Dich auf", ließ Leo sich schließlich entlocken, bevor er und seine Kumpane verschwanden und mich allein in die Höhle des Löwen schickten. Das klang ja nicht gerade hoffnungsvoll, aber, wenn ich vor ihnen nicht für alle Zeiten als totaler Versager dastehen wollte, dann musste ich die Probe aufs Exempel machen. Also schlich ich langsam vorwärts. Ab und zu sah ich mich nach den anderen Katern um, aber die schienen wie vom Erdboden verschluckt zu sein. Und eine Maus lief mir auch nicht über den Weg. Dann hörte ich eine ärgerliche Stimme fragen:

„Was machst Du hier?"

„Ich, ich..." begann ich zu stottern.

„Du weißt schon, dass Du hier in mein Revier eingedrungen bist oder? Also was willst Du?"

Ich konnte nicht sehen, wer da mit mir sprach, trotzdem antwortete ich: „Ich suche die Herrin von Burg Fleckenstein. Bist Du das?"

„Das bin ich", kam prompt die Antwort.

Als Erstes sah ich ihre leuchtenden grünen Augen. Danach schob sich aus einem dichten Busch, eine schlanke, sehr hübsche schwarz-weiße Katzendame hervor.

„Guten Tag, meine Schöne", miaute ich höflich.

Sie kam langsam näher und fragte noch einmal streng: „Was führt Dich zu mir? Wir kennen uns nicht."

„Das stimmt, aber ich bin neu hier und habe Leo, Bam Bam und Cosmo kennengelernt. Ich möchte in ihren Club ausgenommen werden, aber sie wollten, dass ich vorher hierhe komme, um Dich kennen zu lernen.

„Mit diesen ungehobelten Schnöseln willst Du Dich abgeben?", vergewisserte sich die fremde Mieze.

Fragend sah ich sie an.

„Die haben keine Manieren, außerdem wollten sie mein Revier übernehmen, seitdem mein Partner verstorben ist. Da ist es doch kein Wunder, dass ich grummelig geworden bin und sie des Feldes verwiesen habe. Sicher haben sie Dir Horrorgeschichten über mich erzählt", fuhr sie fort.

Darauf wollte ich nicht antworten, sondern wechselte lieber das Thema: „Sind sie wirklich so schlimm?"

„Dorfkater eben, aber Du scheinst anders zu sein. Manchmal fühle ich mich schon recht einsam und hätte gern wieder einen Freund. Wenn der Wind nachts durch die Ruinen heult, dann ist es manchmal ein wenig gruselig. Vielleicht haben die anderen Kater deshalb gedacht, dass es hier spukt. Auf diese Weise habe ich sie letztlich vertrieben. Aber Du gefällst mir. Willst Du, dass ich Dir alles zeige?"

„Aber ja, sehr gern sogar."

Das war mein erstes Zusammentreffen mit der Motzemieze, die eigentlich gar keine ist. Als ich das den anderen Katern berichtete, mochten sie es kaum glauben. Aber es ist die Wahrheit, denn inzwischen sind die reizende Motzemieze und ich gute Freunde geworden. Leo und seine Bande treffe ich nur ganz selten. Aber das macht nichts, denn Violetta, so heißt meine Freundin, ist mir viel lieber. Wir beide erleben auf der Burg die tollsten Abenteuer, aber davon erzähle ich Euch lieber ein anderes Mal – vielleicht...

Lamy und Willi

Da meine Katzeneltern gute Freunde haben, die sich um mich, ihren Kater Lamy kümmern, wenn sie Urlaub machen oder eine Messe besuchen, bleibe ich immer dort. Familie Schleef hat auch eine Katze, die heißt Wilhelmine, die sie aber meistens Willi rufen. Willi ist in Ordnung, mit ihr komme ich gut aus, da kann man wirklich nicht meckern. Außerdem kennen wir uns ja schon länger, und wenn ihre Leute Ferien machen wollen, dann bleibt Willi bei uns.

Meine Menschen haben ein Geschäft, da verkaufen sie alte Sachen. Antik nennt meine Katzenmama das Gerümpel, aber viele Leute mögen solche „Dinge mit Geschichte". So haben sie auch die Katzeneltern von Willi kennen gelernt. Die kamen eines Tages in den Laden und suchten einige alte Möbel für ihr Haus. Im Laden hängt an einer Wand ein großes Foto von mir in einem alten verschnörkelten Silberrahmen, aber das würde meine Katzenmama nie verkaufen, sagt sie. Das Bild haben Willi´s Katzeneltern gesehen, und so sind sie miteinander ins Gespräch über ihre Katzen gekommen. Daraus hat sich mit der Zeit eine dicke Freundschaft entwickelt.

Bei uns zuhause sieht es übrigens ganz anders aus als im Geschäft, denn mein Katzenpapa meint, weil er dort sozusagen in der Vergangenheit lebt, möchte er zuhause lieber in der Gegenwart ankommen, deshalb haben wir nur einige wenige, aber sorgfältig ausgesuchte alte Stücke im Haus. Darunter ist der große Ohrenbackensessel mit dem großkarierten Bezug, der steht in unserem Wintergarten. Das ist mein Lieblingsplatz, den ich allerdings mit meiner Katzenmama teilen muss, denn nach Feierabend sitzt sie gern darin und liest. Manchmal springe ich dabei auf ihren Schoß und lasse mich von ihr kraulen. Das genießen wir beide, sehr sogar.

Solange Willi hier wohnt, spielen wir vorzugsweise auf dem Boden. Meine Katzenmama hat dort immer viele Kartons stehen, und die meisten sind leer. Die lässt sich extra für uns stehen, weil sie weiß, dass wir Katzen es gern mögen darin zu schlafen. Im Wintergarten halten Willi und ich uns ebenfalls gern auf. Dann sitzen wir vor den bodentiefen Fensterscheiben und schauen in den Garten, denn da ist immer was los. Allerdings ärgern wir uns gelegentlich darüber, dass wir die Vögel am Futterhaus nicht aufmischen können, aber das gäbe großen Ärger mit meiner Katzenmama, sie mag die nervigen kleinen Piepser nämlich gern und füttert sie das ganze Jahr hindurch.

Das Haus von Willi´s Familie hingegen ist recht alt, verwinkelt und sehr groß. Es ist außerdem vollgestopft mit alten Möbeln und bietet ganz viele Möglichkeiten zum Spielen. Willi und ich dürfen überall herumstöbern, auch in dem großen Keller. Manchmal spielen wir sogar mit Willi´s Katzenmama Verstecken. Wir amüsieren uns immer köstlich, wenn sie uns eine Weile suchen muss.

Wir beide waren jahrelang reine Hauskatzen, bis die Katzenmama von Willi einen guten

Einfall hatte, damit wir auch nach draußen können. Hunde gehen an einer Leine, und auch für Katzen gibt es ein Geschirr, an der man so eine Leine befestigen kann. Erst kam mir das reichlich komisch vor, schließlich bin ich ein Kater und kein Hund, aber dann gefiel es mir eigentlich ganz gut, auch die Welt da draußen kennen zu lernen. Seit meinem letzten Urlaub bei Willi´s Familie haben wir sogar eine Doppelleine. Solche Sachen findet ihr Katzenpapa im Internet. Anfangs war das für Willi und mich ziemlich gewöhnungsbedürftig, aber nachdem wir das einige Male geübt hatten, klappte es ganz gut. Deshalb hat er meinen Menschen ebenfalls so ein Ding geschenkt. Wenn Willi und ich gemeinsam an einer Leine marschieren, bleiben viele Menschen stehen und staunen. So war es auch, als wir vor Kurzem mit Willi´s Katzenmama im Stadtpark waren.

„Trainieren Sie Ihre Katzen für eine Zirkusnummer? Das sieht ja putzig aus", wurde sie von einer netten älteren Dame angesprochen.

Dann beugte sie sich zu uns hinunter, und versuchte uns gleichzeitig zu streicheln. Dabei strahlte sie übers ganze Gesicht. Sie war wirklich lieb, deshalb haben wir zum Dank für sie eine Runde geschnurrt.

„Nein, zum Zirkus wollen wir nicht", lachte Willi's Katzenmama und erzählte, wie es dazu kam, dass wir gemeinsam ausgeführt werden.

„Ach, so ist das", nickte sie. Und dann fragte sie: „Sind sie häufiger hier im Stadtpark?"

„Nicht regelmäßig, aber da wir momentan wieder unseren Pflegekater zu Gast haben, gehe ich gern mit den beiden eine Runde. Sie toben sonst den ganzen Tag im Haus herum, aber die frische Luft tut uns allen gut. Die beiden verstehen sich zum Glück prima miteinander", erklärte Willi's Katzenmama.

„Das sieht man", antwortete die alte Dame begeistert und fragte nach unseren Namen.

Natürlich hat Willi's Katzenmama ihr die verraten, ist ja kein Geheimnis.

„Lamy und Willi also, ich werde es mir merken!", versprach die alte Dame.

Und was soll ich Euch sagen? Als wir zwei Tage später wieder im Stadtpark waren, da saß sie auf einer Bank und wartete schon auf uns. Dieses Mal waren wir mit Willi´s Katzenpapa unterwegs und der staunte nicht schlecht, als eine fremde Frau auf uns zusteuerte und gleich eine bunte Tüte mit Katzenleckerlis aus ihrer Manteltasche zog.

„Da seid Ihr ja, meine Lieben", säuselte sie und fragte, ob sie uns etwas davon geben dürfe.

„Ja, aber bitte nicht zu viel", hieß es.

„Nein, nein, keine Sorge. Aber die zwei sind einfach zu niedlich", wurden wir gelobt.

Das schmeichelte Willli´s Katzenpapa, und er unterhielt sich eine Weile mit der netten alten Dame. Am Ende durfte sie uns noch ein Leckerli geben, bevor er sich von ihr verabschiedete.

„Vielleicht sehen wir uns mal wieder", hoffte unsere Bewunderin.

Also, Willi und ich hätten nichts dagegen, vor allem nicht, wenn sie wieder Leckerlis für uns dabeihat.

Bastet

Gleich als ich das zitternde pechschwarze Fellbündel auf den Arm nahm, wusste ich, damit war ich meinem Schicksal begegnet. An dem Abend kam ich von einem Besuch bei einer Freundin nach Hause. Es war spät geworden, und wir hatten lange über Gott und die Welt philosophiert. Außerdem benötigte ich dringend ihren Trost, denn wieder einmal war eine monatelange Beziehung gescheitert.

„Ich scheine mit Männern einfach kein Glück zu haben", klagte ich.

Meine Freundin, selbst Single, allerdings aus Überzeugung, tröstete mich so gut sie konnte. Sie hatte mir angeboten, dass ich in ihrem Gästezimmer übernachten könne, aber ich wollte lieber nach Hause. Eine unbestimmte Ahnung trieb mich dazu, obwohl ich im Dunklen nicht gern fahre. Nun wusste ich wieso, denn als ich vor der Haustür stand, und meinen Schlüssel in der Hand hielt, um aufzuschließen, hörte ich leises Wimmern. War da etwa irgendwo im Garten ein verletztes Tier? Zögernd trat ich näher und bog die dichten Zweige des Fliederbusches ein klein wenig auseinander. Grüne Augen sahen mich hilfesuchend an und wieder hörte ich ein klagendes Miau.

„Wie kommst Du denn hierher?", fragte ich, Sofort krampfte sich mein Herz voll Mitleid zusammen. Die schwarze Katze sah mich unverwandt an. Ich streichelte ihr über das Köpfchen, und sie ließ es geschehen. Dann versuchte ich sie vorsichtig abzutasten, auch das ließ sie zu. Verletzungen konnte ich dabei nicht feststellen, aber sie schien sehr hungrig zu sein, denn wieder hörte ich ein leises Miauen.

„Na, dann komm mit", forderte ich sie auf. Es war lange her, dass ich eine Katze mein Eigen genannt hatte, und der Abschied hatte jedes Mal entsetzlich wehgetan, deshalb wollte ich eigentlich kein Tier mehr. Die alten Näpfe und die Katzentoilette waren allerdings noch da, weil ich instinktiv gespürt hatte, dass ich sie doch noch einmal gebrauchen würde. Auch ein paar Dosen Katzenfutter hatte ich behalten, das wusste ich. Als ich zurücktrat, folgte mir die Katze. Erst langsam, aber dann schien sie sich entschlossen haben, es mit mir zu versuchen, denn als ich den Hausflur betrat, blieb sie an meiner Seite und schaute sich neugierig um.

„Ich ziehe schnell Schuhe und Mantel aus, dann sehe ich nach, was ich für Dich finden kann", versprach ich meinem kleinen Gast.

Die Katze schien wahrhaftig jedes Wort zu verstehen, dann sie setzte sich und wartete geduldig, bis ich soweit war. Während der ganzen Zeit fixierte sie mich aus ihren wunderschönen grünen Augen. Sie schien jede meiner Bewegungen genau zu beobachten. Schnell holte ich für sie einen Fressnapf aus dem Schrank und öffnete eine der verbliebenen Dosen. Dann stellte ich das Futter vor ihr ab. Die Katze schaute kurz darauf, machte aber keinerlei Anstalten zu fressen.

„Was ist denn, ich dachte, Du hast Hunger?", forderte ich sie auf und setzte ein „bitte" hinzu. Daraufhin neigte sie ihr Köpfchen, schnupperte kurz und fraß die Portion genüsslich auf. Anschließend setzte sie sich und begann damit, sich gründlich zu putzen, wobei sie mich weiterhin nicht aus den Augen ließ. Nachdem ihr Hunger offensichtlich gestillt war, begab ich mich ins Bett. Am, nächsten Tag würden wir weitersehen. Meine Schlafzimmertür ließ ich offen, falls die Kleine mich suchen sollte.

Das Erste, was ich bemerkte, als ich am Morgen die Augen aufschlug, waren zwei grüne Augen, die mich erneut aufmerksam anschauten. Die schwarze Katze lag mir zu Füßen - im Bett. Ein Blick zur Uhr zeigte mir, dass ich lange geschlafen hatte, aber schließlich war Wochenende, da kam es nicht darauf an. Sicher war die Katze hungrig, also beschloss ich aufzustehen. Die schwarze Katze folgte mir wie ein Schatten. In der Küche erhielt sie eine weitere Portion Futter. Wieder fraß sie erst, nachdem ich sie mit einem „bitte sehr" dazu aufgefordert hatte. Seltsam, ob ihr das jemand so beigebracht hatte? Egal, nachdem ich mich vergewissert hatte, dass es ihr zu schmecken schien, ging ich ins Bad, bevor ich mir selbst das Frühstück zubereitete. Auch dabei wich die Katze nicht von meiner Seite. Es war ein schöner, warmer Sommertag, also öffnete ich ihr die Terrassentür, um ihr die Möglichkeit zu geben, draußen ihr Geschäft zu verrichten. Sie ging kurz hinaus, kam aber nach einer Minute schon wieder zurück.

„Bist Du es gewohnt eine Katzentoilette zu benutzen?", erkundigte ich mich bei ihr.

Ein leises Mau war die Antwort. Also stand ich auf und holte das Ding aus dem Keller. Streu hatte ich allerdings nicht mehr, daher ging ich in den Garten und schaufelte zunächst ein Gemisch aus Sand und Erde hinein. Ich nahm mir vor, später einkaufen zu gehen. Falls die Katze sich zum Bleiben entschloss, musste ich ohnehin noch einiges für sie besorgen. Und es sah so aus, denn sie benutzte ohne zu zögern die angebotene provisorische Gelegenheit, um sich schnell zu erleichtern. Dann verscharrte sie ihre

Hinterlassenschaft sehr gründlich und lief anschließend erneut in den Garten. Ich beschloss abzuwarten, ob sie wiederkommen würde, denn sollte sie mich nur als kurze Zwischenstation auf ihrer Reise ansehen, würde sie gewiss die Möglichkeit nutzen und das Weite suchen. Aber nach einer knappen halben Stunde tänzelte sie erneut ins Haus, strich mir um die Beine und bedankte sich schnurrend für die Aufmerksamkeit die ich ihr schenkte, indem ich sie ausgiebig streichelte. Nun erst hatte ich Gelegenheit sie mir genauer anzusehen. Sie schien gesund zu sein, obwohl ich, um ganz sicher zu gehen, das zu Wochenbeginn von einem Tierarzt prüfen lassen sollte, nahm ich mir vor. Das Schönste an ihr waren ohne Zweifel die tiefgrünen Augen. Ansonsten war sie schlank, aber muskulös. Ihr schwarzer Pelz glänzte und ihre Bewegungen waren äußerst elegant.

„Du möchtest also bei mir bleiben!", stellte ich erfreut fest.

Mit einem weiteren leisen Mau gab sie ihre Zustimmung.

„Dann müssen wir uns einen schönen Namen für Dich überlegen", fuhr ich fort.

„Wie findest Du Line oder Lara?", fragte ich sie.

Darauf folgte keine Reaktion. Meine neue kleine Freundin sah mich lediglich forschend an. Himmel, diese Katze hatte einen so intensiven Blick, der brachte mich glatt aus der Fassung. Nicht umsonst hatte ich vom ersten Moment an das Gefühl gehabt, einem ganz besonderen Lebewesen zu begegnen. Plötzlich hatte ich einen Geistesblitz.

„Bastet, wie die ägyptische Katzengöttin, ja das passt zu Dir", rief ich.

Daraufhin schnurrte sie zustimmend und sprang auf meinem Schoß. Deutlicher konnte sie mir ihre Zustimmung nicht zeigen. Ich kraulte sie lächelnd und versprach ihr, dass ich mich immer gut um sie kümmern würde.

Zum Glück hatte unser Besuch beim Tierarzt bei Bastet absolut keine gesundheitlichen

Auffälligkeiten ergeben, und sie trug auch keinen Chip oder eine Tätowierung, also konnte ich sie guten Gewissens bei mir behalten. In den folgenden Wochen fiel mir immer wieder auf, dass mir, seitdem ich Bastet an meiner Seite hatte, so gut wie alles gelang. Sie schien wahrhaftig besondere, geradezu magische Kräfte zu besitzen, denn jeder erstrebte Geschäftsabschluss, jede private Verabredung - alles gelang mühelos. Es war fast schon unheimlich.

„Was würde ich nur ohne Dich tun, meine Süße", sagte ich oft zu ihr.

Und ich wusste, es stimmte. Seitdem Bastet in mein Leben getreten war, hatte sich etliches verändert. Ich war ausgeglichener und mit meinem Leben zufriedener als je zuvor. Außerdem hatte ich Hendrik kennen gelernt. Ich bin sicher, auch dabei hatte Bastet ihre Pfötchen im Spiel. Er sah gut aus, war charmant und sehr einfühlsam. Wir verliebten uns sofort ineinander, und nach einigen Monaten zogen wir zusammen. Bastet mochte ihn ebenfalls, denn sie schnurrte was das Zeug hielt, wenn er sich zu ihr hinunter beugte, um sie zu liebkosen.

Ich war unendlich glücklich, aber eines schönen Tages verschwand Bastet genauso geheimnisvoll, wie sie in mein Leben getreten war. Nachdem sie von ihrem Freigang im Garten nicht zurückkam, dachten wir zunächst, sie wäre versehentlich irgendwo eingesperrt worden. Deshalb klapperten wir die Nachbarschaft ab, aber leider ohne Erfolg. Niemand hatte Bastet gesehen. Nachdem sie drei volle Tage lang verschwunden blieb, hängten wir überall Suchzettel auf, aber Bastet tauchte nicht wieder auf. Ich war mir trotzdem sicher, sie lebte noch. Tief in meinem Herzen wusste ich das, dennoch vergoss ich viele Tränen, weil ich sie so sehr vermisste. Hendrik tröstete mich so gut er konnte, aber die Sehnsucht nach meiner Freundin war und blieb riesengroß. Und dann träumte ich von ihr. In dieser Nacht kam Bastet zu mir. Sie schmiegte sich noch einmal ganz eng an mich, sah mich mit ihren seelenvollen grünen Augen an und schnurrte leise: „Du brauchst mich nun nicht mehr…"

Als ich erwachte, fühlte mich deutlich besser. Ich erzählte Hendrik von diesem äußerst lebhaften Traum, und er nickte verständnisvoll. Dann sagte er: „Ich glaube, es ist so. Bastet war bei Dir, solange Du sie gebraucht hast. Jetzt hilft sie einem anderen Menschen sein Leben besser in den Griff zu bekommen. Ist das nicht ein schöner Gedanke?"

Dann schlug er vor, wir sollten einen Besuch im Tierheim machen. „Dort leben so viele Katzen, die dringend ein schönes Zuhause suchen, vielleicht verlierst Du dort Dein Herz an eine andere Katze."

„Keine ist wie Bastet", schluchzte ich unter Tränen.

„Nein, natürlich nicht. Bastet war einmalig, aber es wäre bestimmt in ihrem Sinne, wenn wir eine ihrer Katzenschwestern bei uns aufnehmen, da bin ich sicher", beharrte er auf seinem Vorschlag.

So kam Cosima zu uns. Sie ist ebenfalls tiefschwarz und erst ein paar Monate alt. Zudem ist sie sehr verspielt, und ihre Augen sind nicht grün, sondern eher gelblich. Auch im Wesen ist sie ganz anders als die sanfte Bastet, aber wir lieben sie sehr, und sie gibt uns so viel zurück. Für uns steht fest: Zum Glück des Lebens gehört unbedingt eine Katze – und sie darf gern schwarz sein!

Laurin

Auch Katzen brauchen einen Schutzengel, genauso wie Ihr Menschen. Meiner musste sich schon öfter mächtig anstrengen, denn er hat mir schon einige Male aus der Patsche geholfen, wenn es brenzlig wurde. Ich fürchte, ich habe ihn schon reichlich Nerven gekostet und dafür bin ich ihm wirklich sehr dankbar! Aber, was ich jetzt erlebt habe, das ist kaum zu toppen. Die Sache mit dem Datenschutz ist sehr wichtig, sagt mein Katzenpapa, deshalb darf ich Euch meinen richtigen Namen nicht verraten. Aus dem Grund habe ich auch alle anderen Namen geändert und den genauen Ort des Geschehens nicht genannt, aber meine Geschichte ist wahr.

Sagen wir also, ich heiße Laurin, bin ein rot getigerter Kater und lebe schon seit mehreren Jahren mit meiner Familie in einer mittelgroßen Stadt in Ostwestfalen. Ich bin ein kleiner Draufgänger und gehe so schnell keiner Rauferei aus dem Weg. Außerdem liebe ich es in unserer Siedlung herum zu stromern, und wenn mir danach ist laufe ich manchmal auch ganz schön weit, um mir bis dahin unbekannte Gebiete zu erkunden. Bei einem dieser Streifzüge hatte ich das Pech auf einen anderen Kater zu treffen, dem es gar nicht gefiel, dass ich in sein Revier eingedrungen war. Er fackelte nicht lange, sondern griff mich an, bevor ich auch nur Mau sagen konnte. Der Kerl meinte es ernst, bitterernst sogar, wie ich feststellen musste. Zudem war er größer und schwerer als ich. Kurz und gut, Einzelheiten will ich Euch und mir lieber ersparen, denn das was nun folgt ist kein Ruhmesblatt für mich. Der Kerl hat mich jedenfalls dermaßen vertrimmt, dass mir nur ein Ausweg blieb, nämlich mein Heil in der Flucht zu suchen. Ich wusste, ich war deutlich angeschlagen und habe mich nur mit äußerster Mühe weiter vorwärts geschleppt. Schließlich bin ich auf den Bahngleisen zusammengebrochen, weil ich einfach viel zu erschöpft war, um weiter zu kommen. Ich glaube sogar, ich war kurzzeitig bewusstlos. Dann spürte ich, dass die Bahngleise zu vibrieren begannen und sicher bald ein Zug kommen würde. Mit letzter Kraft hob ich den

Kopf und sah dabei, dass ein Passant mich bemerkt hatte. Wir beide konnten den Zug schon sehen, der unglaublich schnell näherkam. Für den Mann wäre es viel zu gefährlich gewesen, wenn er auf die Gleise getreten und mich hochgehoben hätte, das war mir klar. Bei dem Gedanken daran hatte ich mich schon fast damit abgefunden, dass jetzt mein letztes Stündlein geschlagen hatte. Aber dieser mutige Tierfreund stand direkt neben den Gleisen und schrie und winkte wie verrückt, um damit, den Lokführer darauf aufmerksam zu machen, dass etwas ganz und gar nicht stimmte. Und tatsächlich, das Wunder geschah, denn der Lokführer hat das verstanden und blitzschnell reagiert. Bevor ich wieder ohnmächtig wurde, hörte ich gerade noch wie die Bremsen quietschten, und der Zug tatsächlich anhielt. Der Lokführer stieg aus und nahm mich mit in sein Führerhaus. An der nächsten Station hat er dann Hilfe für mich gerufen, und so kam ich in die Tierklinik. Die haben mich wieder zusammengeflickt, wie ich später erfahren habe. Aber der nette Lokführer hat noch mehr getan. Obwohl ich zu dem Zeitpunkt noch nirgendwo registriert war, hat er auf andere Art versucht meine Familie ausfindig zu machen. Über eine Kleinanzeige im Internet hat das schließlich geklappt. Noch eine Sache, an der mein Schutzengel sicher beteiligt war. Außerdem hat er ja zu meiner Rettung den aufmerksamen Fußgänger geschickt. Das Ganze ist nämlich sehr früh morgens geschehen, da waren sicher noch nicht viele Leute unterwegs. Also diese beiden sind wahre Helden - für mich jedenfalls. Leider weiß niemand, wer der Mann war, der den Lokführer, er heißt Robin, auf meine Notsituation aufmerksam gemacht hat, denn er ist gleich danach verschwunden. Bei ihm kann ich mich leider nicht mehr bedanken, aber vielleicht liest er ja mal durch Zufall diese Geschichte. Meine Familie war jedenfalls überglücklich, als sie erfahren hat, dass ich noch lebe. Die haben sich große Sorgen gemacht, weil sie mich nicht finden konnten. Robin haben wir nach meiner Genesung noch einmal besucht. Ich bin auf seinen Schoß gekrabbelt und habe ihn dankbar angeschnurrt. Davon gibt es sogar ein Foto und einen kleinen Bericht in der örtlichen Zeitung, so ist diese Geschichte allgemein bekannt geworden. Und vom Fahrgastverband Pro Bahn hat mein neuer Freund Robin sogar eine Auszeichnung erhalten. Er ist nun offiziell ein „Eisenbahner mit Herz", das ist ein Ehrentitel. Und den hat er auch wirklich verdient, finde ich!

P.S. Danke auch Dir, lieber Schutzengel!

Diana

Alle Katzen sind neugierig – da beißt die Maus keinen Faden ab. Das ist nun mal so. Aber das kann leider böse für uns ausgehen, wie ich vor Kurzem am eigenen Leib erfahren musste. Ich bin wirklich sehr neugierig, wie meine Katzenmama immer sagt. Als ich hierherkam, musste ich erst mal alle Ecken im Haus gründlich erkunden. Es ist doch wichtig, dass man weiß, wo man sich mal für eine Weile unsichtbar machen oder völlig ungestört ein Nickerchen machen kann, wenn die Kinder mal wieder nerven und man seine Ruhe haben möchte. Ich glaube, ich bin ohnehin hauptsächlich ihretwegen in die Familie aufgenommen worden.

„Die Jungs müssen lernen Verantwortung für ein Tier zu übernehmen", hat ihre Mama gesagt. Deshalb werde ich meistens von Jamie oder seinem Bruder Justus versorgt. Aber ich kann nicht klagen, das klappt gut. Zu Anfang hatte ich Angst vor Kindern, weil ich mit ihnen nicht nur gute Erfahrungen gemacht habe, bevor ich in meine jetzige

Familie kam, aber diese beiden Jungen sind in Ordnung. Ich glaube, sie lieben mich wirklich. Und außerdem habe ich es ihnen zu verdanken, dass ich noch lebe, sonst hätte mein letztes Abenteuer wirklich böse ausgehen können.

Ich sagte ja schon, dass ich den Dingen gern auf den Grund gehe. Nachdem ich mich hier eingelebt hatte, durfte ich auch raus, um mein Revier zu erweitern. Wir wohnen in einer Siedlung mit vielen neuen Häusern. Im Großen und Ganzen ist es schön ruhig, weil nur Leute die hier wohnen mit ihren Autos durch unsere Straße fahren dürfen. Natürlich bekommen die Anwohner auch mal Besuch. An dem Tag sah ich ein großes, weißes Auto auf den Hof der Nachbarn fahren. Neugierig wie ich nun mal bin, musste ich es mir einfach genauer angesehen. Es roch so nach großer weiter Welt, deshalb bin ich von unten her immer tiefer ins Innere des Wagens gekrochen. Bis dahin wusste ich nicht, wie interessant das sein kann. Weil ich zierlich bin, konnte ich mich anfangs recht gut im Motorraum bewegen, aber dann geschah das

Unglück - ich steckte fest. Natürlich habe ich versucht mich zu befreien, aber allein schaffte ich das nicht. Was nun? So laut ich konnte, habe ich um Hilfe gemaunzt, aber es geschah lange Zeit nichts. Konnten die Jungs mich denn nicht hören? Sie hatten mich doch gesehen, als sie im Garten spielten. Meine Lage wurde immer verzweifelter. Was wäre, wenn das Auto plötzlich losfahren würde? Voller Angst habe ich gewartet und ich fürchte, mein leises Miauen wurde immer kläglicher. Dann hörte ich Jamie nach mir rufen.

„Hier bin ich", maunzte ich mit letzter Kraft.

„Das hört sich so an, als würde Diana im Auto stecken", sagte Justus.

„Jaaaa", jaulte ich.

Wenig später wurde die Motorhaube geöffnet, und ich konnte wieder Tageslicht sehen. Justus, Jamie, ihr Freund Kai und ein fremder Mann sahen mich erschrocken an.

„Ach du Schande", hörte ich den fremden Mann sagen. „Wie bist Du denn in mein Auto gekommen?"

„Wir müssen Diana da sofort rausholen", rief Jamie.

Alle bemühten sich nach Kräften und zogen und zerrten an mir herum, aber es war zwecklos, sie konnten mich nicht befreien. Meine Angst wurde immer größer, wie ich zugeben muss. Schließlich hatte der Fremde eine gute Idee. Er zog einen kleinen Gegenstand aus der Tasche, sprach ein paar Worte hinein und erklärte den Jungs: „Ich hab die Feuerwehr gerufen, dies ist zwar ein ungewöhnlicher Notfall, aber ich bin mir sicher, die können uns helfen."
Während wir auf meine Retter warteten, sprachen Justus und Jamie mir gut zu. Ich solle durchhalten, und wenn wir zuhause sein würden, dann bekäme ich eine extrafeine Belohnung, versprachen sie mir. Zum Glück war der Autobesitzer ein Tierfreund. Er hat nicht mit mir geschimpft, weil ich so leichtsinnig war und in seinen Wagen geklettert bin. War übrigens gar nicht so einfach, und ich werde es ganz bestimmt nie wieder tun. Ich glaube, alle waren erleichtert, als die Männer von der Feuerwehr kamen. Sie schüttelten nur die Köpfe, als sie mich sahen. Dann berieten sie kurz darüber, wie sie es am besten anstellen sollten mich

unverletzt aus dem Auto zu kriegen, und schließlich schritten sie zur Tat. Zuerst begannen sie damit, die ganzen Schläuche, Rohre und Stangen um mich herum vorsichtig auseinanderzunehmen. Inzwischen waren sogar einige Neugierige gekommen, denn so etwas kriegt man schließlich nicht alle Tage zu sehen. Es dauerte natürlich eine Weile bis meine Retter es geschafft hatten mich zu befreien. Einer von ihnen hob mich vorsichtig aus meinem Gefängnis heraus und legte mich unter dem Applaus der Zuschauer Jamie in die Arme. Normalerweise hasse ich es auf den Arm genommen zu werden, aber in dem Augenblick war mir alles egal, außerdem war ich sehr erschöpft.

„Vom Motoröl ist Eure kleine Prinzessin ein bisschen verschmiert, aber das ist ja nicht so schlimm", sagte der nette Feuerwehrmann lachend.

Das stimmte. Mein schöner weißer Pelz war furchtbar schmutzig und verklebt. Da würde ich eine sehr gründliche Katzenwäsche machen müssen, das war klar. Ich glaube, nicht nur Justus und Jamie, sondern alle waren froh, als die Feuerwehrleute es endlich geschafft hatten, mich aus dem Motorraum rauszuholen. Justus und Jamie sind gleich mit mir nach Hause gegangen, während die Feuerwehrleute erst mal das Auto wieder zusammenbauen mussten. Wie der Papa der Jungs später erzählte, hat das viel länger gedauert als es auseinanderzunehmen. Aber das habe ich gar nicht mehr mitbekommen. Zuhause habe ich von den Jungs erst mal das versprochene Schleckerli bekommen, und dann wollte ich mich putzen, aber ihre Mama hat gesagt, dass es nicht gut für mich sei, wenn ich mir das Öl selbst aus dem Fell lecke, und deshalb wurde ich von ihr gebadet. Brrr, das war wirklich nicht schön! Als sie mich in den Seifenschaum gesteckt hat, da konnte ich nicht anders, als mich nach Kräften zu wehren, half aber nix. Sie hat mich trotzdem abgeschrubbt und hinterher mit einem alten Handtuch trockengerubbelt. Nachdem ich eine Runde geschlafen und mich danach noch einmal gründlich geputzt hatte, war meine Welt endlich wieder in Ordnung. Um Autos mache ich seitdem lieber einen großen Bogen, mögen sie auch noch so verlockend riechen. Ach ja, dem freundlichen Autobesitzer und vor allem den hilfsbereiten Männern von der Feuerwehr möchte ich für ihren großartigen Einsatz meinen allerherzlichsten Dank aussprechen – aber, soweit ich weiß, haben meine Katzeneltern das schon für mich in Ordnung gebracht.

Scooby und Merlin

Dass ich noch lebe ist ein reiner Zufall. Meine Mutter war nämlich eine Kangal, eine anatolische Hirtenhündin. Ein böser Mensch wollte sie loswerden und hat sie deshalb in den Fluss geworfen. Schrecklich, daran mag ich gar nicht denken! Aber ein Tierfreund hat das beobachtet, sie gerettet und anschließend auch noch dafür gesorgt, dass sie von einer Tierschutzorganisation aufgenommen wurde. Zu allem Übel war sie trächtig, vielleicht war das der Grund, warum sie verschwinden sollte. Eine Woche später hat sie sieben Welpen geboren, darunter war ich. Leider habe ich nach meiner Vermittlung nach Deutschland weder meine Mutter noch eines meiner Geschwister wiedergesehen. Ich hoffe sehr, sie hatten ebenfalls Glück und sind zu liebevollen Menschen gekommen!

In meiner jetzigen Familie gab es früher schon zwei große Hunde. Die beiden waren Bruder und Schwester. Leider sind sie innerhalb eines Monats beide gestorben. Es heißt, wenn ein Tier diese Welt verlässt, dann geht es über die Regenbogenbrücke in ein wunderbares Land, in dem es keine Krankheiten, keine Schmerzen und keinen Kummer mehr gibt. Ich hoffe, sie sind auch jetzt wieder zusammen und es geht ihnen gut, wo immer das sagenumwobene Land hinter dieser Brücke sein mag. Ich lebe hier auf einem großen Bauernhof, da gehört ein Hund unbedingt dazu! Und es war wiederum eine glückliche Fügung, dass jemand aus dem Ort wusste, dass meine Leute gern wieder einen großen Hund haben wollten. Ursprünglich wollten sie einen aus dem Tierheim adoptieren, aber das klappte nicht, weil die Mitarbeiter dort meinten, auf einem Bauernhof gibt es immer so viel zu tun, da hätte keiner genug Zeit, sich um einen Neuankömmling zu kümmern. Das glaube ich nicht, denn um mich haben sie sich von Anfang an sehr bemüht und sich ganz viel Zeit genommen, damit ich mich bei Ihnen eingewöhnen konnte. Ich sollte mich nicht einsam fühlen, deshalb haben sie mir sogar eine Plüschkatze in mein Körbchen gelegt, mit der konnte ich prima kuscheln. Schließlich war ich selbst noch ein Welpe und bin eigentlich viel zu früh von meiner Hundemutter getrennt worden. Als ich hier ankam, war ich stark unterernährt und ängstlich. Außerdem war ich total erschöpft von der anstrengenden Reise aus der Türkei nach Deutschland.

Wenig später riefen die Leute vom Tierheim sogar selbst hier an. Sie hatten eine ältere Katzendame, die nur schwer vermittelbar war, deshalb haben sie bei meiner Familie angefragt, ob sie eventuell bereit seien, diese Katze zusätzlich bei sich aufzunehmen. Viele Besucher, die ins Tierheim kommen, wollen nämlich am liebsten einen Welpen oder eine junge Katze, daher haben ältere Tiere es leider oft schwer eine neue Familie zu finden. Nachdem mein Herrchen und seine Frau Merlin gesehen und kennen gelernt hatten, haben sie sich dafür entschieden sie mitzunehmen. Weil Merlin´s Katzenpapa starb, hat sich nach seinem Tod keiner mehr um sie gekümmert. So musste die Arme sich eine ganze Weile allein durchschlagen, bis jemand sich erbarmt, sie eingefangen und ins Tierheim gebracht hat. Merlin hat übrigens einen kohlrabenschwarzen Pelz und nur einen kleinen weißen Fleck auf der Nase, aber gerade das macht sie unverwechselbar. Als sie hierherkam, war sie ziemlich verwahrlost, durch ihre Zeit als unfreiwillige Streunerin. Ihr schönes schwarzes Fell war ganz struppig und glanzlos geworden. Außerdem war sie zuerst allen fremden Menschen gegenüber verständlicherweise recht misstrauisch. Genau wie ich musste sie sich erst mal eingewöhnen und regelrecht aufgepäppelt werden. Aber jetzt sieht sie wieder ganz prima aus. Weil wir beide fast gleichzeitig in die Familie gekommen sind, haben wir uns von Anfang an gut verstanden und uns auch ein bisschen gegenseitig Halt gegeben. Deshalb ist und bleibt Merlin mein allerbester Kumpel! Aber auch mit allen anderen Tieren auf dem Hof verstehen wir beide uns inzwischen gut. Dank der Fürsorge unserer lieben Familie geht es uns hier bestens!

Außer Merlin habe ich inzwischen noch einige andere vierbeinige Freunde gefunden. Von unserem Hovawart, der auch zur Familie gehört, habe ich in einem heißen Sommer sogar Schwimmen gelernt. Ganz vorsichtig habe ich mal erst ein Pfötchen nach dem anderen in das kühle Nass gesetzt und dabei schnell gemerkt, wie wunderbar erfrischend das sein kann. Unser Herrchen liebt es ohnehin sehr, sich nach einem anstrengenden Tag in dem großen Badesee abzukühlen. Merlin und ich waren oft in der Nähe, aber wir haben uns zunächst nicht ins Wasser getraut. Seitdem ich meine Angst davor überwunden habe, plansche ich recht gern im Wasser. Das hat Merlin oft beobachtet und eines schönen Tages wollte sie wohl nicht mehr zurückstehen. Sie hat ihre Pfötchen in mein Hinterteil gekrallt, und ich bin ganz langsam mit ihr immer weiter ins Wasser gegangen. Irgendwann war sie mutig genug, um loszulassen und neben mir her zu paddeln. Seitdem schwimmen wir oft gemeinsam im See. Meine Aufgabe als Wachhund nehme ich sehr ernst. Außerdem behandle ich auch alle meine Mitgeschöpfe sehr vorsichtig und respektvoll. Auch die dicken Fische, die in unserem Badeteich schwimmen. Wenn sie gefüttert werden, dann komme ich oft mit und begrüße sie. Das kennen sie schon und haben auch keine Angst mehr vor mir, obwohl ich viel größer und schwerer bin als sie. Wir alle haben ein wunderbares Leben auf unserem schönen Hof, und ich bin unglaublich froh, dass meine Hundemutter und dadurch auch die Babys in ihrem Bauch damals gerettet worden sind. Wer weiß, vielleicht sehen wir uns eines Tages sogar in dem Land hinter der Regenbogenbrücke wieder…

Miezemann

Ich bin ein Kater, und ob Ihr es glaubt oder
nicht, und mein Name ist Miezemann! Die
Menschen denken sich wirklich ab und zu
seltsame Namen für ihre Haustiere aus. Bei
mir war es allerdings Lasse, der mir diesen
Namen verpasst hat. Als ich in die Familie
kam, war ich noch sehr klein und er auch.
Für ihn waren alle Katzen Miezen, also
weiblich. Als seine Eltern ihm erklärten, dass
ich ein Kater bin, da soll er erstaunt
ausgerufen haben: „Mieze Mann?"
Seine Eltern fanden das originell, und schon
hatte ich diesen Namen weg. Ich habe mich
daran gewöhnt, außerdem ist Lasse von
Anfang an mein bester Kumpel gewesen.
Von ihm lasse ich mir so gut wie alles
gefallen. So darf er mich als Einziger
hochnehmen und rumtragen, obwohl ich das
eigentlich gar nicht mag. Wenn ich höre,
dass er mich ruft, dann komme ich meistens
ganz schnell angelaufen; aber bei den
anderen Familienmitgliedern nehme ich das

zur Kenntnis, und wenn ich keine Lust habe zu gehorchen, dann lasse ich es einfach bleiben. Schließlich hat man als Kater ja auch ein Privatleben.

Lasse habe ich auch noch nie meine Krallen gezeigt oder ihn gekratzt. Bei der Tierärztin sieht das anders aus – die kann ich nicht leiden! Einmal im Jahr werde ich zu ihr gebracht, damit sie mich untersuchen und impfen kann. Das soll angeblich zu meinem Besten sein, aber so richtig sehe ich das nicht ein. Ich bin doch fit und gedenke das auch zu bleiben. Jedenfalls habe ich ihr beim ersten Besuch einen tüchtigen Pfotenhieb verpasst, seitdem trägt sie immer Handschuhe, wenn wir kommen. Und dem Streuner, der sich vor einiger Zeit in meinem Revier breitmachen wollte, dem habe ich es ebenfalls gezeigt und ihn so richtig verprügelt. Sonst bin ich ja friedlich, aber das ging eindeutig zu weit.

Wie gesagt, mit Lasse gehe ich durch dick und dünn und er mit mir auch. Er hat mich sogar schon mal aus dem Goldfischteich gerettet. Ich wollte mit der Pfote einen der Fische angeln und dabei bin ich am Rand des Teiches abgerutscht. Plumps, lag ich drin. Lasse hatte das gesehen, kam sofort angerannt, ist rein gesprungen und hat mich rausgeholt. Zum Glück ist der Teich nicht sehr tief, aber trotzdem sollte er eigentlich nicht in die Nähe kommen, daher haben wir beide anschließend von seiner Mama eine mächtige Strafpredigt bekommen. Und der Papa von Lasse hat den Goldfischteich wenig später eingezäunt.

„Es ist viel zu gefährlich, wenn Lasse und seine Freunde im Garten spielen", hat er gesagt.

Den Zaun zu überwinden wäre für mich ja kein Problem, aber ich habe meine Lektion gelernt und lasse die Fische seitdem in Ruhe. Seitdem Lasse zur Schule geht, bringe ich meinen Freund jeden Tag zum Schulbus. Nachdem er eingestiegen ist, sucht er sich immer einen Platz am Fenster. Wenn der Bus abfährt, winkt er mir noch mal zu, und ich weiß, dann kann ich mich nach Hause trollen. Meistens schlafe ich, bis er mittags zurückkommt.

Lasse ist jedenfalls mein Held! Vor allem seit seinem letzten Geburtstag. Er ist acht Jahre alt geworden, und kurz vorher kam eine Neue in seine Klasse.
„Zofia kommt aus der Ukraine", hat er erzählt. „Da ist Krieg. Das ist ganz schlimm und viele Leute müssen fliehen. Zofia und ihre Eltern konnten nur mitnehmen, was in ihr Auto passte, alles andere mussten sie zuhause zurücklassen - auch ihre Katze Punica. Die haben sie immer nur Pu gerufen. Zofia hat ganz doll geweint, weil sie nicht weiß, ob Pu überhaupt noch lebt. Sie vermisst sie ganz tüchtig."
Lasse hat auch geweint, als er das erzählt hat. Seine Mama wollte ihn trösten. Sie hat gesagt, dass es da auch Tierschützer gibt, die sich um verlassene Haustiere kümmern und auf sie aufpassen, bis ihre Familie sie wieder zu sich holen kann. Das hat Lasse sehr beindruckt und einige Tage danach hatte er

einen tollen Einfall. Er hat sich nämlich überlegt, dass er in diesem Jahr keine Geburtstagsgeschenke haben will, sondern lieber Geld sammeln möchte, um für Tiere in Not zu spenden. Seine Eltern, Oma und Opa, die Paten und natürlich auch alle kleinen Geburtstagsgäste sollen lieber das Geld, das sie für ein Geschenk ausgeben würden, in ein Sparschwein stecken, den Inhalt kriegen dann die Leute, die in der Ukraine den verlassenen Haustieren helfen zu überleben. Solche Rettungsaktionen müssen schließlich finanziert werden. Lasse´s Mama wollte das erst nicht glauben.

Hast Du Dir das wirklich gut überlegt?" wollte sie wissen.

Auch sein Papa war skeptisch, aber Lasse hat darauf bestanden und das sogar mit auf die Einladungskarten zu seinem Geburtstag geschrieben. Er hat im Herbst Geburtstag, wenn die Blätter bunt werden. Danach dauert es nicht mehr lange, dann ist Weihnachten.

Dann kriegen alle Geschenke – ich auch. Etwas Neues zum Spielen und auch eine

Extraportion Thunfisch, darüber freue ich mich immer sehr.

„Zu Weihnachten dürft Ihr mir wieder was schenken, dann schreibe ich einen extralangen Wunschzettel!" hat Lasse gesagt und mir dabei zugezwinkert. So haben sie es dann auch gemacht. Lasse´s Mama sammelt Spardosen in Katzenform. Eine davon hat sie an Lasse´s Geburtstag auf dem Tisch im Esszimmer gestellt, damit alle ihre Spende dort hineinwerfen konnten. Am Ende ist richtig viel dabei rausgekommen und Lasse war ganz stolz. Sein Papa hat dafür gesorgt, dass die Scheine und Münzen an die richtige Stelle weitergeleitet worden sind. Der Patenonkel von Lasse arbeitet bei der Zeitung. Er fand die Idee von Lasse auch prima und hat deshalb einen Artikel darüber geschrieben. Ein Foto von Lasse, mit mir auf dem Arm, hat er auch geschossen. Den Bericht konnte man einige Tage später in der Zeitung lesen. Natürlich haben Lasse´s Eltern den ausgeschnitten und aufgehoben. Der hängt jetzt eingerahmt im Zimmer von

Lasse, direkt über seinem Bett. Für Oma und Opa haben sie eine Kopie gemacht, die sind natürlich auch superstolz auf ihren tollen Enkel. Die kleine Zofia und seine anderen Klassenkameraden fanden seinen Einsatz auch spitze. Onkel Christoph will sogar versuchen ob er in Erfahrung bringen kann, was mit Pu geschehen ist. Drückt mal bitte ganz kräftig die Daumen, dass es ihr gutgeht und sie bald wieder zu ihrer Familie kommen kann, denn die Lewandowskis möchten gern hier bei uns in Deutschland bleiben, weil in ihrer Heimat alles kaputt ist. Traurig oder?

Eule

Meine Katzenmama Rebecca nennt mich so.
„Mit Deinen großen Augen hast Du mich sofort an eine kleine Eule erinnert", hat sie gesagt.
Man hat mich damals als völlig hilfloses kleines Kätzchen ausgesetzt. Das ist so lange her, dass ich mich zum Glück gar nicht mehr daran erinnern kann. Aber ohne Rebecca wäre ich sicher gestorben. Nun ist sie selbst sehr krank, und das tut mir schrecklich leid. Sie hatte immer so starke Kopfschmerzen, deshalb ist sie bei mehreren Ärzten gewesen. Am Ende haben die festgestellt, dass in ihrem Kopf etwas gewachsen ist, was dort nicht hingehört. Deshalb soll das jetzt mithilfe einer Operation entfernt werden, und sie muss eine Weile im Krankenhaus bleiben. Solange sie fort ist, wird sich ihre Freundin Susanne um mich kümmern. Ich werde zu ihr ziehen, falls Rebecca nicht wiederkommen sollte. Auch das weiß ich, denn ich habe gehört, wie die beiden darüber

gesprochen haben. Wie die meisten Tiere verstehe ich die Sprache der Menschen ganz gut, nur können wir leider umgekehrt nicht mit Euch reden.

„Ach Eule, was soll ich denn ohne Dich im Himmel?", hat Rebecca mich weinend gefragt.

Meine Katzenmama ist sehr gläubig und meint, wenn jemand stirbt, dann kommt er dorthin. Natürlich war ich auch furchtbar traurig und wollte sie trösten. Deshalb habe ich mich ganz fest an sie geschmiegt und laut geschnurrt, um ihr zu zeigen, wie sehr ich mit ihr fühle. Ich kann mir ein Leben ohne sie gar nicht vorstellen. Sie muss einfach ganzschnell wieder gesund werden und zu mir zurückkommen. Das wünsche ich mir mehr als alles andere auf der Welt! Am liebsten wäre ich mit in den Koffer gesprungen, als sie den für ihren Aufenthalt in der Klinik gepackt hat. Aber dort sind keine Tiere erlaubt – leider. Wie schade, meine Gegenwart hätte ihr bestimmt geholfen. Aber ein großes Foto von uns beiden, das hat sie wenigstens eingepackt.

„So bist Du immer bei mir", hat sie gesagt.

Dabei glitzerten wieder Tränen in ihren Augen. Das habe ich genau gesehen. Arme Rebecca. -

Am nächsten Tag kam Susanne mit einem Taxi, um meine Katzenmama in die Klinik zu bringen. Rebecca hat mich noch einmal auf den Arm genommen und ganz fest an sich gedrückt, als sie sich von mir verabschiedet hat.

„Mach´s gut, meine kleine Eule, ich werde Dich vermissen!"

Sie hat sich ganz schnell umgedreht, damit ich nicht sehen sollte, dass schon wieder Tränen über ihr Gesicht rollten. Aber natürlich habe ich das doch bemerkt. Dann fiel die Wohnungstür hinter den beiden Frauen ins Schloss, und ich war allein. Ich wusste, Susanne würde kommen und in der Zeit, in der Rebecca im Krankenhaus bleiben musste, bei mir wohnen. Nachdem ich allein war, wusste ich gar nicht, was ich mit mir anfangen sollte. Ruhelos bin ich eine Weile durch die Wohnung getigert. Ich war in großer Sorge um meine arme Katzenmama. Appetit hatte ich auch nicht, obwohl meine beiden Näpfe randvoll gefüllt waren – sogar mit meinem Lieblingsfutter. Schließlich habe ich mich hingesetzt, um mich ausgiebig zu putzen. Das beruhigt mich sonst meistens, aber an diesem Tag klappte das leider gar nicht. Als Susanne danach noch immer nicht zurück war, habe ich mich in Rebecca′s Lieblingssessel gekuschelt, um dort zu schlafen. Der riecht so schön nach ihrem zarten, blumigen Parfüm, das hat mich etwas getröstet. Irgendwann kam Susanne und sagte zu mir: „Na Eule, jetzt müssen wir beide ganz tapfer sein und für Becky ganz fest die Daumen drücken, damit sie es schafft!"

Ja klar, wenn es hilft, dann drücke ich alle vier Pfötchen für sie. Am Abend schrillte das Telefon, und ich hörte wie Susanne sagte:

„Das ist eine gute Nachricht, Herr Doktor. Vielen Dank!"

Nachdem sie den Hörer aufgelegt hatte, erzählte sie mir, dass meine Katzenmama die schwere Operation gut überstanden hatte. Nun mussten die Ärzte und wir ein paar Tage abwarten und hoffen, dass die weiteren Untersuchungsergebnisse in Ordnung sein würden.

„Morgen darf ich sie kurz besuchen", schloss Susanne.

Damit musste ich mich für den Augenblick zufriedengeben.

Am Tag darauf ist Susanne ins Krankenhaus gefahren. Zum Glück war sie schnell wieder hier und konnte mir berichten, dass es meiner Katzenmama schon etwas besser ging.

„Natürlich ist sie noch erschöpft und schläft viel, aber das ist gut für sie. Außerdem hat sie nach Dir gefragt, Eule."

Wirklich? Das freute mich natürlich. Dann vermisste sie mich also auch. Mit Susanne komme ich gut aus, aber natürlich ist sie kein Ersatz für meine Katzenmama. Nach einigen

Tagen kam Susanne endlich mit einer guten Nachricht aus dem Krankenhaus zurück.

„Der Tumor konnte vollständig entfernt werden. Zum Glück war er nicht bösartig. Trotzdem muss Becky wohl noch eine Weile im Krankenhaus bleiben. Alles wird gut", versprach mir Susanne.

Das war das Allerwichtigste für mich. -

Als sie endlich wieder nach Hause kam, habe ich mich zuerst erschrocken, denn sie war schrecklich dünn geworden, meine liebe Katzenmama. Ihr Kopf war zum großen Teil kahlgeschoren, das sah seltsam aus, fand ich. Außerdem roch sie ganz anders als sonst. Aber das war alles nicht so schlimm. Sie strahlte über das ganze Gesicht, als sie mich sah, das war viel wichtiger.

„Eule, liebe kleine Eule, endlich habe ich Dich wieder!", rief sie.

Natürlich bin ich sofort in ihre weit geöffneten Arme gestürzt, um sie willkommen zu heißen. Susanne hatte zuvor die Wohnung gründlich geputzt und einen großen Blumenstrauß besorgt. Zur Feier des Tages gab es für die beiden Frauen Kaffee und Kuchen, und ich bekam mein Lieblingsleckerli.

Rebecca muss sich noch oft ausruhen, weil sie ganz schrecklich schlapp ist. Aber sie wird wieder ganz gesund; das ist schließlich die Hauptsache, egal wie lange es dauern mag. Soll der Himmel doch warten – hoffentlich noch ganz lange!

Der Gerichtskater

Jedes Lebewesen hat sein eigenes Schicksal, egal ob Mensch oder Tier. Viele kluge Leute haben ganze Bücher darüber geschrieben. Über mich gibt nur eine kleine Geschichte, aber das Leben hat es eindeutig gut mit mir gemeint. Vor allem seitdem ich bei meiner Paulina lebe. Wir beide haben uns kennen gelernt, als sie im Justizzentrum ihren Praktikumstag absolviert hat. Ich glaube, es war Liebe auf den ersten Blick – bei uns beiden. Aber trotzdem hat es noch eine Weile gedauert, bis ich bei ihr einziehen konnte. Nachdem ich sie getroffen habe, wollte ich sie gern wiedersehen und habe mich häufig im Justizzentrum aufgehalten, in der Hoffnung, dass sie wiederkommt. Dort gehen immer viele Menschen ein und aus, deshalb fand ich es da nie langweilig. Die Angestellten, die dort arbeiten, haben sich schnell an mich gewöhnt und fühlten sich bald sogar für mich verantwortlich. Außer Futter und einem gemütlichen Katzenkissen haben sie auch ein Katzenhaus für mich gekauft. Sie wollten sicher, dass ich dort bleibe und für eine entspannte Atmosphäre sorge. Habe ich ja auch getan, jedenfalls so gut ich konnte. Die Leute, die vor Gericht erscheinen mussten, hatten nämlich meistens einiges auf dem Kerbholz oder sie sollten als Zeugen auftreten. Daher waren viele aufgeregt und ängstlich. Wenn ich dann auftauchte, wurden sie schnell wieder ruhiger, haben mich gekrault und dabei ihre Nervosität vergessen.

Ein Justizwachtmeister hatte mich ganz besonders ins Herz geschlossen. Er hat zuhause selbst Katzen und wusste sehr gut, welche Bedürfnisse wir Samtpfötchen haben. Von seinem Büro an der Eingangspforte des Gebäudes hatte er mich meistens im Blick. Er war es, der dafür gesorgt hat, dass ich überregional bekannt geworden bin. So sind wir beide schon mal im Fernsehen aufgetreten – toll was? Und dann kam endlich der Tag, an dem ich Paulina wiedergesehen habe. Das war eine Freude!

Der erste Schnuppertag hier im Gericht hat ihr nämlich so gut gefallen, dass sie anschließend selbst Juristin werden wollte. Um ganz sicher zu sein, dass Ihr Entschluss der richtige ist, wollte sie noch einmal gekommen, um ein zweiwöchiges Praktikum zu absolvieren. Danach stand endgültig fest, dass es bei diesem Berufswunsch bleibt. Bis das soweit ist, hat sie noch einen langen Weg vor sich und muss ganz viel lernen, aber das wird sie bestimmt schaffen. Natürlich werde ich sie dabei unterstützen so gut ich kann. Das ist fest versprochen - Pfote drauf! In der Zeit ihres zweiten Praktikums haben wir uns jeden Tag gesehen. So oft ich konnte bin ich zu ihr gelaufen, um mich von ihr füttern und vor allem streicheln zu lassen. Sie sollte doch merken, wie gern ich sie hatte!

Auch nachdem das Praktikum vorbei war, ist sie öfter gekommen. Meistens an den Wochenenden, denn dann wird im Justizzentrum nicht gearbeitet, und es war keiner da, der mich füttern konnte. Aber dank Paulina brauchte ich trotzdem nicht hungern. Als es Winter und recht kalt wurde, hat sie mir sogar extra eine weiche Decke mitgebracht, damit ich nicht frieren sollte. Im Grunde war ich immer noch ein Streuner, deshalb hat sich zunächst niemand Sorgen gemacht, als ich ein paar Tage lang nicht aufgetaucht bin. Auch mein spezieller Freund nicht. Vielleicht hat er sogar gedacht, ich suche anderweitig mein Vergnügen. Trotzdem hat er mir netterweise Futter hingestellt. Aber ich hatte Pech, denn ich bin bei einem meiner Streifzüge aus großer Höhe unglücklich gestürzt. Vor Schreck habe ich mir dabei auf die Lippe gebissen und dabei beim Aufprall ein Stück eines Eckzahns verloren. Danach habe ich tüchtig gehumpelt und richtig fressen konnte ich auch nicht. Weil ich das bereit gestellte Futter nicht angerührt habe, ist mein Beschützer schließlich doch hellhörig geworden. Nachdem Paulina und ihre Mama das erfahren haben, sind sie mit einer Transportbox gekommen, um mich zum Tierarzt zu bringen. Ich habe mich so gefreut Paulina zu sehen, dass ich ganz freiwillig in die Box geklettert bin. Ich wusste ganz genau, sie meinte es gut mit mir und würde mir helfen! Nach dem Besuch beim Tierarzt haben Paulina und ihre Mutter mich erst mal zu sich nach Hause mitgenommen. Paulina wollte mich unbedingt bei sich behalten. Ihre Großmutter hat meinem guten Freund im Justizzentrum Bescheid gesagt, damit er sich keine Sorgen machen sollte. Aber ob ich bei Paulina bleiben durfte, das musste zuerst mit den Leuten vom Gericht geklärt werden. Schließlich hatten die mich auch ins Herz geschlossen und würden mich vermissen. Aber am Ende gab der Gerichtspräsident „grünes Licht", weil er wusste, bei Paulina bin ich in den allerbesten Händen. Die Angestellten im Gericht hatten mich seinerzeit auf den Namen Clyde getauft. Wenn sie mich so gerufen haben, fühlte ich mich angesprochen und bin gekommen. Paulina hat mich umbenannt, und mein neuer Name gefällt mir noch viel besser. Seitdem ich bei ihr lebe, heiße ich Iuri. Zum Verständnis für Euch Leser, das ist von dem lateinischen Wort „Iuris" abgeleitet und bedeutet „das Gesetz". Paulina fand das sehr passend für einen ehemaligen Gerichtskater.

Hier geht es mir prima – in jeder Hinsicht. Allerdings habe ich mich jetzt zum Stubentiger entwickelt. Der Freigang ist mir schließlich nicht gut bekommen, deshalb bleibe ich lieber zuhause. Außerdem hänge ich ganz doll an Paulina und möchte so oft es geht mit ihr zusammen sein.

Honey Bun

Die Menschen geben ihren Haustieren manchmal die verrücktesten Namen. So hat mein Katzenpapa Brian darauf bestanden, mich „Honey Bun" zu taufen. Er ist nämlich Engländer, und in seiner Heimatsprache bedeutet das so etwas wie Honigbrötchen. Die isst er jeden Morgen zum Frühstück. Meine Katzenmama Marion bevorzugt Marmelade, und ich fresse mehrfach am Tag meine Körnchen. So hat eben jeder seine Vorlieben. Früher hatten wir oft Besuch von Marion´s Mama. Aber seitdem die alte Dame gestürzt ist, konnte sie leider nicht mehr in ihrer Wohnung bleiben, sondern ist in ein Pflegeheim gezogen. Das war nicht schön, denn dort hat sie nur ein Zimmer und musste sich von vielem trennen. Marion und Brian besuchen sie so oft sie können, aber weil sie in Wiesbaden lebt, ist das nicht so einfach. Nur auf einen Kaffeebesuch lohnt sich der weite Weg dorthin nicht, daher bleiben sie immer ein paar Tage fort, wenn sie zu ihr fahren, und ich muss zuhause bleiben. Das ist aber nicht so schlimm, ich habe nämlich eine nette Catsitterin, das ist Nicole. Sie kümmert sich wirklich gut um mich und gibt mir auch schon mal Leckerlis, die nicht ganz so gesund sind. Aber die schmecken doch am allerbesten, deshalb kriege ich die sonst nur selten. Am letzten Wochenende war es wieder soweit. Marion und Brian wollten sich wieder auf den Weg nach Wiesbaden machen. Gesprochen hatten sie davon schon länger, denn Marion´s Mutter hat Geburtstag. Und weil solche Tage für Menschen wichtig sind, wollten sie ihr eine ganz besondere Freude machen und mich mitnehmen. Erst dachte ich, ich hätte mich verhört. Zusammen verreisen? Das haben wir vorher noch nie gemacht. Wir Katzen sind Haustiere, wozu sollen wir auf Reisen gehen? In meinem Revier erlebe ich durchaus Abenteuer genug, wenn ich will. Aber Marion meinte, ihre Mutter sei doch so eine große Katzenliebhaberin und für sie wäre es ganz sicher eine tolle Überraschung, wenn ich mitkäme, um sie an ihrem Geburtstag zu besuchen. Am Abend vor der Abreise wurden die Koffer gepackt, weil sie am nächsten Tag ganz früh loswollten.

Soweit war alles wie immer, nur als sie meine Ersatznäpfchen und das Katzenklo mit ins Auto brachten, bin ich stutzig geworden. Das Klo benutze ich sowieso nur äußerst selten, ich erledige meine Geschäfte lieber draußen in der freien Natur, daher hat mich das erst nicht gestört, aber als sie meine Lieblingsdecke, Futtertüten und auch einige Ersatznäpfe einpackten, da ahnte ich, sie machen tatsächlich Ernst. Tja, was sollte ich machen? Als ich durch meine Katzenklappe nach draußen huschen wollte, da hatten sie die Tür zum Keller geschlossen, damit ich nicht im letzten Moment noch stiften gehen konnte. Also habe ich mich ein mein Schicksal gefügt - was sollte ich auch machen? Nach dem Frühstück ging es los. Ich wurde kurzerhand von Brian geschnappt und in meine Katzenbox verfrachtet – trotz massiver Proteste meinerseits.

„Ist ja gut, es geht nicht zum Tierarzt. Heute hast Du eine andere Mission!", versuchte Brian mich zu beruhigen.

Meine Katzenmama steckte mir durch die Gitterstäbe eine Leckerlistange zu, mit der ich mich unterwegs beschäftigen sollte.

Natürlich war die im Nullkommanix verspeist, und ich habe meine Menschen mit einem lauten Schreikonzert unterhalten, damit sie merken sollten, dass mir diese Behandlung ganz und gar nicht gefiel.

„Honey Bun, sei lieb. Meine Mutti wird sich bestimmt riesig freuen, dass Du mitkommst", hörte ich Marion sagen.

Mir egal, ich wäre lieber zuhause geblieben. Ich bin eben keine geborene Reisekatze! Aber es half nichts, ich saß in meiner Transportbox und kam auch nicht raus. Irgendwann habe ich entnervt aufgegeben und bin eingeschlafen. Erst als der Wagen abgestellt wurde und Brian und Marion ausstiegen, bin ich wieder aufgewacht. Sie holten erst die Koffer aus dem Auto und brachten sie ins Hotel, und dann kam ich mit in ihr Zimmer. Gleich nachdem sie die Tür meines Gefängnisses geöffnet hatten, bin ich an ihnen vorbeigeflitzt und habe erst mal mein Zuhause auf Zeit erkundet. In einer Ecke stand mein Katzenklo, in einer anderen der Futternapf.

„Du hast bestimmt Appetit", meinte Marion und füllte mir gleich ein paar Körnchen in ein Schälchen. Damit lag sie absolut richtig. Nachdem ich mich gestärkt und anschließend meine Katzentoilette benutzt hatte, fühlte ich mich eindeutig besser. Die beiden packten ihre Koffer auch aus und dann sollte es losgehen. Leider wurde ich erneut in die ungeliebte Box verfrachtet. Aber nicht lange, denn bis zu dem Pflegheim war es nicht weit. Meine Katzenmama nahm die Tüte mit den Geschenken für ihre Mutter mit, während mein Katzenpapa mich in meiner Transportbox ebenfalls ins Haus trug. Rücksichtsvollerweise bemühte er sich darum, dass ich unterwegs nicht so arg durchgeschaukelt wurde. Und dann waren wir da. Wir standen vor der Zimmertür und Marion klopfte an.

„Herein", erklang die Stimme ihrer Mutter. „Oh Kinder, Ihr seid es", rief sie freudig. „Und Ihr habt Honey Bun mitgebracht!", jubelte sie, als sie meine Box sah.

Nachdem die Menschen sich begrüßt hatten, wurde ich von Brian auf das Bett seiner Schwiegermutter gesetzt, damit sie mich streicheln konnte. Seit ihrem Sturz kann die Arme nämlich nur noch im Bett liegen.

Wenn sie Pech hat, kommt sie da nie mehr raus. Und ob sie uns jemals wieder besuchen kann, das ist fraglich. Jetzt verstand ich, warum Marion und Brian mich unbedingt mitnehmen wollten. Ein Strahlen ging über das Gesicht der alten Dame. Die vielen bunt verpackten Mitbringsel schaute sie kaum an, aber ihre Hände streichelten mich unablässig und dabei liefen ihr sogar ein paar kleine Tränen übers Gesicht.

„Das ist das schönste Geschenk, dass Ihr mir machen konntet", sagte sie immer wieder. Marion schaute Brian an und lächelte.

Hab´ ich Dir das nicht gesagt? schien dieser Blick ihm zu sagen. Brian nickte. Er hatte verstanden und ich auch. Deshalb habe ich auch so lange ich nur konnte stillgehalten. Aber irgendwann war es mir trotzdem genug und ich bin vom Bett runtergesprungen.

„Ich glaube Honey Bun braucht eine kleine Pause. Jetzt sieh Dir doch mal an, was wir Dir außerdem mitgebracht haben", schlug meine Katzenmama vor.

Und das geschah dann auch. Ich habe hinterher das bunte Papier zerfetzt und mit den Bändern gespielt. Darüber hat sich die alte Dame auch köstlich amüsiert. Dann kam eine Pflegerin ins Zimmer, und Brian hat mich vorsichtshalber wieder auf den Arm genommen, damit ich nicht vor Schreck ausbüxen konnte. Die nette junge Frau brachte für alle Kaffee und Kuchen. In dem Kuchen steckte eine kleine Kerze.

„So, die müssen Sie jetzt auspusten und dürfen sich dabei etwas wünschen", erklärte sie ihrer Patientin. Ist doch klar, was sie sich wünscht; bestimmt möchte sie irgendwann ihr Bett verlassen und wieder laufen können. An ihrer Stelle würde ich mir das auch wünschen. Schrecklicher Gedanke, ans Bett gefesselt zu sein. Die Menschen haben sich dann noch eine Weile unterhalten, aber als es Zeit für das Abendessen war, mussten sie sich verabschieden. Ich wurde wieder in die Transportbox gesetzt, und wir sind zurück ins Hotel gegangen. An nächsten Tag haben wir Marion´s Mutter noch mal für ein paar Stunden besucht. Ich glaube, sie war sehr traurig, als wir gingen.

„Wie schön, dass Ihr zu meinem Geburtstag gekommen seid! Kommt bitte bald wieder", wünschte sie sich. Dann fügte leise hinzu:

„Und, wenn es geht, bringt Honey Bun auch noch mal mit."
Sie ist wirklich eine liebe alte Dame und tut mir von Herzen leid. Wenn es nicht anders geht, werde ich sie auch im Heim noch mal besuchen, aber es wäre uns allen bestimmt lieber, wenn sie doch noch mal zu uns nach Hause reisen könnte. Damit das klappt, müsst Ihr uns alle bitte ganz tüchtig die Daumen drücken!

Dagobert und Fidelio

Meine arme Katzenmutter musste ihr Leben als Streunerin fristen, deshalb bin ich auch in freier Wildbahn geboren. Mein Glück war, dass Menschen mich gefunden und ins Tierheim gebracht haben. Dort hat man mir den Namen Dagobert gegeben. Zu der Zeit war ich erst wenige Monate alt, und im Tierheim habe ich Fidelio kennen gelernt. Der hat genauso einen schwarzen Pelz wie ich, und wir beide haben uns schnell angefreundet. Deshalb sollten wir, wenn irgend möglich, zusammen vermittelt werden. Schwarze Katzen haben es leider schwer adoptiert zu werden. Die meisten Besucher übersehen uns gern, so heißt es. Außerdem soll es abergläubische Menschen geben, die denken allen Ernstes, dass wir schwarzen Katzen Unglück bringen – das ist natürlich blanker Unsinn! Kerstin wusste es zum Glück besser. Sie hat Fidelio und mich zusammen aus dem Tierheim geholt und wollte uns ein richtig schönes Zuhause geben. Bei ihr sind wir allerdings reine Stubentiger, weil sie im zweiten Stock eines großen Hauses wohnt. Fidelio ist ein kleiner Angsthase, deshalb hat er sich sofort nach unserer Ankunft erst mal unters Sofa verzogen. Ich war damals Menschen gegenüber ebenfalls noch sehr scheu und habe mir ein anderes Versteck gesucht. Netterweise hat Kerstin uns erst mal für eine Weile in Ruhe gelassen, damit wir uns an sie und unser neues Leben gewöhnen konnten. Gegen Abend wollte sie uns füttern und hat nach uns gerufen. Weil ich inzwischen mächtig Hunger hatte, bin ich aus meinem Versteck hervorgekrochen, aber wo war Fidelio? Kerstin hörte ihn miauen, aber er kam nicht. Sie hatte gesehen, dass er gleich nach unserer Ankunft unters Sofa gehuscht war, deshalb hat sie sich gebückt und nachgeschaut ob er überhaupt noch dort saß. Pustekuchen – kein Fidelio! Aber er musste in der Nähe sein, denn sie hörte ihn leise jammern. Kurzentschlossen rückte sie das Sofa zur Seite, aber auch da war mein Kumpel nicht. Ich glaube, langsam zweifelte sie selbst an ihrem Verstand. Mein Freund konnte sich doch nicht in Luft aufgelöst haben oder doch? Schließlich hatte Kerstin eine gute Idee. Sie kippte das Sofa um, und sah zu ihrem Schrecken, dass Fidelio durch ein Loch auf der Unterseite des Sofas mitten hineingekrochen war. Da steckte er fest und konnte sich nicht allein befreien, der Arme. Vor lauter Panik hatte er sich sogar darin erleichtert. Natürlich hat unsere liebe Kerstin ihn schleunigst gerettet und geschimpft hat sie auch nicht mit ihm. Nur das Loch auf der Unterseite des Sofas, das hat sie geflickt, damit so etwas bloß nicht wieder passieren konnte. Nach und nach haben wir uns an unser neues Zuhause gewöhnt. Uns ging es da ja auch gut.

Fidelio war mit unserem Leben bei Kerstin durchaus zufrieden, aber ich war schon immer abenteuerlustig und neugierig. Ich wollte unbedingt auch die Welt da draußen besser kennen lernen. Das ist das Erbe meiner wilden Katzenmutter, vermute ich. Und eines Tages ergab sich die Gelegenheit dazu, denn Kerstin hatte nicht bemerkt, dass ein Fenster offen stand. Aber ich hatte es gesehen und bin auf die Fensterbank gesprungen. Sollte ich es wagen? Danach

Fidelio

Dagobert

habe ich nicht mehr lange überlegt, sondern Mut gefasst und bin einfach gesprungen. Puh, das war wirklich tief, aber ich bin wohlbehalten unten angelangt. Inzwischen hatte Kerstin bemerkt, dass ich aus der Wohnung entwischt war. Sie war ganz aufgeregt, und wollte mich schnellstens wieder einfangen. Aber ich wollte meine Freiheit so lange wie möglich genießen. Im Garten haben wir eine Weile miteinander Verstecken gespielt, denn immer, wenn sie mich sah, bin ich weiter gerannt und habe mich in einem anderen Busch vor ihr in Sicherheit gebracht. Mir hat die ganze Sache richtig Spaß gemacht, aber Kerstin war am Schluss so verzweifelt, dass sie die Jungs von der Feuerwehr gerufen hat, um ihr zu helfen. Dieser geballten Übermacht war ich leider nicht gewachsen und musste mich irgendwann geschlagen geben – schade!

Eine Zeitlang hat Kerstin höllisch aufgepasst und kein Fenster mehr offen gelassen, aber irgendwann ist es doch passiert, und ich bin wieder ausgerückt. Aber dieses Mal war ich absolut nicht gewillt, mich erneut einfangen zu lassen. Gern hätte ich Fidelio auch mitgenommen, doch der traute sich nicht, also musste ich ihn zurücklassen. Das war vielleicht sogar besser für ihn. Ich war jedenfalls wild entschlossen, meine mühsam erkämpfte Freiheit nicht wieder aufs Spiel zu setzen. Zugegeben, das war nicht einfach, denn, wenn man so gut wie keine Erfahrung hat, dann ist es schwer auf der Straße zu überleben. Aber ich habe es geschafft und darauf bin ich echt stolz! Ich bin durch Feld, Wald und Wiesen gestreift und habe sogar die breiten Straßen überwunden, auf denen diese lauten Blechkisten hin und her rasen. Autos nennt man sie, dass weiß ich inzwischen, und auch, dass sie mordsmäßig gefährlich sein können. Wir Katzen haben eine feine Nase, und eines Tages witterte ich andere Tiere - ganz in meiner Nähe. Das hat mich neugierig gemacht, die wollte ich mir unbedingt anschauen. Solche Tiere kannte ich nicht, und ich fand es auch komisch, dass sie alle hinter Gittern leben mussten. Wenigstens kamen regelmäßig Menschen, um sie zu füttern. Und andere Menschen kamen, um sie zu besuchen. Es hat nicht lange gedauert, bis mich ebenfalls jemand entdeckte. Von da an bekam ich an einer bestimmten Stelle auch Futter hingestellt. Anfangs war ich äußerst misstrauisch, weil ich keinesfalls wieder eingesperrt werden wollte. Aber das Futter war gut, und so fasste ich langsam immer mehr Vertrauen zu den Tierpflegern. Zwei ältere Herren kümmerten sich ganz besonders intensiv um mich. Stellt Euch vor, sie bauten für mich sogar einen Schuppen. Darin konnte ich bei schlechtem Wetter Unterschlupf finden. Nach und nach haben sie meine neue Wohnung richtig aufgepeppt. Sie stellten mir einen Kratzbaum hinein und brachten an den Wänden Bretter an, auf denen ich schlafen oder dösen konnte. Spielzeug haben sie mir auch geschenkt, und ich bekam sogar ein richtiges, schön weiches Körbchen. Durch meine Katzenklappe konnte ich kommen und gehen wie es mir gefiel. Ein echtes Katzenparadies haben sie für mich geschaffen – direkt gegenüber dem Löwengehege. Ab und zu konnte ich die großen Wildkatzen brüllen hören, aber das störte mich nicht. Ich spürte, von den Menschen im Zoo drohte mir nichts Böses, sie liebten mich. Deshalb wollte ich mich erkenntlich zeigen und habe mich immer öfter von ihnen streicheln lassen, damit sie merkten, wie dankbar ich ihnen war. Eines Tages gelang es einem der Männer mich festzuhalten und mitzunehmen. Zuerst war ich furchtbar erschrocken, aber dann stellte ich zu meiner Erleichterung fest, dass sie es wirklich nur gut mit mir meinten. Ich wurde nämlich zu einem Tierarzt gebracht und gründlich von ihm untersucht. Glücklicherweise war ich topfit, aber bei der Gelegenheit fand der Arzt den Chip, den man mir im Tierheim eingepflanzt hatte. Das macht man da so mit allen Bewohnern, denn, wenn man sich verläuft, kann man auf diese Weise feststellen, wohin man gehört und wieder nach Hause zurückkehren. So haben sie rausgekriegt, dass ich früher bei Kerstin gewohnt habe. Ich weiß, dass meine Beschützer mich gar nicht gern fortlassen wollten, denn sie haben den Tierarzt gefragt, ob es wirklich nötig sei, Kerstin zu informieren. Aber das nicht zu tun wäre unfair gewesen, denn sie hatte mich doch auch sehr lieb. Ich bin sicher, dass sie mich vermisst und lange Zeit nach mir gesucht hat. Außerdem waren sie und Fidelio bestimmt traurig, weil sie nicht wussten wo ich geblieben war. Es hätte mir womöglich ja auch etwas Schlimmes zugestoßen sein können. Nachdem sie Bescheid wusste, ist Kerstin gleich erschienen, um mich wieder abzuholen, aber ich habe ihr sehr deutlich gezeigt, dass ich das nicht möchte. Meine Heimat ist jetzt der Zoo. Ich bin ein Freigeist und fühle mich einfach nicht wohl, wenn ich eingesperrt werde. Das hat sie verstanden und mich nicht gezwungen mitzukommen. Danke, liebe Kerstin, das rechne ich Dir hoch an! Vielleicht findest Du für Fidelio einen anderen Kumpel, dem es gefällt ein Stubentiger zu sein; das wünsche ich Dir und vor allem ihm von ganzem Herzen.

P.S. Das hätte ich fast noch vergessen zu erwähnen: Seitdem Kerstin zugestimmt hat, dass ich hier wohnen darf, bin ich ganz offiziell ein Mitglied der großen Zoofamilie – wer hätte das gedacht?

Mirja

Jetzt rede ich – Mirja!
Meine Geschichte ist traurig, aber sie hat ein gutes Ende, das kann und will ich Euch schon verraten, sonst würden zartbesaitete Gemüter sie womöglich gar nicht zu Ende lesen. Nachdem ich als Fundtier im Tierheim abgegeben worden bin, hatte ich das Glück von meinem Katzenpapa Björn adoptiert zu werden. Bei ihm war ich in guten Händen, bekam bestes Futter und natürlich Freigang - das ist für uns Katzen ganz wichtig. Als ich von einem meiner Ausflüge nicht nach Hause kam, ist er unruhig geworden und hat mich gesucht, indem er die ganze Siedlung abgeklappert hat, in der wir wohnen. Er hat an vielen Türen geklingelt und gefragt, ob mich jemand gesehen hat, leider ohne Erfolg. Am Rande unserer Siedlung steht ein Automat, der ist mit Getränken, Chips-Tüten und anderen Süßigkeiten gefüllt. Man kann Geld in einen Schlitz werfen und dann das Gewünschte entnehmen. Eigentlich eine

gute Sache, aber…

Ich war zufällig in der Nähe, als drei Jugendliche etwas aus dem Automaten ziehen wollten. Die waren richtig übermütig und hatten offenbar nichts anderes im Kopf als Dummheiten. Ehe ich mich versah schnappte mich einer von denen und sagte: „Wie wär's? Sollen wir die Katze mal zum Verkauf anbieten?"

Die anderen beiden stimmten sofort laut grölend zu. Ich wurde in das leere Fach gesetzt und die Falle schnappte zu. Zuerst glaubte ich an einen blöden Scherz, als ich die grinsenden Gesichter der Jungs sah. Aber dann machten sie mit ihren Handys noch ein Foto, und kurze Zeit später gingen sie einfach kichernd weg. Ich saß in meinem Gefängnis und konnte nur hinterher maunzen. Zudem war es schrecklich eng und ich konnte mich kaum bewegen. Meine verzweifelten Versuche mit der Pfote die Scheibe einzuschlagen brachten natürlich nichts. Aus der Ferne sah ich wie einige Leute vorbeigingen, aber weil sie nicht zu mir hinschauten, konnten sie mir natürlich nicht helfen. Und hören konnten sie mich auch nicht. Noch nie in meinem ganzen Katzenleben hatte ich so viel Angst! Bisher waren die Menschen immer nett zu mir, deshalb war ich zunächst völlig arglos, als einer der Jungs mich auf den Arm nahm. Stattdessen hätte ich laut fauchen, kratzen und beißen sollen, vielleicht hätten sie mich dann in Ruhe meiner Wege gehen lassen. So vieles ging mir durch den Kopf, während ich völlig verängstigt in meinem gläsernen Gefängnis saß. Ich hatte große Angst hier verhungern und verdursten zu müssen. Es war einfach nur schrecklich! Nach einer gefühlten Ewigkeit kam eine junge Dame. Die war furchtbar erschrocken, als sie mich hinter der Glasscheibe entdeckte. Zu der Zeit war ich schon ziemlich entkräftet, zumal die Sonne zwischenzeitlich meine enge Box zusätzlich aufgeheizt hatte. Die junge Frau durchsuchte ihre Handtasche, fand aber keine passende Münze, mit der sie mich vielleicht hätte befreien können.

„Halt durch, ich hole Hilfe", versprach sie mir.

Ich sah, wie sie um den Automaten herumging und ihr Handy zückte. An der Seite hatte sie glücklicherweise die Telefonnummer des Mannes gefunden, der das Ding aufgestellt hat. Glücklicherweise kam der recht schnell, hat mich befreit und der jungen Dame in die Arme gelegt. Die war mächtig wütend und hat laut geschimpft: „Wie kann man einem wehrlosen Tier so etwas antun!"

Erst mal hat sie mich mit zu sich nach Hause genommen. Danach ist sie mit mir zum Tierarzt gefahren. Weil ich gechipt bin, konnte der Tierarzt schnell feststellen, wohin ich gehöre und Björn anrufen. Der war genauso böse auf die Jugendlichen wie ich. Die Menschen glauben, sie seien die „Krone der Schöpfung" und können sich alles erlauben. Aber das ist nicht wahr! Weil einer der Jugendlichen später sogar mit diesem Vorfall geprahlt hat, sind sie aufgeflogen und mussten sich bei dem Mann, der den

Automaten aufgestellt hat, entschuldigen. Aber der hat Gnade vor Recht ergehen lassen und sie nicht angezeigt – leider. Bei mir hat sich niemand entschuldigt, obwohl ich doch die eigentlich Geschädigte war. Tiere haben auch Rechte, sagt Jenny. Sie engagiert sich im Tierschutz und hat meine Geschichte öffentlich gemacht. Sie ist immer noch fuchsteufelswild, wenn sie darüber spricht und meint, die drei Rowdys hätten eine saftige Strafe verdient.

„Am besten sollten sie einige Wochenenden im Tierheim aushelfen. Da würde ihnen vielleicht der nötige Respekt vor ihren Mitgeschöpfen beigebracht", meint sie.

Das finden Björn und ich auch. Seit dieser Geschichte bin ich nämlich sehr ängstlich geworden und gehe anderen Menschen lieber aus dem Weg. Nur, wenn Jenny uns besucht, mache ich eine Ausnahme. Björn und ich mögen sie sehr, und das nicht nur, weil sie mich gerettet hat!

Cato

Menschen können sehr wankelmütig sein, das musste ich am eigenen Leib erfahren. Bevor ich zu meiner Katzenmama kam, lebte ich bei einer anderen Frau, aber deren Namen möchte ich lieber für mich behalten. Nennen wir sie der Einfachheit halber Madame X. Nie hätte ich gedacht, dass sie mich so schnöde im Stich lassen würde! Eines Tages fiel ihr nämlich ein, dass sie gern mal eine Weile Ferien machen wollte. Aber wohin mit mir? Mitnehmen konnte oder wollte sie mich nicht. Deshalb hat sie eine gute Bekannte gefragt, ob sie mich in der Zeit aufnehmen würde. Da meine jetzige Katzenmama eine freundliche, hilfsbereite Frau und zudem eine große Tierfreundin ist, hat sie gleich ja gesagt. Bis dahin hatte sie schon einige Male Katzen aus dem Tierheim zu sich geholt, deshalb hatte sie genug Erfahrung mit uns Stubentigern. Nun kam ich. Wir haben uns sofort prima verstanden, und ich habe mich bei ihr sehr wohlgefühlt.

Natürlich war uns beiden immer klar, dass ich irgendwann wieder nach Hause geholt würde. Das dachten wir jedenfalls, aber es sollte anders kommen, ganz anders.

Nachdem Madame X, meine Katzenmama mag ich sie einfach nicht mehr nennen, obwohl sie das ja eine Weile für mich war, nach Hause kam, hat sie sich bei uns gemeldet und ihren Besuch angekündigt. So weit so gut, auf ein paar Tage kam es ja auch nicht an. Aber als sie endlich kam, sagte sie: „Ich habe es unglaublich genossen gänzlich ohne Verpflichtungen zu sein, deshalb habe ich mir überlegt, dass wir Cato am besten zurück ins Tierheim bringen sollten."

Ich war furchtbar erschrocken, wie sehr, das kann ich Euch gar nicht sagen. Am liebsten hätte ich mich sofort in die hinterste Ecke der Wohnung verkrochen. Ich verstand die Welt einfach nicht mehr. Zurück ins Tierheim? Hatte ich ihr denn so wenig bedeutet? Ich bin doch ein lebendes, fühlendes Wesen und keine Sache, die man beliebig hin und her schieben kann! Gut, dass ich geblieben bin, denn ich hörte meine Katzenmama sagen: „Das kommt überhaupt nicht infrage – dann bleibt Cato eben bei mir!"

„Na ja, wenn Du willst, dann behalte ihn. Vielleicht komme ich ihn ab und zu mal besuchen", das war das letzte, was ich von dem Gespräch noch mitbekam.

Kurz darauf ist sie gegangen – zum Glück. Meine Katzenmama hat anschließend erst mal ihrem Ärger über dieses absolut lieblose Verhalten lautstark Luft gemacht und tüchtig geschimpft.

„Niemals werde ich erlauben, dass Madame X wieder einen Fuß über unsere Schwelle setzt", hat sie gesagt und mich erst mal ausgiebig tröstend gekrault. Zum Dank, und auch um mich selbst wieder zu beruhigen, habe ich ganz laut geschnurrt. Das hilft meistens, wenn Katzen Probleme oder Schmerzen haben. Und dieser Verrat tat mir unglaublich weh.

„Ab jetzt bist Du mein Kater und wirst es bleiben!", hat meine Katzenmama mir versprochen.

Seitdem lebe ich bei ihr, und sie hat ihr Versprechen gehalten. Jedes Mal, wenn Madame X anrief, hat sie schnell wieder aufgelegt. Sie ist von ihrer Bekannten genauso enttäuscht wie ich, sagt sie. Im Gegensatz zu manchen anderen Menschen, hat meine Katzenmama das Herz einfach auf dem rechten Fleck!

Griseldis

Mein Katzenpapa ist der beste Mensch der Welt! Ob Ihr es glaubt oder nicht, er hat sich für mich sogar in Lebensgefahr gebracht. Ich muss zugeben, ich bin neugierig und manchmal ein bisschen vorwitzig, deshalb bin ich auf den großen Baum geklettert, der direkt gegenüber unserem Haus steht. Ich wollte die Welt so gern mal von oben betrachten. In meinem Eifer bin ich hoch und höher geklettert, aber irgendwann bekam ich Angst. Allein wieder runter zu klettern traute ich mich auch nicht. Lange Zeit musste ich in luftiger Höhe auf dem Baum ausharren, bis meine Menschen mich vermisst haben. Es war längst Zeit für meine nächste Mahlzeit und mir knurrte mächtig der Magen, als ich hörte, dass mein Katzenpapa nach mir rief.

„Griseldis, wo steckst Du?"

Mein leises Miauen hörte er leider nicht, sondern ging zurück ins Haus. Zum Glück kam er einen Moment später mit meiner Leckerlidose wieder heraus und begann damit zu klappern. Er dachte sicher, ich hätte mich irgendwo verkrochen und wollte mich auf diese Weise hervorlocken. Wieder habe ich miaut, und nach ihm gerufen, aber das war immer noch zu leise. Er stand ratlos im Garten und sagte zu seiner Schwester Lisa: „Ich verstehe das nicht, so lange ist die Kleine doch noch nie ausgeblieben. Ich mache mir wirklich Sorgen um sie."

Dann trat er auf die Straße, rief wieder und wieder meinen Namen und klapperte dabei unaufhörlich mit der Leckerlidose. Ich war schon ganz verzweifelt und habe meinen ganzen Mut zusammengenommen, um noch einmal aus Leibeskräften zu antworten. Als junge Katze habe ich nun mal ein leises Stimmchen. Aber Lisa hatte etwas gehört, denn sie bat ihn: „Hör mal auf zu klappern und sei still, sie muss hier ganz in der Nähe sein."

Dann rief sie mich noch einmal, und wieder habe ich so laut ich nur konnte geantwortet.

„Das kommt aus der Linde", stellte Lisa verblüfft fest und schaute nach oben. Endlich haben sie es gemerkt, dachte ich und habe erneut weiter miaut, solange bis Lisa mich entdeckte.

„Da sitzt sie ja", rief sie, „aber das ist schrecklich hoch. Bestimmt traut sie sich nicht allein wieder runter."

„Du lieber Himmel, wie ist sie nur da rauf gekommen?", wunderte sich mein Katzenpapa.

Zuerst versuchte er natürlich mich zu überreden allein wieder herunter zu klettern. Aber ich traute mich einfach nicht, sondern habe immer weiter um Hilfe geschrien.

„Dann muss ich sie eben holen", entschied mein Katzenpapa schließlich und begann damit, den Baum zu erklimmen. Lisa sah ihm dabei zu und mahnte ihn unaufhörlich zur Vorsicht, während er sich geschickt von Ast zu Ast bewegte und langsam näher kam. Hoffentlich geht das gut, dachte ich. Aber was sollte ich tun? Schließlich hatte er mich erreicht, griff behutsam nach mir und sagte: „Mit Deiner Kletterpartie hast Du uns allen einen schönen Schreck eingejagt!"

Er setzte mich in seine große Jackentasche, und ich dachte, jetzt geht es an den Abstieg, aber weit gefehlt. Als er sah, wie hoch oben wir festsaßen, verließ ihn nämlich auch der Mut.

„Was ist?", rief Lisa von unten.

„Gleich, lass mich doch erst einen Moment verschnaufen", hörte ich ihn sagen. Vermutlich wollte er ein bisschen Zeit gewinnen. Aber, nachdem er noch mal einen Blick nach unten geworfen hatte, war klar, dass es so einfach nicht werden würde. Was hatte ich nur angestellt? Inzwischen konnte ich seine Angst ganz deutlich spüren. Wieder rief seine Schwester nach uns. Schließlich musste mein Katzenpapa zugeben, dass er sich den Abstieg einfach nicht zutraute.

„Ach, Du heilige Schei…!", entfuhr es Lisa. „Ich rufe jetzt die Feuerwehr. Bin gleich wieder da. Halt Dich um Himmels Willen gut fest!"

Sie rannte ins Haus und kam wenig später zurück.

„Die kommen gleich und bringen ihre große Drehleiter mit", versprach sie uns.

Wie lange wir beide da oben im Baum gehockt haben, weiß ich nicht, aber ich habe mich nicht mehr gerührt und mein Katzenpapa auch nicht. Als wir dann das laute Tatü Tata der Feuerwehr hörten, war mein Katzenpapa sichtlich erleichtert und ich auch. Mit ihrem großen Auto fuhren die Feuerwehrleute so nah es ging an unsere Linde heran. Dann konnten wir zusehen, wie ein silbrig glänzendes, großes Ding in dem ein Feuerwehrmann stand, sich langsam zu uns hochschraubte. Als er uns erreicht hatte, gab er meinem Katzenpapa die Hand und half ihm, in den Korb zu klettern. Kurz darauf hatten wir alle wieder festen Boden unter den Füßen – Gott sei Dank. Unsere Nachbarn hatten unsere missliche Situation natürlich auch mitbekommen, sie waren nach und nach alle aus ihren Häusern gekommen, um diese aufregende Rettungsaktion zu verfolgen. Alle klatschten Beifall, als wir unten anlangten, und Lisa ist ihrem Bruder vor Erleichterung um den Hals gefallen. Mein Katzenpapa hat sich bei den Männern von der Feuerwehr sehr herzlich bedankt, denn ohne ihren Einsatz würden wir beide vermutlich immer noch oben auf der großen Linde sitzen. Daran darf ich gar nicht denken. Meine Lust auf Bäume zu klettern ist mir jedenfalls gründlich vergangen, das könnt Ihr mir glauben! Und das Futter hat mir selten so gut geschmeckt wie nach diesem Abenteuer. Die Strafpredigt, die wir, mein Katzenpapa und ich, wegen unseres Leichtsinns von Lisa zu hören bekamen, haben wir beide allerdings ohne zu murren weggesteckt. Stellt Euch vor, eine Rechnung haben wir von der Feuerwehr nicht erhalten, obwohl so ein Einsatz richtig viel Geld kostet, wie Lisa sagt. Aber, ihr Bruder war ja tatsächlich in Lebensgefahr, deshalb haben die Leute von der Wache Gnade vor Recht ergehen lassen. Dafür möchte auch ich mich bei ihnen bedanken, schließlich war ich ja schuld an dem ganzen Schlamassel. Kommt nicht wieder vor – versprochen!

Eure Griseldis

Elvis – eine Mühlengeschichte zum Jubiläum

Ich bin Elvis, der Mühlenkater aus Meißen. Die Region heißt der Mühlenkreis, weil es hier in der Gegend ganz viele Windmühlen gibt. Die sind inzwischen alle außer Betrieb und nur noch an den Mühlentagen geöffnet, jedenfalls alle, die noch funktionsfähig sind; und dann ist immer was los. Meiner Familie gehört die Mühle schon seit vielen, vielen Generationen, und früher hat sie ihren Besitzern auch Arbeit und Brot eingebracht, inzwischen sieht das leider anders aus. Die moderne Technik hat die Windmühle überholt und damit überflüssig gemacht. Jetzt kommen die Leute immer gern zu den Mühlentagen, weil sie sich dann anschauen können, wie das Brot und der Kuchen früher gemacht wurden. Das war viel mühseliger als heute. Es gibt übrigens ganz verschiedene Typen von Mühlen. Unsere ist eine Wallholländer Mühle, weil sie auf einer kleinen Erhebung steht, das vermute ich jedenfalls.

Wir wohnen in einem Haus gleich neben der Mühle, und Katzen hat es hier natürlich immer schon gegeben. Mäuse auch, daran hat sich bis heute nicht viel geändert, obwohl ich längst nicht mehr als Mäusefänger tätig bin. Ab und zu fange ich mir mal eine, aber mehr aus Spaß, nicht, weil ich Hunger habe. Ich werde von meiner Familie bestens verpflegt. Aber zu den Zeiten als die Mühle noch in Betrieb war, da mussten wir Katzen uns meistens komplett selbst versorgen. Die Katzen früherer Zeiten hatten vor allem die Aufgabe, das in Säcken gelagerte Mehl vor den gefräßigen kleinen Nagern zu schützen. Wie gesagt, heute wird die Mühle nur noch als kleines Museum genutzt, denn viele Gerätschaften von damals sind noch erhalten. In diesem Jahr konnten wir ein ganz besonderes Fest feiern! Wir hatten nämlich ein Jubiläum, sogar ein Doppeljubiläum, wenn man es genau nimmt. Außerdem haben sich an diesem Pfingstmontag die Flügel, die seit Jahrzehnten stillgestanden haben, weil die Windrose kaputt war, zum ersten Mal wieder gedreht. Die Reparatur war sehr teuer und aufwändig, daher waren die Flügel bisher nur von einer Richtung aus zu sehen, Jetzt erstrahlen sie wieder im alten Glanz und können sich mit dem Wind drehen, so wie sie es immer getan haben als die Mühle noch genutzt wurde. Übrigens soll schon vor vierhundert Jahren in Meißen die allererste Mühle gestanden haben, aber auf einem anderen Platz in der Nähe. Unsere hat jetzt auch schon glatte einhundertfünfunddreißig Jahre auf dem Buckel! Toll was? Im Lauf der langen Jahre ist natürlich allerhand passiert, deshalb wurde zu diesem Anlass eine Mühlenchronik erstellt, darin kann man ganz vieles davon nachlesen. Wahre „Dönekens", wie man hier in Ostwestfalen sagt und auch ausgedachte, so wie zum Beispiel die Mühlenmärchen. Etliche historische Fotos sind in der Chronik ebenfalls enthalten. Dieses Buch kann man sogar überall im Buchhandel kaufen. Ich muss mich mal erkundigen, ob da auch ein Bild eines meiner Vorgänger drin ist – verdient hätten wir das doch oder? Aber früher hat man ja viel weniger fotografiert, und das meistens nur zu ganz speziellen Gelegenheiten, wie zum Beispiel zur Erinnerung an eine Hochzeit.

Ich bin sehr stolz auf meine Familie, die es geschafft hat, auch in schwierigen Zeiten die schöne alte Mühle zu erhalten, aber an dem großen Tag habe ich mich zurückgehalten. Der Trubel an den normalen Mühlentagen reicht mir ja schon, und weil in diesem Jahr noch mehr los war, habe ich mich besser gleich in eine ruhige Ecke verzogen.

Aber ich habe natürlich allen Gästen ganz viel Freude und vor allem einen guten Appetit gewünscht, denn es wurden ja auch leckere Sachen zum Essen serviert. Zum Beispiel extra frisch gebackenes Mühlenbrot mit Schmalz und Wurst für den herzhaften Hunger. Für die Süßschnäbel gab es frischen Butterkuchen. Der ist ja erfahrungsgemäß immer ganz schnell verputzt! Begonnen hat das Ganze mit einem Festgottesdienst, in dem für diesen Tag extra aufgestellten Zelt. Dann wurden mehrere Reden geschwungen, und danach ging die Feier erst richtig los. Es gab ein tolles Programm zur Gestaltung dieses Tages. Dazu gehörten auch die Auftritte verschiedener Tanzgruppen, die für ihre Darbietung alte Trachten angezogen hatten. Die waren schon öfter bei den Mühlentagen dabei und haben immer ganz viel Beifall gekriegt. War doch auch schön anzuschauen, das muss ich schon zugeben. Außerdem gab es zum Jubiläum nicht nur Mühlenführungen, sondern auch mehrere Mitmachaktionen für große und kleine Kinder. Die Organisatoren hatten viele Spiele und sogar eine spannende Mühlenrallye vorbereitet. Auch eine Gespenstersuche soll es gegeben haben, wie ich am Rande mitbekommen habe. So konnten alle ihren Spaß haben – auch die kleinen Besucher. Ich habe natürlich auf schönes Wetter gehofft, denn es wäre doch schade um die ganze Mühe gewesen, wenn die Veranstaltung buchstäblich ins Wasser gefallen wäre. Aber das ist zum Glück nicht passiert, schließlich hatte ich dafür ja auch schon vor Wochen ganz fest alle Pfoten gedrückt! Das Fest war ein voller Erfolg, aber unter uns – ich war trotzdem froh, als hier wieder Ruhe eingekehrt ist, und ich mich wieder aus meinem Versteck hervorwagen konnte!

Petunia

Ich kam als kleines Katzenkind zu Selma.
Das war ein Zeitpunkt, zu dem sie sich total
einsam fühlte. Deshalb ist sie auf die Idee
gekommen, ein kleines Kätzchen bei sich
aufzunehmen, damit sie wieder Freude am
Leben bekam. Anfangs war sie auch sehr
bemüht, hat mir viel Spielzeug gekauft, einen
riesigen Kratzbaum in der Wohnung
aufgestellt und für mich ein weiches
Katzenbettchen besorgt; obwohl ich meistens
lieber in ihrem Bett geschlafen habe.
Gesundes und gutes Futter wurde mir
serviert, und ab und zu hat sie sogar selbst
für mich gekocht. Ich dachte damals, ich
hätte es gut getroffen, obwohl ich mich als
Erste von meiner Katzenmama und meinen
Wurfgeschwistern verabschieden musste.
Damals war Selma außer sich vor Entzücken,
als sie uns sah. Mein schneeweißer Pelz
gefiel ihr am besten, daher fiel ihre Wahl auf
mich. Zuerst hatte ich natürlich Heimweh
nach allen, aber da es mir gut ging, habe ich
das schnell überwunden. Außerdem hat
Selma mich ganz sicher gebraucht, denn sie

behandelte mich wie eine gute Freundin und weinte sich oft bei mir aus, wenn sie sich mal wieder von der übrigen Welt unverstanden fühlte. Kurz bevor ich zu ihr kam, hatte ihr Freund sich wegen einer anderen Frau von ihr getrennt, darunter hat sie sehr gelitten. Ich habe mir redlich Mühe gegeben, sie zu trösten und ihr zu helfen so gut ich konnte. Wir waren ein Superteam – dachte ich jedenfalls. Selma war schon immer etwas flatterhaft; trotzdem habe ich sie sehr lieb gehabt. Solange ich bei ihr gelebt habe, kamen und gingen ihre Freunde. Manche Männer waren nett und freundlich, auch zu mir, andere mochten Katzen weniger. Aber auf die Dauer hat es keiner mit Selma ausgehalten, denn sie ist sehr launisch. Nachdem sie beruflich das Angebot bekam ins Ausland zu gehen, wurde ohnehin alles anders. Dorthin konnte oder wollte sie mich nicht mitnehmen. Aber das war angeblich „die Chance ihres Lebens", wie sie mir aufgeregt erzählte. Daher gab es für sie kein Halten. Sie plante ihre Reise bis ins kleinste Detail. Jeden Tag durfte ich mir anhören, wohin es gehen würde und wie ihr neues

Leben aussehen würde – ohne mich. Doch, das hat sie mir rechtzeitig angekündigt. Aber was sollte aus mir werden? Ich glaube, ihre Versuche, mich woanders unterzubringen, waren eher halbherzig. Ein oder zwei Bekannte hat sie gefragt, ob die mich aufnehmen könnten. Aber niemand wollte mich haben, obwohl Selma alle meine Sachen ebenfalls mit angeboten hat, deshalb habe ich bis zum Schluss gehofft, dass sie mich doch mitnehmen würde. Und dann kam der bisher schlimmste Tag in meinem Leben. Ich wurde ohne große Ankündigung in meine Katzenbox gestopft, mein Kratzbaum, das restliche Futter und alles andere wurde mit mir zusammen in das Auto eines Kollegen aus ihrer alten Firma verfrachtet, und dann ging es los. Mitten auf dem belebten Marktplatz haben die beiden mich und meine Habseligkeiten abgesetzt, und wenig später sind sie kommentarlos und ohne Abschied auf Nimmerwiedersehen verschwunden. Eine Passantin, die zufällig vorbeikam, hat Selma noch angesprochen, aber davon hat sie sich nicht irritieren lassen, sondern ist, ohne eine Antwort zu geben, eilig ins Auto gestiegen.

Ich konnte es einfach nicht fassen – es ist wirklich kaum zu glauben, wozu manche Menschen fähig sind oder? Die nette Frau, die alles beobachtet hat, schüttelte jedenfalls empört den Kopf.

„Du armes Schätzchen", sagte sie mitleidig und zückte gleich ihr Smartphone, um Hilfe zu holen. Sie ist bei mir geblieben, bis zwei Männer gekommen sind, die mich abgeholt und in ein Tierheim gebracht haben. Weil ja keiner meinen Namen wusste, rufen sie mich jetzt Petunia. Das ist in Ordnung für mich, denn die Namen, die Menschen uns geben, sind ohnehin nicht von Bedeutung, das weiß doch jede Katze. Hier leben nicht nur Katzen und Hunde, sondern auch viele andere Tiere, die ein Zuhause suchen. Viele haben ein ähnliches Schicksal wie ich und sind von ihren Menschen im Stich gelassen worden. Trotz dieser Erfahrungen wünschen sich alle Bewohner des Tierheims immer noch, dass jemand sie zu sich holt und bereit ist, sich bis an ihr Lebensende um sie zu kümmern. Sie werden es ihren Menschen mit Liebe und Treue vergelten, da bin ich sicher! Wenn es stimmt, dass Katzen sieben Leben haben, dann gibt es vielleicht auch für mich noch Hoffnung, dass ich bei anderen Tierfreunden wieder ein schönes Heim finde. -

Bootsmann und Störtebecker

Wir beide sind dicke Freunde, Bootsmann und ich. Bootsmann ist der Hund der Familie, und ich bin ihr Kater. Wir leben am Rande einer großen Stadt, die nennt sich Hamburg. Bootsmann heißt nicht nur so, er darf auch mit zum Segeln auf der Alster. Für mich ist das nichts, Wasser, brrrh! Da bleibe ich doch gleich freiwillig zuhause. Aber Bootsmann findet das echt cool. Wenn er zurückkommt, dann berichtet er mir ab und zu die unglaublichsten Abenteuer. Er ist übrigens ein riesiger Bernhardiner mit einem ellenlangen Stammbaum, und ich bin ein ganz normaler Allerweltskater. Aber einen Standesunterschied kennen wir nicht. Warum auch? Ich habe übrigens den Namen eines längst verstorbenen Piraten bekommen. Klaus Störtebecker, so hieß der, hat die Kaufleute seiner Zeit ganz schön in Atem gehalten. Er muss ein rauer Bursche gewesen sein, hat gemordet und geplündert, so heißt es. Und er hat kein gutes Ende gefunden, wie ich gehört habe. Außer dem Namen haben wir nichts gemeinsam. Unser Hausherr findet

diese ollen Kamellen sehr spannend und deshalb hat er mich so genannt. Er stammt übrigens aus einer alten Kaufmanns- und Reederfamilie und darauf ist er echt stolz.
„Wir sind waschechte Hanseaten", sagt er. „Das verpflichtet!"
Damit meint er, dass auch wir uns immer gut benehmen sollen. Mein Motto ist jedenfalls: **Tu was Du willst, aber lass Dich nicht erwischen!**
Außerdem muss ich zugeben, dass ich meistens der Anstifter bin, wenn Bootsmann und ich etwas anstellen. Ich finde, Katzen haben eindeutig mehr Grips im Kopf als Hunde. Bootsmann ist viel zu träge, um sich kleine Streiche auszudenken, aber die machen das Leben doch erst interessant. Leider kann ich nicht leugnen, dass ich sehr verfressen bin. Natürlich bekomme ich gutes Futter, aber gegen ein feines Leckerchen zwischendurch habe ich natürlich nie etwas einzuwenden. Neugierig bin ich auch. Wenn etwas Interessantes auf dem Tisch steht und keiner in der Nähe ist, dann garantiere ich für nichts. So wollte ich neulich der schönen Hermine von gegenüber imponieren und

habe deshalb in der Küche ein großes Stück Lachs für sie geklaut. Hermine ist eine bildhübsche Katzendame. Ihr Pelz ist schneeweiß, nur ihr langer Schwanz ist schwarzweiß geringelt und vor der Stirn hat sie einen winzigen schwarzen Fleck. Schon als ich sie das allererste Mal zu Gesicht bekam hat mich ihr Anblick umgehauen! Als die Platte mit Lachs und Shrimps in der Küche stand und Marlis, das ist meine Katzenmama, ans Telefon musste, da konnte ich der Versuchung nicht widerstehen und hab schnell ein großes Stück von dem leckeren Fisch gemopst. Dummerweise hat Marlis gesehen, dass ich damit abgehauen bin, daher war klar, wo der Übeltäter zu suchen war. Weil sie aber telefonierte und nicht gleich hinter mir herjagen konnte, ist es mir immerhin gelungen, den Lachs zu retten und Hermine zu bringen. Sie ist nicht nur sehr hübsch, sie ist auch gutmütig und hat mein Geschenk mit mir geteilt. Mir läuft jetzt noch das Wasser im Munde zusammen, wenn ich daran denke! Oh Mann, das gab richtig Ärger, denn als ich wieder ins Haus zurückkam, bekam ich von meiner

Katzenmama tüchtig Schimpfe. Zudem wurde ich zur Strafe für den Rest des Tages nicht mehr in die Küche gelassen. Dummerweise stehen da unsere Futternäpfe.

„Mal die eine oder andere Mahlzeit auszulassen schadet Dir gar nicht", meinte Marlis unbarmherzig.

Nur gut, dass ich vorher wenigstens einen Teil vom Lachs gefressen hatte. Aber ich muss zugeben, die Fischplatte sah schon etwas zerrupft aus, nachdem ich mich darüber hergemacht hatte. Dumm gelaufen, aber was soll´s? Henning, das ist unser Familienvorstand hat jedenfalls gegrinst, als Marlis ihm die Geschichte später brühwarm aufgetischt hat, das habe ich genau gesehen. Weniger gelacht hat er über die Sache mit dem Skateboard. Das war nämlich so:

Oliver, der Sohn der beiden, hatte zum Geburtstag so ein Brett mit Rädern bekommen. Damit düste er über den Hof. Zu Anfang ist er einige Male runtergepurzelt, aber dann ging es immer besser. Bootsmann und ich haben ihm dabei zugeschaut und wollten es auch probieren. Das heißt, ich wollte es unbedingt versuchen, Bootsmann war nicht sicher, ob das Brett sein Gewicht aushalten würde. Aber ich konnte ihn überreden es zu machen. Oliver war dabei und schaute seinen ungeschickten Versuchen belustigt zu. Zuerst setzte Bootsmann ganz vorsichtig eine Pfote auf das Skateboard und schob es langsam vorwärts, dann die zweite und schließlich stand er mit allen Vieren drauf. Unser Hof ist ein wenig abschüssig, und durch sein Gewicht kam Bootsmann richtig in Fahrt und brauste los. Das sah lustig aus, fand ich. Das Gartentor stand offen, aber leider hat er nicht rechtzeitig die Kurve gekriegt, sondern sauste bis auf die Straße und hat dabei eine Fußgängerin umgeworfen. Zum Glück war es ein nettes, bildhübsches junges Mädchen, und bei dem Zusammenprall ist ihr nicht viel geschehen. Sie war natürlich sehr erschrocken, aber nicht ernsthaft verletzt. Als Oliver das sah, kam er keuchend angerannt und wollte ihr helfen, wieder auf die Beine zu kommen. Aber Bootsmann war schneller. Er ist gleich nach dem Zusammenstoß abgesprungen und hat der jungen Dame entschuldigend übers Gesicht geleckt. Seinem treuen Hundeblick konnte sie nicht widerstehen, und lächelte ihn sogar zaghaft an. Dann habe ich übernommen und sie zusätzlich schnurrend getröstet. Ich wusste doch genau, so ganz unschuldig war ich an dem Unfall ja nicht.

„Ist Dir auch nichts passiert?" wollte Oliver wissen.

Nachdem sie wieder aufrecht stand, tastete das Mädchen erst mal seine Glieder ab und meinte: „Nee, war nicht so schlimm."

In dem Moment kam Henning nach Hause - das war unser Pech. Mit einem Blick erfasste er die Situation. Allerdings dachte er zuerst, es wäre Oliver gewesen, der mit dem Mädchen zusammengerasselt war.

„Wie konntest Du so unvernünftig sein und den Hund auf das Brett lassen?" fragte er ungläubig, nachdem Oliver ihm die Zusammenhänge erklärt hatte. Dann hat er dem Mädchen schnell einen Geldschein als Wiedergutmachung in die Hand gedrückt und ihr gesagt, sie soll sich melden, falls sie doch noch Schmerzen kriegt. Hat sie aber nicht – zum Glück! Dieses Mal hat Oliver den Ärger bekommen.

„Eine Woche Taschengeldentzug ist wohl

angemessen", donnerte Henning. „Und die Reparatur Deines Skateboards zahlst Du auch selbst."

Durch das Gewicht von Bootsmann und den Unfall waren die Räder nämlich arg verbogen. Oliver hat sich nicht getraut zu widersprechen. Mir hat er echt leidgetan, aber ich konnte ihm leide nicht helfen. Taschengeld kriegen wir Tiere ja sowieso nicht. Außerdem hat Bootsmann mir ernsthaft angedroht sich nicht wieder von mir überreden zu lassen, wenn ich demnächst mal wieder so eine glorreiche Idee habe. Warten wir das mal ab, würde ich sagen...

Sheela – Born to Be Wild?

Ich glaube, eigentlich sollte mein Leben ganz anders aussehen, denn ich bin ja als Straßenkatze geboren und nur durch einen Zufall hier gelandet. Unsere Katzenmutter schlug sich als Streunerin durchs Leben, und ich fürchte, meinen Geschwistern geht es jetzt nicht anders. Das ist kein leichtes Los, und wir haben oft hungern müssen. Aus dem Grund haben wir uns überhaupt in die Nähe der Menschen getraut, weil wir hofften, da etwas zum Fressen abstauben zu können. Aber da war ein böser Mann, der hat uns alle eingefangen und uns in seinen alten Kaninchenstall gesperrt. Was der mit uns vorhatte, darüber mag ich lieber gar nicht nachdenken. Jedenfalls ist es die Hölle, wenn man sich plötzlich auf so engem Raum eingepfercht wiederfindet und nur den einen Gedanken hat: Raus! Aber zum Glück hat eine Nachbarin, sie heißt Alwine, und ist die Nichte meiner menschlichen Katzenmama, das gesehen und tüchtig mit ihm geschimpft. Deshalb hat er, wenn auch widerwillig, alle wieder laufen lassen müssen.

Zu der Zeit hatte meine Katzenmama gerade ihren Mann und wenige Tage später ihre Katze verloren, deshalb fühlte sie sich sehr einsam. Diese Katze hat ihren Katzenpapa so sehr geliebt, dass sie ohne ihn einfach nicht mehr weiterleben wollte. Sie hat aufgehört zu fressen und auch das Trinken eingestellt, solange bis sie über die Regenbogenbrücke gehen konnte. Ich hoffe sehr für die beiden, dass sie sich in einer anderen, schöneren Welt wiedergefunden haben! Da staunt Ihr sicher, aber so etwas gibt es tatsächlich manchmal zwischen Menschen und Tieren. –

Jedenfalls wollte Alwine ihrer Tante eine Freude machen und ihr eine neue Katze zur Gesellschaft bringen. Dabei fiel ihre Wahl auf mich. Sie hat sich dicke Handschuhe übergestreift und mich mitgenommen, als sie mich aus dem Karnickelstall befreit hat. Natürlich habe ich mich nach Kräften gewehrt, habe ganz laut geschrien und gestrampelt. Außerdem habe ich versucht sie zu kratzen, aber sie hatte mich zu fest im Griff. Ich sah nur noch, dass meine Katzenmama und meine Geschwister in alle

Himmelsrichtungen auseinanderstoben, als sich die Tür ihres Gefängnisses öffnete, während Alwine mich festhielt. Ich habe keinen von ihnen jemals wiedergesehen. Aber ich hatte zunächst gar keine Zeit mir darüber Gedanken zu machen, denn Alwine brachte mich gleich zu ihrer Tante. Die war anfangs wenig begeistert, weil ich so ungestüm war. Sie hätte bestimmt lieber eine süße kleine Schmusekatze gehabt, aber Alwine hat ihr klargemacht, entweder behält sie mich oder es gibt vorerst keine Katze, basta! Ich glaube, ihre Tante wusste zuerst gar nichts mit mir anzufangen, deshalb hat sie mich erst mal in den Hobbyraum ihres verstorbenen Mannes gesteckt. Der war recht groß und stand voll mit Krimskrams. Zum Glück gab es dort viele Verstecke für mich. Mir wurde Futter, Wasser und eine Katzentoilette hingestellt, und dann zogen sich die beiden Frauen zurück und ließen mich in Ruhe. Toll, dachte ich, wieder eingesperrt sein, das gefiel mir ganz und gar nicht. Aber was sollte ich tun? Nachdem der Hunger übermächtig wurde, habe ich mich doch dazu durchgerungen, doch ein paar von den angebotenen Körnchen zu probieren. Schmeckte gar nicht schlecht, das Zeug. Also habe ich sie gefressen. Um es kurz zu machen, am Ende habe ich mich mit meinem Schicksal abgefunden, was blieb mir auch anderes übrig? Meine Katzenmama hatte den Namen Sheela für mich ausgesucht. Immer, wenn sie kam, um nach mir zu schauen, hat sie mich so gerufen, und irgendwann merkte ich, sie meint mich damit. Und dann wurde ich eines Tages von den beiden Frauen in eine enge Box gesteckt und dachte schon, jetzt setzen sie mich wieder irgendwo aus. Aber nein, sie haben mich zu einem Tierarzt gebracht. Natürlich wusste ich damals noch nicht, was das bedeutet. Als wir in der Praxis ankamen, war ich sehr ängstlich. Hier roch es so komisch, und ich war ganz verwirrt. Als ich sah, dass die Transportbox geöffnet wurde, wollte ich meine Chance nutzen. Wie ein Blitz bin ich raus geschossen und kreuz und quer durch den Raum geflitzt, um einen Ausgang zu suchen. Dabei habe ich nichts ausgelassen. Es klirrte hier und schepperte dort, und alle waren in großer Aufregung. Ich habe den Laden so richtig aufgemischt! Aber es hat alles nichts genützt, denn alle Türen waren zu, und am Ende musste ich mich geschlagen geben. Zwei Helferinnen waren nötig, um mich festzuhalten, als der Tierarzt mich untersuchte. Dann bekam ich eine Wurmkur verpasst, eine Impfe, und ich weiß nicht was noch alles. Jedenfalls wurde ich dann erneut in die Katzenbox gesteckt, und wir fuhren wieder nach Hause. Danach durfte ich die ganze Wohnung erkunden und musste nicht mehr in dem ehemaligen Bastelkeller hausen. Nach und nach habe ich mich tatsächlich an dieses Leben als Hauskatze gewöhnt. Vor allem habe ich ganz deutlich gespürt, dass meine Katzenmama mich sehr lieb hat, und mit der Zeit haben wir uns immer besser verstanden. Sie hat von Anfang an viel mit mir gesprochen, und ich habe geantwortet. Inzwischen sind wir beide ein Herz und eine Seele. Wenn sie sich ihren Einkaufskorb und ihr braunes Portemonnaie schnappt, dann weiß ich, sie geht zum Supermarkt um die Ecke und kommt gleich wieder. Da kauft sie ihr Essen und die Dosen mit dem Katzenfutter für mich. Wenn sie allerdings ihren Mantel vom Haken nimmt, ihre Schuhe anzieht und sich ihre Handtasche schnappt, dann weiß ich, sie kommt nicht so schnell zurück. Ab und zu bringt Alwine sie zum Arzt oder fährt sie zu Freunden zum Kaffeeklatsch, aber ich muss hierbleiben. In der Zeit sitze ich im Hausflur und lasse die Tür nicht aus den Augen, bis sie endlich wieder zuhause ist. Ich weiß genau, sie kommt immer wieder, aber richtig gut geht es mir erst, wenn sie wieder bei mir ist.

Tagsüber muss sie sich um den Haushalt kümmern, aber am Abend machen wir es uns so richtig gemütlich.

Wenn sie sagt: „Komm Sheela, wir gehen jetzt fernsehen", dann flitze ich voraus und setzte mich schon vor das Gerät und warte, bis sie auch da ist. Dann sehen wir uns Filme oder eine Quizshow an, und ab und zu dösen wir sogar beide vor dem Fernseher ein. Wer von uns beiden zuerst aufwacht, weckt die andere und dann geht es gemeinsam ins Bett. Alwine staunt immer wieder, wie zahm und anhänglich ich geworden bin, ich Sheela, eine ehemalige wilde Straßenkatze. Ja Leute, so kann es gehen. Ich bin meinem Schicksal jedenfalls sehr dankbar, dass es mir so wohlgesonnen war. Und ein Leben ohne meine liebe Katzenmama, das kann ich mir auch nicht mehr vorstellen!

Miri

Die alte, graue Katze reckte und streckte sich. Sie hatte lange geschlafen, aber das war gut so. Wenn sie schlief, dann vergaß sie ihr Elend. Sie war krank geworden, und der Tierarzt hatte eine „happige Rechnung" gestellt, so hatte ihr Katzenpapa geschimpft. Ob das der Grund war, aus dem ihre Menschen sie nicht mehr wollten? Ihre Menschen hatten sie eines Tages wieder in ihre Transportbox gesetzt und sie hatte schon befürchtet, noch einmal zum Tierarzt verfrachtet zu werden. Allein dieser Gedanke war schon schlimm genug, aber dann waren sie eine ganze Weile gefahren, bevor sie ihre Box aus dem Wagen geholt hatten. Die Tür ging auf, und sie war so unvorsichtig gewesen neugierig zu sein und schauen zu wollen wo sie sich befand. Ehe sie sich versah, war die Box wieder ins Auto gestellt worden, und sie sah nur noch die Rücklichter des Familienautos, das sich schnell entfernte. Man hatte sie ausgesetzt, dabei hatte sie ihre Katzeneltern wirklich sehr geliebt, aber inzwischen war sie ihnen scheinbar lästig und vor allem zu teuer geworden. Sie mochte es kaum glauben, aber es war nur zu klar, dass ihre Menschen sie absichtlich hier zurückgelassen hatten.

Das war im Sommer, und nun spürte sie, dass die kalte Jahreszeit nahte. In den letzten Wochen hatte es viel geregnet und an diesem Tag wirbelten sogar schon die ersten Schneeflocken durch die Luft. Sie hatte den Winter nie gemocht. Wenn sie sich in die Nähe der Häuser wagte, um den Inhalt der Mülltonnen zu untersuchen, was meistens nachts der Fall war, dann fiel ihr auf, dass viele Häuser mit Lichterketten geschmückt waren. Einige Gärten waren fast taghell erleuchtet, und hier und dort standen auch einige bunt schillernde Figuren. Zuerst hatte sie sich davor gefürchtet, aber sie hatte schnell gemerkt, dass es sich lediglich um Weihnachtsdekorationen handelte. Daran erinnerte sie sich von früher. Es hieß, zu dieser Zeit wären viele Menschen ganz besonders sentimental und auch freigiebig. Vielleicht konnte sie das für sich nutzen. Sie brauchte dringend wieder ein gutes Zuhause.

Große Ansprüche stellte sie schon lange nicht mehr, aber ein warmes Plätzchen zum Schlafen und genug zu fressen, das wäre schön, dachte sie sehnsüchtig. Während sie über ihre diesbezüglichen Möglichkeiten nachdachte, schlenderte sie langsam weiter. Sie war dabei immer auf der Hut, denn nicht alle Leute reagierten freundlich auf ihren Anblick, das hatte sie längst begriffen. Einige Menschen hatten sogar versucht, sie mit gezielten Steinwürfen zu vertreiben. Aber heute schien sie ein wenig Glück zu haben, als sie über den Weihnachtsmarkt marschierte. Dort standen nun die mit Tannengrün geschmückten Buden dicht an dicht, und die Leute, die sich da aufhielten, achteten in der Regel nicht sonderlich auf sie. Aber sie wusste, der Mann, der die Glühweinbude betrieb, mochte sie gern. Er hatte ihr schon häufiger etwas von seinem Essen aufgehoben. Auch jetzt warf er ihr ein paar Reste seines Fischbrötchens hin, die sie sofort gierig verschlang. Zum Dank strich sie ihm kurz liebevoll schnurrend um die Beine. Gerade wollte sie weiterlaufen, als er sie unverhofft auf den Arm nahm. Das gefiel ihr allerdings weniger und sie begann sich strampelnd zu wehren.

„Sei doch nicht so kratzbürstig", lachte er. „Ich will Dir doch nur helfen!" „Ist das die Katze von der Du mir erzählt hast?", fragte eine Frau, die neben ihm stand.

„Ja, das ist meine kleine Freundin. Ich denke, sie hat kein Zuhause. Wie wär´s, hättest Du Lust sie bei Dir aufzunehmen?"

Die Frau lächelte zaghaft und hob dann ihre Hand, um die Grautigerin vorsichtig zu streicheln. Die hielt still, denn sie hatte schnell begriffen, dass ihr von diesen beiden Menschen keine Gefahr drohte. Die Frau sprach leise und beruhigend auf sie ein, und die Katze entspannte sich immer mehr. Schließlich übergab ihr Freund sie seiner Begleiterin. Auch das ließ die Katze sich gefallen.

„Du bist ja wirklich eine ganz liebe Mieze. Weißt Du, ich habe vor einigen Wochen erst meinen Mann verloren, weil er sich in eine andere, jüngere Frau verliebt und mich verlassen hat. Ich fühle mich sehr allein. Ich glaube, ein wenig Gesellschaft täte mir gut. Wollen wir es mal miteinander versuchen?", fragte die Frau schließlich.

Natürlich verstand die Katze nicht jedes Wort, aber sie spürte, hier war jemand, der es gut mit ihr meinte. Daher ließ sie sich von ihrer neuen Freundin willig forttragen.

„Wir zwei machen es uns gemütlich", versprach die Frau der Katze. „Weißt Du, es ist schon lange her, aber eine Katze hatte ich früher auch. Sie ist recht alt geworden und hieß Miri. Eigentlich müsste ich mir für Dich einen eigenen Namen ausdenken, aber ich hätte nur zu gern wieder eine Miri. Würde Dir der Name gefallen?"

Unentwegt redete die Frau auf die Katze ein, bis sie vor einem kleinen Haus stehen blieb. Dort zog sie ihren Schlüssel aus der Tasche, öffnete die Haustür und setzte die Katze drinnen auf den Boden.

„Du musst Dir Dein neues Zuhause erst mal ansehen, und dann gibt es auch gleich etwas Feines", versprach sie ihr.

Unschlüssig blieb die Katze stehen, aber als ihre neue Katzenmama in einen anderen Raum ging, folgte sie ihr. Die Frau nahm einen flachen Teller aus dem Schrank und servierte Miri darauf ein paar Stücke klein geschnittenes Hühnerfleisch. Hm, wie das schmeckte! Erwartungsvoll sah die Katze zu ihr hoch. Ob es noch mehr gab?

„Du bist sicher ganz ausgehungert, wie gut, dass ich vorsichtshalber schon einige Dosen Katzenfutter gekauft habe", hörte sie die Frau sagen.

Später am Abend saßen beide gemeinsam im Wohnzimmer auf dem breiten Sofa. Miri hatte sich in einer Ecke zusammengerollt und schlief. Sie war satt und zufrieden und machte einen recht entspannten Eindruck. Zwei einsame Seelen hatten sich gesucht und gefunden.

Begleitservice

Diese Überschrift einer Anzeige weckte sofort mein Interesse, denn am oberen linken Bildrand blickte man in die treuen Augen eines Hundes. Erst bei näherem Hinsehen bemerkte ich, um was es sich handelte. Der Text lautete nämlich folgendermaßen:

Begleitservice

Fühlst Du Dich einsam? Würde gern an Deiner Seite gegen Kost und Logis „bei Fuß" gehen. Du willst das auch? Dann hol mich aus dem Tierheim!"

Soweit ist es also gekommen, dachte ich. Nun müssen die Tierheime schon Werbung machen, um ihre vielen Schützlinge unterbringen zu können. Traurig finde ich das! So eine Anzeige kostet doch ein Heidengeld. Verstehen Sie mich bitte nicht falsch. Ich schätze die segensreiche Arbeit der Menschen in den Tierheimen sehr, deshalb wird bei meinen Lesungen immer ein Sparschwein für „Tiere in Not" aufgestellt. Das wird zwei bis drei Mal pro Jahr geleert und der Inhalt dann an eine Tierschutzorganisation oder ein Tierheim in der Nähe gespendet. Unser erster Kater Teddy kam auch aus dem Tierheim – eine unserer besten Entscheidungen, wenn Sie mich fragen. Sein Nachfolger Jonny ist uns zugelaufen oder Teddy hat ihn uns gesandt, damit ich aufhören konnte, um ihn zu weinen. Das ist es, was ich glaube, denn ich habe sehr um Teddy getrauert, als er überfahren wurde. Nachdem auch unser lieber Jonny über die Regenbogenbrücke gegangen ist, weil er sehr krank war, haben wir am Ende nun unseren langjährigen Siedlungsstreuner aufgenommen. Da er sich mit Jonny absolut nicht vertrug, war das zuvor leider unmöglich. Tiger hatte es bis dahin nicht leicht in seinem Leben, aber nun ist er sichtlich zufrieden und glücklich, endlich ein eigenes Zuhause gefunden zu haben. Das verteidigt er buchstäblich mit

Klauen und Zähnen, wenn jemand es ihm streitig machen will. Keiner von uns hätte je auch nur ansatzweise vermutet, dass dieser alte Haudegen jemals so verschmust werden könnte.

Unsere Nachbarin hat mit ihrer Familie vor einigen Jahren ebenfalls eine Katze aus dem Tierheim bei sich aufgenommen. Das ist eine bildhübsche, sehr anhängliche und einfach zauberhafte Katzendame. Wenn ihre Familie im Urlaub ist, darf ich mich um sie kümmern, was ich ausgesprochen gern tue! Überhaupt habe ich das Gefühl, dass gerade Tiere aus einem Tierheim ganz besonders an ihren Menschen hängen, weil sie wissen, dass sie Glück gehabt haben. Sollte das nicht jedes Tier verdient haben? Ich finde schon!

Gerade in der Corona-Zeit haben sich viele Leute sehr allein gefühlt und deshalb ein Tier zu sich geholt. Nun hat sich die Situation weitestgehend wieder normalisiert, und ihre vierbeinigen Begleiter, die sie über die

Einsamkeit hinweggetröstet haben, sind plötzlich überflüssig. Oder es geht in den Urlaub, aber wohin mit dem Tier? Wozu gibt es Tierheime? Das ist für viele die einfachste Lösung – leider.

Mich bringt das unglaublich auf die Palme! Ein Tier ist ein denkendes und fühlendes, sensibles Lebewesen – das kann man nicht so einfach entsorgen, wie einen nicht mehr benötigten Gegenstand. Wenn Sie sich mit dem Gedanken tragen ein Tier zu sich zu nehmen, dann schauen Sie doch einfach mal in einem Tierheim in Ihrer Nähe vorbei, denn dort warten so viele traurige und verlassene Geschöpfe, die nur darauf warten wieder glücklich zu werden. Sie werden es Ihnen gewiss für den Rest ihres Lebens mit ihrer unverbrüchlichen Zuneigung und Treue danken!

Danke

Seitdem unsere Tochter meinem Mann und mir während eines längeren Urlaubs ihren Kater Igor anvertraut hat, lassen mich die Samtpfoten einfach nicht mehr los. Nach Teddy Krallmann und Jonny Appetito ist Tiger Schlafmütze bei uns eingezogen. Ein Leben ohne eine Katze ist für uns inzwischen undenkbar. Tiger und die Erinnerungen an seine beiden Vorgänger inspirieren mich immer wieder aufs Neue zu vielen Geschichten.

Auch bei den Lesern, die mir von ihren Lieblingen und deren Abenteuern berichtet und zum Teil auch Fotos geschenkt haben, möchte ich mich sehr herzlich bedanken.

Zudem freue ich mich, dass Gisela Klein meine Texte liest, Fehler aufstöbert und - so gut es geht korrigiert – auch dafür an dieser Stelle vielen Dank!

Brigitta Rudolf

Brigitta Rudolf lebt mit ihrem Mann und Kater Tiger in einer Kurstadt am Rande des Wiehengebirges. Für das kommende Jahr ist die Herausgabe eines Buches mit zwei Hundekrimis geplant. Zudem soll es weitere Katzenkrimis geben. Außerdem warten noch etliche weitere Projekte auf ihre Veröffentlichung. Bleiben Sie also gespannt und schauen ab und zu auf die Webseite der Autorin. Dort gibt es zu allen Büchern Leseproben unter

www.brigittarudolf.jimdofree.com

Bisher von Brigitta Rudolf erschienen:

Katze für Anfänger
ISBN 9783 735 774 316

Jonny Appetito, ein Kater wie er im Buche steht
ISBN 9783 734 791 321

Pfötchenspuren
ISBN 9783 741 288 197

Katzenträume
ISBN 9783 744 832 960

Vier schwarze Pfötchen und ein langer Schwanz
ISBN 9783 752 888 072

Ciao Bello
ISBN 9783 749 429 349

Wussten Sie, dass Dornröschen eine Katze hatte?
ISBN 9783 746 091 358

Kriminelle und andere Machenschaften
ISBN 9783 744 823 418

Kleine Lebenssplitter
ISBN 9783 746 089 362

Weihnachten … alle Jahre wieder
ISBN 9783 741 288 197

Engel trifft man überall
ISBN 9783 746 013 855

Weihnachtsglück auf leisen Pfötchen
ISBN 9783 748 147 152

Tannengrün, Lichterglanz und Katzenschwanz
ISBN 9783 749 498 314

Mord in unserer kleinen Kurstadt?
Tod in der Kältekammer
ISBN 9783 752 898 897

Oma in Jeans
ISBN 9783 751 901 642

Neues aus der Katzenallee und anderswo
ISBN 9783 751 959 391

Zuhause im Katzencafé
ISBN 9783 752 612 202

Lieber Jonny
ISBN 9783 752 683 516

Cats & Crime 1
ISBN 9783 753 444 758
O Nadelbaum
ISBN 9783 754 347 485

Augen zu und durch…
ISBN 9783 755 714 637

Tiger findet ein Zuhause
ISBN 9783 756 216 888

Herzklopfen inklusive - 28 Liebesgeschichten
ISBN 9783 756 838 158

Als die Welt den Atem anhielt
Brigitta Rudolf und Susi Menzel
ISBN 9783 756 801 305

Weihnacht mit Miez und Bello
ISBN 9783 756 855 032

Cats & Crime 2
ISBN 9783 750 413 214

Aus der Feder geflossen
ISBN 9783 757 883 591

In der Nacht, als das Sandmännchen schlief
ISBN 9783 758 366 703

Spatzenbescherung
ISBN 9783 758 300 226

Mühlengeschichten
Susi Menzel und Brigitta Rudolf
ISBN 9783 758 367 366